O ANJO AZUL

Heinrich Mann

O ANJO AZUL

ou

A QUEDA DE UM TIRANO

Tradução de
Erlon José Paschoal

Revista por
Angel Bojadsen

Estação Liberdade

Título original: *Professor Unrat oder Das Ende eines Tyrannen*

Tradução complementar	Flávio Quintiliano
Revisão	Sílvia Sampaio Ribeiro, Fábio Gonçalves, Pedro Barros e Sylmara Beletti
Composição	Estação Liberdade
Capa	Nuno Bittencourt / Letra & Imagem
Ilustração da capa	George Grosz, in *Über alles die Liebe*, Bruno Cassirer, Berlim, 1930
Editor	Angel Bojadsen

Dados Internacionais de Catalogação na Publicação (CIP)
(Câmara Brasileira do Livro, SP, Brasil)

Mann, Heinrich, 1871-1950.
O anjo azul ou A queda de um tirano / Heinrich Mann ; tradução de Erlon José Paschoal. — São Paulo : Estação Liberdade, 2002.

Título original: Professor Unrat oder Das Ende eines Tyrannen.
ISBN 85-7448-047-9

1. Romance alemão I. Título.

01-4893 CDD-833.91

Índices para catálogo sistemático:

1. Romances : Século 20 : Literatura alemã 833.91
2. Século 20 : Romances : Literatura alemã 833.91

Editora Estação Liberdade Ltda.
Rua Dona Elisa, 116 • 01155-030 • São Paulo-SP
Tel.: (11) 3661 2881 Fax: (11) 3825 4239
e-mail: editora@estacaoliberdade.com.br
http://www.estacaoliberdade.com.br

Sumário

9 Capítulo I

23 Capítulo II

37 Capítulo III

49 Capítulo IV

71 Capítulo V

81 Capítulo VI

103 Capítulo VII

109 Capítulo VIII

117 Capítulo IX

129 Capítulo X

145 Capítulo XI

163 Capítulo XII

179 Capítulo XIII

193 Capítulo XIV

201 Capítulo XV

209 Capítulo XVI

217 Capítulo XVII

235 Nota do editor alemão

I

Como o nome dele era Raat, a escola inteira o chamava de Unrat*. Nada poderia ser mais simples e natural. Por vezes, um ou outro professor mudava de apelido. Uma nova leva de alunos chegava à classe, descobria com instinto assassino um aspecto cômico ainda não devidamente apreciado no ano anterior e eles passavam a chamar o professor por esse nome, sem a mínima piedade. Unrat, porém, suportava o seu havia muitas gerações; a cidade inteira o conhecia, seus colegas faziam uso dele fora do ginásio, e também dentro, logo que ele virava as costas. Os senhorios que abrigavam alunos em suas casas e os exortavam a trabalhar falavam do professor Unrat na frente de seus pensionistas. O espertalhão que tivesse observado algo novo no professor do sexto ano e quisesse rotulá-lo outra vez jamais teria conseguido; sobretudo porque a comprovada reputação do velho professor ainda exercia aquele ótimo efeito de 26 anos atrás. Bastava apenas que gritassem de um lado para outro do pátio da escola quando ele passava:

— Não está cheirando a lixo aqui? — Ou: — Humm! Estou farejando lixo!

O velho imediatamente contraía o ombro com força, sempre o direito, erguendo-o ao alto e, através das lentes dos óculos

---

* *Unrat* significa "lixo", "detrito", em alemão, mas tem aqui conotação de nome de família. Optou-se por não traduzir o apelido do personagem principal, levando-se em conta que ficará claro para o leitor o jogo de palavras. (N.E.)

los, lançava de soslaio um olhar verde que os alunos achavam falso, mas que na verdade era tímido e vingativo: o olhar de um tirano com a consciência pesada, à procura de punhais nas dobras do casaco. Seu queixo teso, com uma barbinha rala amarelo-acinzentada, tiritava para cima e para baixo. Não podia "provar nada" contra o aluno que tinha gritado e precisava prosseguir furtivamente sobre suas pernas magras e trôpegas e sob o seu chapéu seboso de pedreiro.

No ano anterior, por ocasião de sua festa de jubileu, o ginásio havia-lhe preparado uma procissão com tochas. Ele foi até a sacada e discursou. Enquanto todas as cabeças, reclinadas sobre as nucas, olhavam para ele lá em cima, uma voz horrível, esganiçada, soltou de repente:

— Tem cheiro de lixo no ar!

Outros repetiram:

— Cheiro de lixo no ar!

Lá em cima o professor começou a gaguejar, embora tivesse previsto o incidente, e perscrutou a boca aberta de cada um dos que gritavam. Os outros professores estavam próximos; sentiu mais uma vez que não poderia "provar nada", mas guardou todos os nomes. Já no dia seguinte, o aluno da voz esganiçada, por não saber a cidade natal da Virgem de Orleans, deu ao professor a oportunidade de lhe assegurar que seria um obstáculo em sua vida pelo resto dos tempos. De fato, na Páscoa, esse Kieselack não foi aprovado. Com ele, na classe, ficou a maioria daqueles que haviam gritado na noite do jubileu, inclusive von Ertzum. Lohmann não havia gritado e mesmo assim foi reprovado. Este último favoreceu a intenção de Unrat pela indolência e aquele por sua inaptidão. No fim do outono seguinte, certa manhã às onze horas, durante o intervalo antes da redação sobre a Virgem de Orleans, aconteceu que von Ertzum, que continuava sem ter estudado a Virgem e previa uma catástrofe, num acesso de total desespero escancarou a janela e berrou a esmo, em direção à neblina, com uma voz medonha:

— Lixo!

Ele não sabia se o professor estava por perto e não lhe importava nem um pouco. O pobre aristocrata rural de ombros largos tinha sido arrebatado apenas pela necessidade de dar vazão aos seus órgãos, por um breve momento, antes de ter de ficar sentado por duas horas diante de uma folha em branco, vazia, e preenchê-la com palavras tiradas de sua cabeça, igualmente vazia. Na realidade, porém, Unrat estava passando pelo pátio nesse preciso momento. Ao ouvir o grito vindo da janela, deu um salto desajeitado. Na neblina, lá em cima, ele distinguiu a silhueta rude de von Ertzum. Não havia nenhum aluno lá embaixo, a nenhum deles von Ertzum poderia ter dirigido aquela palavra. "Desta vez", pensou Unrat triunfante, "é comigo. Desta vez posso provar!"

Ele subiu as escadas de cinco em cinco, abriu a porta da classe com violência, passou precipitadamente pelas carteiras e saltou, agarrado à sua mesa, para cima do tablado. Permaneceu ali tremendo e precisou respirar fundo. Os alunos tinham-se levantado para cumprimentá-lo, e o barulho extremo extinguiu-se de repente num silêncio dos mais atordoantes. Eles olharam para o professor como se ele fosse uma besta perigosa que infelizmente não lhes era permitido abater, e que naquele momento tinha ganho até mesmo uma penosa vantagem sobre eles. O peito de Unrat arfava; por fim disse com sua voz cavernosa:

— Há pouco dirigiram-me outra vez uma palavra, uma designação, um apelido, enfim, que eu não estou disposto a tolerar. Não suportarei essa injúria vinda de pessoas que infelizmente tive a oportunidade de conhecer, lembrem-se bem disso! Vou apanhá-los logo que puder. A sua depravação, von Ertzum, não bastando a repulsa que me causa, vai se espatifar como vidro na solidez de uma decisão que agora anuncio aos senhores. Hoje ainda vou denunciar seu ato ao senhor diretor, e farei tudo o que estiver ao meu alcance — creia-me deveras — para que a instituição ao menos fique livre da pior escória da sociedade humana!

Em seguida, arrancou o casaco dos ombros e vociferou:

— Sentem-se!

A classe sentou-se, apenas von Ertzum permaneceu de pé. Sua cara gorda, com pontos amarelos, estava agora tão rubra quanto os grossos cabelos acima. Ele quis dizer algo, tentou começar várias vezes, mas logo desistiu. Por fim desembuchou:

— Não fui eu, senhor professor!

Muitas vozes apoiaram-no, abnegadas e solidárias:

— Não foi ele!

Unrat bateu com o pé:

— Silêncio!... E o senhor, von Ertzum, não se esqueça de que não é o primeiro de sua família cuja carreira — tenha-se toda certeza — eu atrapalhei consideravelmente, e que vou dificultar muitíssimo a sua vida e a sua trajetória, ou até mesmo impossibilitá-la, como fiz com seu tio na época dele. O senhor quer ser oficial, não é verdade, von Ertzum? Seu tio também queria. Contudo, como ele nunca atingia a meta da classe, e como — seja agora realçado — teve sempre negado o diploma do curso secundário exigido para o serviço voluntário de um ano, chegou a freqüentar uma dessas escolas de reforço, onde deve ter fracassado também, de modo que finalmente conseguiu — mas assim mesmo, apenas em virtude de um ato de clemência especial de seu soberano — o ingresso na carreira de oficial que ele, ao que parece, logo teve de interromper. Pois bem! O destino de seu tio, von Ertzum, poderia também ser o seu, ou talvez se assemelhar ao dele. Para tanto, eu lhe desejo sorte, von Ertzum. Meu juízo sobre sua família foi emitido há quinze anos... E agora...

Nesse momento, a voz de Unrat, num crescendo, tornou-se sepulcral.

— O senhor não é digno de afiar a sua pena desmiolada na figura da Virgem, a qual passaremos a abordar agora. Vá já para o cubículo!

Von Ertzum, cujas faculdades mentais não eram das melhores, manteve-se na posição de escuta.

Por conta da excessiva atenção, ele imitava inconscientemente os movimentos executados pelos maxilares do professor. O queixo de Unrat, com muitos fios amarelos plantados na parte superior, rolava entre as tesas rugas da boca como sobre trilhos enquanto ele falava, e sua saliva respingava até a carteira da frente. Ele gritou:

— Como ousa, jovem! Estou dizendo: já para o cubículo!

Espantado, von Ertzum saltou da carteira. Kieselack sussurrou-lhe:

— Cara, defenda-se!

Logo atrás, Lohmann prometeu, contendo-se:

— Deixa pra lá, vamos enquadrá-lo de novo, depois.

O condenado passou cabisbaixo próximo à mesa do professor, em direção ao aposento usado pela classe como guarda-roupa, um local de total negrume. Unrat gemeu de alívio logo que a porta se fechou atrás daquele indivíduo de ombros largos.

— Bem, vamos recuperar o tempo que esse jovem nos roubou — disse ele. — Angst, eis o tema, escreva-o na lousa.

O primeiro da classe segurou o papel diante da vista míope e começou a escrever vagarosamente. Todos olharam tensos para as letras que iam surgindo sob o giz, e das quais tanta coisa dependia. Quando se fazia referência a uma cena que por acaso ninguém tinha "preparado", então estava-se "por fora" e "ferrado". Por superstição, dizia-se ainda antes de as sílabas adquirirem algum sentido na lousa:

— Meu Deus, vou entrar pelo cano.

Por fim, podia-se ler nela:

"Joana: foram três preces que fizeste;
Fique atento, Delfim, se as cito para ti!
(*Virgem de Orleans*, ato I, cena 10)
Tema: A terceira prece do Delfim."

Ao terminar de ler, todos se olharam, pois estavam "ferrados". Unrat conseguira "pegá-los". Sorrindo de través, ele se deixou afundar na poltrona sobre o tablado e folheou seu caderno de notas.

— E então? — perguntou sem levantar os olhos, como se tudo estivesse claro. — Querem saber algo mais?... Então, ao trabalho!

A maioria debruçou-se sobre o caderno, agindo como se estivesse escrevendo. Alguns olhavam fixamente para a frente, pasmos.

— Os senhores ainda têm uma hora e quinze minutos — observou Unrat, indiferente, enquanto comprazia-se por dentro. Esse tema ainda não havia sido proposto por nenhum educador incompreensivelmente inescrupuloso que, graças a manuais bitolados, possibilitava à corja efetuar a análise de qualquer cena dramática sem o mínimo esforço e por meio de associações.

Muitos na classe lembravam-se da décima cena do primeiro ato e conheciam aproximadamente as duas primeiras preces de Carlos. Da terceira não sabiam nada; era como se jamais a tivessem lido. O primeiro da classe e mais dois ou três, entre eles Lohmann, estavam até mesmo certos de nunca tê-la lido. O Delfim fez a profetisa repetir apenas dois de seus pedidos noturnos; isso lhe bastava para acreditar que Joana havia sido enviada por Deus. A terceira simplesmente não estava lá. Então, com certeza, estava num outro trecho ou resultava diretamente do contexto; ou será que se realizava sem mais nem menos, sem que fosse possível saber que ali ocorria algo? Que pudesse haver um ponto ao qual ele jamais prestara atenção, era o que Angst, o primeiro da classe, também admitia em silêncio. Em todo caso, era preciso dizer algo sobre essa terceira prece, até mesmo sobre uma quarta ou quinta, se Unrat assim tivesse exigido. Afinal havia anos era-se educado, nos cursos de redação alemã, para cobrir um certo número de páginas com frases sobre questões de cuja existência não se estava de modo algum convencido, como, por exemplo, a consciência do dever, a bênção da escola e a dedicação ao serviço militar. O tema não interessava a ninguém, mas todos escreviam. Como servia havia meses apenas de "pegadinha", a obra literária de origem acabava entediando profundamente a todos, mas todos escreviam.

A classe ocupava-se com a *Virgem de Orleans* desde a Páscoa, havia uns nove meses. Os repetentes estavam familiarizados com ela desde o ano anterior. Haviam-na lido de frente para trás e de trás para frente, tinham decorado cenas, dado explicações históricas, exercitado nela a poética e a gramática, transcrito seus versos em prosa e a prosa novamente em versos. Todos os que haviam sentido na primeira leitura daqueles versos a graciosidade e o brilho há muito deixaram de percebê-los. Não se distinguia mais melodia alguma naquela ladainha retomada todos os dias. Ninguém ouvia a voz feminina especialmente clara na qual espadas fantasmagóricas e severas se erguiam; a armadura não cobria mais nenhum coração; e asas de anjo bem abertas ali se quedavam luminosas e cruéis. Quem dentre esses jovens tivesse anteriormente estremecido ante a inocência quase opressiva daquela pastora; quem tivesse amado nela o triunfo da fraqueza; quem tivesse chorado pela grandeza infantil que, quando abandonada pelos céus, tornara-se uma pobre moça desamparadamente apaixonada: este não iria revivenciar tudo isso tão cedo. Precisaria talvez de vinte anos até que Joana pudesse ser para ele outra vez algo mais que uma mera pedante empoeirada.

As penas rabiscavam; sem se ocupar com mais nada, o professor Unrat olhava fixamente para além das nucas arqueadas. Fora um belo dia, aquele em que tinha "apanhado" um, sobretudo por ter sido alguém que lhe atribuíra o "seu nome". Já valia pelo ano inteiro. Infelizmente, nos últimos dois anos, não pudera "apanhar" mais nenhum daqueles pérfidos gritões. Haviam sido anos ruins. Um ano era bom ou ruim dependendo se Unrat conseguia "apanhar" alguns ou se "nada podia provar" contra eles.

Unrat sabia que era hostilizado pelas costas, enganado e odiado pelos alunos e tratava-os, de sua parte, como inimigos naturais que não se cansava de "pegar" e impedir que cumprissem a "meta da classe". Como tinha passado toda a sua vida em escolas, era-lhe impossível tratar os meninos e seu mundo sob a perspectiva de uma pessoa experiente. Via-os tão próximos como alguém do meio deles que de súbito tivesse sido munido de autoridade e elevado à cátedra. Falava e pensava na língua deles, utilizava suas gírias, chamava o guarda-roupa de "cubículo". Fazia suas palestras no estilo que eles também teriam empregado em tais casos, ou seja, períodos latinizantes e entrelaçados por "creiam-me deveras", "pois então" e amontoados semelhantes de partículas expletivas tolas, hábitos das suas aulas de Homero; pois todas as sutis inconveniências do grego também tinham de ser traduzidas de maneira bem tosca. Uma vez que seus próprios membros tinham se enrijecido, exigia o mesmo dos outros internos da instituição. A necessidade constante dos membros e cérebros jovens de meninos e filhotes de cães — sua necessidade de caçar, fazer barulho, distribuir safanões, machucar, fazer travessuras, gastar de maneira inútil força e coragem supérfluas —, isso Unrat esquecera e jamais compreendera. Quando ele punia, não o fazia com a altiva ressalva: "Vocês são levados, certo que isto é próprio de vocês, mas é preciso disciplina"; ao contrário, punia-os a sério, com os dentes cerrados. O que se passava na escola tinha para Unrat a seriedade e a realidade da vida. A indolência igualava-se à deterioração de um cidadão inútil; a desatenção e o riso significavam resistência à autoridade pública; uma bombinha era o início de uma revolução; uma "tentativa de fraude" era uma desonra pelo resto da vida. Por esses motivos, Unrat empalidecia. Se mandava alguém para o "cubículo", via-se como o autocrata que envia mais uma vez uma multidão de subversivos para a colônia penal e, com medo e triunfo, sente ao mesmo tempo um imenso poder e um insólito remexer em suas raízes. E Unrat jamais esquecia aqueles que retornavam do "cubículo" e todos os outros que um dia tatearam lá dentro. Como trabalhava na instituição havia um quarto de século, a cidade e os arredores estavam repletos de seus ex-alunos, aqueles que ele pôde "apanhar" pronunciando seu apelido ou aqueles contra os quais "nada pôde provar", e aqueles todos ainda que continuavam chamando-o assim! Para ele, a escola não terminava no muro do pátio; estendia-se às casas ao redor e aos habitantes de todas as faixas etárias. Em toda parte havia moleques teimosos e depravados que não tinham "preparado a sua lição" e que hostilizavam o professor. Um novato ainda desinformado, em cuja casa parentes mais velhos tinham rido do professor Unrat como de uma recordação juvenil de amável comicidade, chegando com a safra da Páscoa à sala de Unrat, poderia levar, em sua primeira resposta errada, uma tremenda bronca:

— Dos seus já tive três aqui. Odeio a sua família toda!

Em sua posição elevada pairando acima de todas as cabeças, Unrat deleitava-se com a suposta segurança; e nesse ínterim uma nova desgraça estava prestes a irromper. Vinha de Lohmann.

Lohmann terminara sua redação com toda a rapidez e se lançara a uma atividade particular. Mas estava difícil ir adiante com ela, pois o caso de seu amigo von Ertzum o afligia. De certo modo ele tinha se arvorado em protetor moral do jovem e forte aristocrata, considerando um mandamento da própria honra defender ao máximo a fraqueza mental do amigo com a ajuda de seu cérebro altamente desenvolvido. Nos momentos em que von Ertzum ia dizer alguma bobagem inaudita, Lohmann pigarreava ruidosamente, soprando-lhe em seguida a resposta correta. Ele transformava as respostas inconcebíveis do outro em algo digno da atenção dos colegas, afirmando que von Ertzum queria apenas "enfurecer" o professor.

Lohmann era um rapaz de cabelos pretos eriçados sobre a testa que, ao cair, formavam uma franja melancólica. Tinha a palidez de Lúcifer e uma mímica talentosa. Fazia poemas à maneira de Heine e adorava uma dama de trinta anos. Atarefado com uma formação literária, pouco tempo pôde dedicar à escola. Percebendo que Lohmann só começava a trabalhar no último trimestre, o corpo docente já o havia reprovado duas vezes, apesar de seu desempenho satisfatório no final. Desse modo, Lohmann, tal como seu amigo, estava com dezessete anos e ainda estudava com alunos de quatorze e quinze. E se graças ao seu desenvolvimento físico von Ertzum parecia ter vinte anos, Lohmann também aparentava mais idade por ter sido agraciado com maior intelecto.

Que impressão causaria a um Lohmann o bufão rígido sobre a cátedra, aquele pateta sofrendo de uma idéia fixa? Quando Unrat o chamava, ele se separava sem pressa de suas leituras desvinculadas da aula e, a testa larga de um amarelo pálido, com estranhas rugas transversais, examinava com as pálpebras desdenhosamente abaixadas a miserável obstinação do inquiridor, o pó na pele do mestre-escola, as caspas no seu colarinho. Por fim, dava uma olhada em suas próprias unhas aparadas. Unrat o odiava quase mais do que odiava os outros, por causa de sua insubordinação inacessível e também porque Lohmann *não* o chamava pelo apelido, sentindo que misteriosamente isso significava algo ainda pior. Mesmo se esforçando, Lohmann não conseguia retribuir o ódio do pobre velho, a não ser com um tênue desdém. Acrescia-se a isso um pouco de compaixão com algumas gotas de asco. Mas, em função da humilhação de von Ertzum, ele se viu pessoalmente desafiado. Foi o único entre os trinta que considerou baixeza a descrição pública da vida do tio de von Ertzum feita por Unrat. Não podia permitir tamanha desfaçatez contra o coitado lá nos céus. Lohmann, portanto, decidiu-se. Ficou de pé, apoiou as mãos na borda da carteira, olhou nos olhos do professor, observando-o com curiosidade, como se fosse fazer uma experiência singular, e declamou de maneira distintamente serena:

— Não consigo mais trabalhar aqui, senhor professor. O cheiro de lixo está particularmente forte.

Unrat deu um salto na poltrona, estendeu a mão esconjurando e bateu os maxilares silenciosamente. Para isso ele não estava preparado, pois não acabara ele de ameaçar com a expulsão de um degenerado? Deveria "apanhar" agora também esse Lohmann? Era o que mais desejava. Mas poderia "provar" algo contra ele?... Neste momento de grande tensão, o pequeno Kieselack ergueu seus dedos azuis com unhas roídas, estalou-os e berrou com a voz esganiçada:

— O Lohmann não deixa a gente pensar em paz, está sempre dizendo que aqui tem cheiro de lixo.

Ouviram-se risadinhas, e alguns bateram com os pés no chão. Unrat, então, sentindo no rosto o vento da revolta, entrou em pânico. Saltou da cadeira, deu sobre sua mesa golpes desajeitados para todos os lados, como se estivesse se defendendo de inúmeros agressores, e gritou:

— Para o cubículo! Todos para o cubículo!

Mesmo assim não se fez silêncio; Unrat acreditou poder salvar-se apenas por meio de uma ação violenta. Antes que Lohmann pressentisse qualquer coisa, atirou-se sobre ele, agarrou-o pelo braço, puxou-o e gritou sufocado:

— Fora daqui! O senhor não é mais digno de fazer parte da sociedade humana!

Lohmann obedeceu, entediado e constrangido. Por fim, Unrat deu-lhe um empurrão e tentou arremessá-lo contra a porta do guarda-roupa, mas não teve êxito. Lohmann limpou o lugar onde Unrat o havia agarrado, e a passos circunspectos dirigiu-se ao "cubículo". Subitamente, o professor virou-se para Kieselack. Este, porém, dando a volta, tinha se colocado atrás dele e, fazendo uma careta, safou-se entrando no cárcere. O primeiro da classe precisou explicar ao professor onde estava Kieselack.

Nisso, Unrat exigiu que por nenhum momento a classe desviasse a atenção da Virgem por causa do incidente.

— Por que não estão escrevendo? Mais quinze minutos! E... não darei nota aos trabalhos incompletos. E — como sempre outra vez — não darei...

Em virtude dessa ameaça, a maioria não conseguiu articular mais nada, e os rostos se encheram de medo. Unrat estava irritado demais para sentir-se realmente alegre com isso. Havia nele o ímpeto de quebrar todas as possíveis resistências, frustrar todos os atentados iminentes, tornar tudo em volta ainda mais silencioso, produzir um silêncio de cemitério. Os três rebeldes foram afastados, mas seus cadernos abertos sobre as carteiras pareciam continuar exalando o espírito de sublevação. Apossou-se deles e dirigiu-se para a sua mesa.

Os trabalhos de von Ertzum e Kieselack não eram mais do que períodos cansativos e desajeitados, demonstrando apenas muitíssima boa vontade. No caso de Lohmann, era de imediato inconcebível ele não ter feito nenhuma "disposição", nenhuma subdivisão de sua dissertação em A, B, C, a, b, c e 1, 2, 3. Na verdade terminara somente uma única página, da qual Unrat tomou conhecimento com crescente indignação. Lia-se nela:

> O terceiro pedido do Delfim (*Virgem de Orleans*, I, 10)
>
> A jovem Joana, mais esperta que sua idade e seu passado rural permitiriam supor, introduz-se na corte por meio de um truque de prestidigitação. Ela dá ao Delfim um resumo do conteúdo dos três pedidos que ele dirigira aos céus na noite anterior e, graças à sua habilidade em ler pensamentos, causa naturalmente uma forte impressão nos grandes senhores ignorantes. Eu disse: dos três pedidos, mas na realidade ela repete apenas dois; convicto, o Delfim a dispensa do terceiro. Sorte dela, pois dificilmente saberia também o terceiro. Nos dois primeiros, ela já lhe dissera tudo o que ele *poderia* ter pedido

ao seu Deus, ou seja, se houvesse alguma culpa de seus pais ainda não expiada, ele próprio, em sacrifício, a assumiria no lugar de seu povo; e se devesse perder as terras e o trono, que ao menos lhe deixassem a alegria, seu amigo e sua amada. Assim, ele desistia do mais importante: da soberania. O que mais ele deve ter pedido? Não procuremos muito tempo: ele próprio não sabe. Joana também não sabe. Schiller também não sabe. O poeta não guardou nada do que sabia e, contudo, disse: "e assim por diante". Eis todo o mistério, o que não causa nenhum espanto para alguém de certo modo familiarizado com a natureza pouco questionadora do artista.

Ponto. Isso era tudo. E Unrat, acometido de um tremor, subitamente atinou: eliminar *esse* aluno, proteger a sociedade humana *dessa* matéria contagiosa, era bem mais urgente que o afastamento do simplório von Ertzum. Ao mesmo tempo, lançou um olhar na página seguinte, onde ainda havia algo rabiscado, e que, aliás, pendia meio arrancada do caderno. Mas de repente, ao compreender, algo como uma nuvem rosa sobrevoou as faces angulosas do professor. Ele fechou o caderno, rápido e furtivo, como se não tivesse visto nada; abriu-o novamente, jogou-o de novo no meio dos outros dois, respirou em meio à luta. Sentiu que era inevitável: chegou a hora, ele tinha de ser "apanhado"! Uma pessoa que chegou ao ponto de ir atrás dessa — tenha-se toda certeza — artista Rosa — Rosa. Pegou o caderno de Lohmann pela terceira vez. Mas o sinal já soava.

— Entreguem! — vociferou Unrat, com um forte receio de que algum aluno, que até então não tivesse terminado, pudesse talvez no último momento conseguir uma nota satisfatória.

O primeiro da classe recolheu as redações; alguns cercaram a porta do guarda-roupa.

— Saiam daí! Esperem! — gritou Unrat, novamente com medo. Ele teria preferido trancar a porta, manter os três miseráveis presos até que tivesse certeza da extinção deles. Não era algo tão rápido assim, nesse caso era necessário refletir de maneira lógica. Por enquanto, o caso Lohmann ainda o cegava pelo excesso de degeneração.

Vários alunos menores plantaram-se diante da mesa do professor, sentindo-se ofendidos em seu direito.

— Nossas coisas, senhor professor.

Unrat teve de liberar o "cubículo". Naquele empurra-empurra, os três banidos safaram-se um após o outro, envoltos por seus casacos. Na soleira da porta, Lohmann constatou que seu caderno estava nas mãos de Unrat e, contrariado, lastimou o zelo exagerado do velho pateta. Agora, possivelmente, seu progenitor teria de ser acionado e vir conversar com o diretor!

Von Ertzum apenas ergueu um pouco as sobrancelhas ruivas em meio ao rosto, o qual seu amigo Lohmann chamava de "lua embriagada". Kieselack, por sua vez, já tinha preparado sua defesa no "cubículo".

— Senhor professor, não é verdade, eu não disse que estava cheirando a lixo. Apenas disse que *ele* sempre diz...

— Cale-se! — berrou Unrat tremendo.

Ele balançava o pescoço para frente e para trás, conteve-se e acrescentou com a voz abafada:

— O destino dos senhores paira a partir de agora logo acima de suas cabeças. Saiam!

Os três então saíram para o almoço, cada qual com seu destino pairando acima da cabeça.

II

Unrat também almoçou e, em seguida, deitou-se no sofá. Mas como todos os dias, no exato momento em que começou a cochilar, a sua empregada, no cômodo ao lado, deixou cair um talher no chão. Unrat levantou-se sobressaltado e imediatamente pegou mais uma vez o caderno de redações de Lohmann, e aos poucos foi ficando rosado como se estivesse lendo pela primeira vez o atentado ao pudor ali contido. Mesmo assim era impossível fechá-lo, de tão dobrado que estava na página onde se encontrava a "Homenagem à venerável artista, senhorita Rosa Fröhlich". Ao título seguiam-se algumas linhas ilegíveis, depois um espaço em branco, e então:

És até os ossos depravada,
Mas és uma grande artista;
E se parisses algum dia deitada...

O secundarista tinha ainda de encontrar a rima final, mas o condicional no terceiro verso era muito significativo. Era de se supor que Lohmann tivesse participado dele pessoalmente. Confirmar isso de modo explícito seria talvez a tarefa do quarto verso. Com o intuito de adivinhar esse quarto verso que faltava, Unrat fez esforços tão desesperados quanto a sua classe tinha feito para descobrir o terceiro pedido do Delfim. Por meio desse quarto verso, o aluno Lohmann parecia estar zombando de Unrat, e Unrat lutou com o aluno Lohmann, numa obsessão crescente, e repleto de uma necessidade insistente de mostrar-lhe que afinal era ele o mais forte. Ele ia "pegá-lo", sim!

Os planos ainda indefinidos de ações futuras agitavam Unrat. Não o deixavam mais sossegar, teve de jogar nos ombros o seu velho casaco de ciclista e sair. Caía uma chuva fina e fazia frio. Com as mãos enlaçadas nas costas, a testa abaixada e um sorriso venenoso nos lábios enrugados, ele caminhava por entre as poças numa rua periférica. Cruzou apenas com uma carroça de carvão e algumas crianças. Na mercearia da esquina, atrás da porta, estava afixado um cartaz anunciando *Guilherme Tell* no Teatro Municipal. Unrat, impulsionado por uma idéia, disparou, os joelhos levemente dobrados, para aquela direção... Não, nenhuma Rosa Fröhlich aparecia no cartaz. Mesmo assim, a mulher podia estar trabalhando naquela companhia artística. Provavelmente o senhor Dröge, o dono da mercearia, que afixou o cartaz em sua janela, estivesse a par de tais coisas. Unrat já colocara a mão na maçaneta da porta, mas recolheu-a assustado e escapuliu. Perguntar por uma atriz em sua própria rua! Não podia desconsiderar o hábito de fofocas destes cidadãos inferiores, inexperientes nas ciências humanas. Para desmascarar o aluno Lohmann, Unrat tinha de agir com habilidade e sigilo... Entrou na avenida em direção ao centro da cidade.

Se ele conseguisse, Lohmann então arrastaria consigo na queda von Ertzum e Kieselack. Unrat não pretendia denunciar ao diretor que fora chamado pelo seu apelido antes de consegui-lo. Ficaria evidente que aqueles que fizeram aquilo eram capazes de qualquer outra imoralidade. Unrat sabia disso; tinha-o experimentado com o próprio filho. Unrat tivera esse filho com uma viúva que lhe tinha fornecido, quando jovem, os meios para o curso superior, e com a qual ele se casou oficialmente logo que assumiu o cargo; ela era ossuda e severa, e agora estava morta. Seu filho não era mais belo que ele próprio, e além disso era caolho. Mesmo assim, foi visto com duas mulheres dúbias na feira livre, quando em visita à cidade em seus tempos de estudante. E se por um lado desperdiçava muito dinheiro com más companhias, por outro havia sido reprovado nada menos que quatro vezes no exame final, embora pudesse ter se tornado um funcionário público útil, ainda que unicamente graças a seu diploma do curso secundário. Uma distância penosa separava-o da pessoa bem situada que havia passado no exame final de licenciatura. Unrat se afastara ostensivamente do filho e compreendia tudo o que acontecera; sim, ele quase o previra desde que, certa vez, escutara o filho chamando o próprio pai por *aquele* nome numa conversa com os colegas!

Portanto, ele podia imaginar um destino semelhante para Kieselack, von Ertzum e Lohmann, principalmente Lohmann, para o qual, graças à artista Rosa Fröhlich, ele parecia iminente. Unrat tinha pressa de se vingar de Lohmann. Os outros dois quase desapareciam ao lado dessa pessoa, de seus modos altaneiros e do curioso pesar com o qual olhava quando o professor ficava furioso. Que espécie de aluno era ele, afinal?... Unrat pensava em Lohmann com um ódio pungente. Parou de repente sob o pórtico pontiagudo da cidade, e disse alto:

— Esses são os piores de todos!

O aluno era uma criatura completamente insignificante, submissa e pérfida, sem outra vida a não ser a da classe, e sempre lutando sorrateiramente contra o tirano: assim era Kieselack; ou então era um sujeito forte e bobo que o tirano mantinha constantemente transtornado por meio de sua supremacia mental — como von Ertzum. Lohmann, porém, parecia *questionar* o tirano! Aos poucos, Unrat fervia de raiva pela humilhação da autoridade mal paga, diante da qual um subordinado ostenta boas roupas e faz tilintar suas moedas. De repente, tudo ficou claro para ele: não passavam de insolências, nada mais! Que Lohmann nunca estivesse empoeirado, sempre trouxesse os punhos da camisa limpos e fizesse aquelas caras: o cúmulo da insolência. A redação de hoje, os contatos que esses alunos buscavam fora da escola, e dos quais a artista Rosa Fröhlich era a mais condenável: o cúmulo da insolência. E evidenciava-se agora também como cúmulo da insolência o fato de Lohmann *não* chamá-lo pelo seu apelido!

Em seguida, Unrat subiu o resto da rua íngreme entre as casas com cumeeira, chegou a uma igreja quando caía a tempestade e, cobrindo-se apressadamente com o casaco, desceu um pequeno trecho. Chegou então a uma travessa e hesitou, parando em frente a um dos primeiros edifícios. À direita e à esquerda da porta havia dois quadros de madeira dependurados, atrás de cujas grades de arame estava o cartaz de *Guilherme Tell.* Unrat leu-o primeiro num dos quadros, depois no outro. Por fim, espiando ao redor amedrontado, passou pela porta e entrou num vestíbulo. Atrás de uma pequena janela, junto a uma lâmpada parecia estar sentado um homem; de tão agitado que estava, Unrat mal pôde reconhecê-lo. Fazia certamente vinte anos que não vinha àquele lugar; e sofreu com a inquietação do soberano que abandona o seu território: poderiam não reconhecê-lo, chegar demasiadamente perto, obrigá-lo a se sentir um ser humano.

Depois de algum tempo parado diante da janelinha, pigarreou de leve. Como nada aconteceu, bateu com a ponta do dedo indicador dobrado. A cabeça lá atrás ergueu-se assustada e imediatamente se esticou para fora da portinhola aberta do guichê.

— O que deseja? — perguntou ele com a voz rouca.

A princípio, Unrat só mexeu os lábios. Fitaram-se, ele e o ator aposentado de profundos traços negros-azulados, com o nariz achatado e um pincenê sobre o mesmo. Unrat proferiu:

— Bem. Os senhores, então, estão apresentando *Guilherme Tell.* Fazem muito bem.

O bilheteiro disse:

— Se é o que lhe parece, não o fazemos pelo nosso bel-prazer.

— Não foi o que eu quis dizer — assegurou Unrat, com muito medo de confusão.

— Não vende nada. A peça só está em cartaz porque os clássicos estão no contrato de arrendamento que temos com a cidade.

Unrat achou conveniente apresentar-se:

— É que sou o professor Un... o professor Raat, professor do último ano do ginásio local.

— Muito prazer. Meu nome é Blumenberg.

— E gostaria muito de vir com a minha classe à apresentação de uma obra poética clássica.

— Ah, mas é encantador de sua parte, senhor professor. Vou fazer o maior sucesso ao dar essa notícia ao nosso diretor, não duvido disso de modo algum.

— Mas — e Unrat ergueu o dedo — teria de ser, deveras, um daqueles dramas do nosso Schiller que estamos lendo em classe, ou seja — como sempre outra vez —, a *Virgem de Orleans.*

O ator ficou boquiaberto, abaixou a cabeça e assim cabisbaixo olhou para Unrat com tristeza e reprovação.

— Sinto muitíssimo. Sabe, é porque teríamos primeiro de ensaiá-la de novo. O senhor realmente não estaria bem servido com o *Tell*? Ele também é excelente para os jovens.

— Não — decidiu Unrat —, essa não me interessa de modo algum. Precisamos da *Virgem.* E, na verdade, o mais importante seria... — seja agora realçado!

Unrat respirou fundo, seu coração palpitava.

— ... seria, sobretudo, a intérprete da Joana. Pois ela deve ser uma artista sublime que — como sempre outra vez — torne bem acessível aos alunos a figura grandiosa da Virgem.

— Com certeza, com certeza — disse o ator, profundamente de acordo.

— Aí então pensei numa de suas damas sobre a qual ouvi os maiores elogios. Espero que não sejam imerecidos.

— Ah, não.

— Refiro-me à senhorita Rosa Fröhlich.

— Como?

— Rosa Fröhlich — e Unrat prendeu a respiração.

— Fröhlich? Com certeza não trabalha conosco.

— Tem certeza absoluta? — perguntou Unrat, estupefato.

— Permita-me, eu não sou nenhum maluco.

Unrat não ousava mais encarar o homem.

— Então, eu absolutamente não consigo...

O outro veio em seu auxílio:

— Com certeza deve haver algum engano.

— Ah, sim — disse Unrat infantilmente grato. — Queira me desculpar! — Fez uma reverência e retirou-se.

O bilheteiro ficou perplexo. Por fim gritou, tentando alcançá-lo:

— Mas, senhor professor, mesmo assim podemos discutir o caso. Quantos ingressos seriam? Senhor pro...

Unrat virou-se novamente na altura da porta, seu sorriso estava desfigurado de medo do perseguidor.

— Tenha a bondade de me desculpar.

E fugiu.

Sem perceber, desceu a rua e chegou ao porto. Ao seu redor, ouviam-se as passadas firmes de homens carregando sacos, e os fortes berros de outros que os puxavam para as escotilhas. O ar cheirava a peixe, alcatrão, óleo e bebida alcoólica. Os mastros e chaminés, lá atrás no rio, confundiam-se no crepúsculo. Em meio à agitação que recrudescia ao anoitecer, Unrat passou remoendo sua idéia: "apanhar" Lohmann, comprovar o paradeiro da artista Fröhlich.

Foi empurrado por senhores com ternos ingleses que corriam por todos os lados com guias de carga, e por operários que lhe gritavam "Cuidado!" A pressa generalizada comoveu-o; antes que desse por si, pressionou a maçaneta de uma porta acima da qual estava escrito "Agência de Transportes Marítimos" e alguma inscrição em sueco ou dinamarquês. No local havia cabos enrolados, torradas de bordo, pequenos barris de cheiro forte. Um papagaio gritou: "Vô enchê a cara!" Muitos marinheiros bebiam, outros, as mãos nos bolsos, conversavam com um homem enorme de barba ruiva. Demorou um pouco, mas o homem se livrou da nuvem de fumaça de cigarro no fundo, e se postou atrás do balcão, de modo que o refletor de lata do lustre de parede iluminava intensamente sua careca; apoiou as patas na beirada e disse grosseiro:

— Quer alguma coisa de mim, senhor?

— Dê-me — pediu Unrat sem pestanejar — um ingresso para o teatro de verão.

— Como é que é?* — perguntou o homem.

— Pois é, para o teatro de verão. Afinal, está anunciado em sua vitrine que vende ingressos para o teatro de verão.

— Que é que eu devo pensar disso, senhor? — e o homem ficou boquiaberto. — O teatro de verão não é encenado no inverno.

Unrat insistiu no seu direito:

— Mas o senhor anunciou na vitrine, homem.

— E vai continuar por lá! — respondeu de pronto o agente de transporte marítimo, mas logo retomou o respeito por aquele senhor de óculos. Procurou razões que pudessem convencer o desconhecido de que o teatro de verão agora estava fechado. Para auxiliar fisicamente seu cauteloso trabalho mental, tamborilou os dedos na mesa do lado, com sua mão horrível coberta de pêlos ruivos. Por fim encontrou:

— O colegial mais idiota sabe — disse ele, bondoso — que no inverno não existe teatro de verão.

— Permita-me, prezado senhor — disse Unrat, defendendo-se com superioridade.

---

* Aqui e a seguir: em dialeto da região costeira do noroeste da Alemanha. (N.E.)

O homem pediu ajuda:

— Hinnerich! Laurenz!

Os marinheiros se aproximaram.

— Não sei o que tá acontecendo com ele, mas ele quer ir para o Wilhelmsgarten de qualquer jeito.

Os marinheiros estavam mascando tabaco. Estes e o agente fitaram Unrat concentradamente, como se fosse alguém vindo de muito longe, algo como um chinês que tinham a tarefa de entender. Unrat o percebeu e decidiu encerrar o assunto o mais depressa possível.

— Então, poderia ao menos dizer, homem, se no verão passado uma certa senhorita Fröhlich, Rosa Fröhlich, se apresentou no dito teatro.

— Mas como é que vou saber, senhor? — O homem estava completamente perplexo. — Está achando, senhor, que tenho algo a ver com esse pessoal de circo?

— Ou então — disse Unrat atabalhoadamente —, se a mencionada dama nos alegrará no próximo ano — como sempre outra vez — com o seu desempenho?

O agente parecia assustado; não entendia uma palavra sequer. Um dos marinheiros percebeu algo.

— Ele está brincando, Pieter, está gozando da sua cara!

Em seguida, inclinou a cabeça para trás e riu, abrindo a goela escura, de maneira sonora e retumbante. Os outros se cutucaram e fizeram o mesmo. Na verdade, de modo algum pareceu ao agente que aquele desconhecido estivesse brincando, mas viu que o respeito que seus clientes deviam ter por ele estava em perigo: aquelas pessoas que ele contratava e entregava para os capitães dos navios, com bolacha e gim. De súbito, simulou uma raiva artificial, ganhou uma cor selvagem, bateu na mesa e esticou o dedo de maneira autoritária.

— Senhor! Tenho mais o que fazer, não sou palhaço! Olhe bem para aquela porta ali atrás!

E como Unrat, por um momento atordoado, ainda permanecia no lugar, o homem preparou-se para sair de trás de sua mesa. Unrat, então, abriu a porta velozmente. O papagaio gritou para ele:

— Enchê a cara!

Os marinheiros caíram na gargalhada. Unrat fechou a porta.

Dobrou abruptamente a primeira esquina e chegou a ruas tranqüilas, escapando assim da área portuária. Avaliou o ocorrido.

— Foi um erro. Foi — sem a sombra de uma dúvida — um erro.

A artista Fröhlich tinha de ser encontrada por um caminho diferente. Unrat começou a apurar com as pessoas que encontrava se alguém sabia algo a respeito dela. Eram carregadores, criadas, o lampionista, uma jornaleira. Com o povo não era possível se entender: tinha tido a experiência. Sua vivência mais recente o convidava também a ser cuidadoso no contato com desconhecidos. O mais sábio era procurar um rosto já familiar. Justamente do buraco seguinte surgiu alguém para quem Unrat, no ano anterior, gritara versos latinos, dando-lhes uma entonação furiosa. O aluno que jamais havia "preparado a lição" agora parecia um aprendiz de comércio. Ele se aproximou com um pacote de cartas na mão, ostentando uma aparência de almofadinha. Unrat foi ao encontro dele, já estava abrindo a boca, esperando somente o cumprimento do jovem, o que, porém, não aconteceu. O ex-aluno olhou nos olhos do professor com sarcasmo e passou raspando o ombro demasiadamente alto de Unrat, estampando em seu rosto louro um sorriso assustadoramente irônico.

Unrat desapareceu veloz no buraco de onde o outro havia surgido. Era uma das ruas que desciam para o porto, e por ser mais íngreme que as outras, inúmeras crianças tinham se juntado ali para descer morro abaixo em seus "barulhentos carrinhos de rolimã". As mães e as criadas estavam na calçada, levantavam os braços chamando-os para o jantar, mas o mundo jovem ininterruptamente se arremessava aos solavancos ladeira abaixo, de joelhos nos carrinhos ou de pernas para o ar, com os cachecóis ao vento e os bonés tapando as orelhas e as bocas abertas de júbilo. Ao atravessar a rua, Unrat teve de fazê-lo aos saltos para não ser atropelado. À sua volta, as poças respingavam. De repente, de um carrinho que passou a toda velocidade, alguém soltou com uma voz tonitruante:

— Unrat!

Unrat teve um sobressalto. Imediatamente, alguns outros repetiram a palavra. Esses ginasiais e escolares deviam ter ouvido o seu apelido dos secundaristas, e os outros, que absolutamente não sabiam a que se referia aquilo, gritavam também. Unrat teve de escalar a rua íngreme atravessando o tumulto que se formara à sua volta. Ofegante, chegou à praça defronte à igreja.

Tudo lhe pareceu familiar: os ex-alunos que não o cumprimentavam e apenas sorriam irônicos, e os jovens da rua chamando-o pelo apelido. Só que naquele dia, em sua agitação, não contara com o fato de que a partir daquele momento as pessoas lhe deviam uma resposta. Se antigamente jamais sabiam de cor os versos de Virgílio, agora teriam pelo menos de saber informar algo a respeito da artista Fröhlich!

Unrat chegou ao mercado e passou por um vendedor de tabaco, um aluno seu de vinte anos atrás, do qual adquirira algumas vezes uma caixinha — algumas vezes apenas: não fumava muito e raramente bebia; não tinha nenhum dos vícios burgueses... As notas fiscais desse homem estavam regularmente rasuradas: "Senhor professor U-", e só depois é que ele transformava o U num R. Unrat jamais pôde confirmar se havia nisso má intenção ou se era simples distração, mas de súbito perdeu a coragem de entrar na loja, cuja soleira já havia alcançado. O homem lá dentro era um aluno renitente, difícil de "apanhar".

Saiu furtivo, a toda pressa. Não chovia mais; o vento expulsara as nuvens. Os lampiões a gás cintilavam, vermelhos. De viés, acima de uma cumeeira, a meia-lua amarela por vezes espreitava: um olho sarcástico que a todo momento comprimia a pálpebra impedindo-o assim de "provar" seu escárnio.

Ao entrar na barraca de repolho, as grandes janelas do Café Central brilhavam como labaredas. Unrat sentiu vontade de entrar e tomar algo diferente. Naquele dia ele havia descarrilado singelamente de seu cotidiano. Lá dentro, com certeza, poderia ficar sabendo algo da artista Fröhlich; lá se conversava de tudo. Havia muito Unrat sabia disso, pois, quando sua esposa ainda vivia, ele às vezes — muito raramente — tinha se permitido uma folga no Café Central. Desde a morte dela, ele tinha em casa todo o sossego que queria e não precisava mais do Central. Além disso, sua permanência ali, no final, fora dificultada pelo novo proprietário, também um antigo aluno que havia retornado à cidade depois de anos. Ele servia pessoalmente seu antigo professor e tratava-o com tamanha gentileza que Unrat não conseguia "provar" que ele continuava chamando-o de professor Unrat. Os fregueses estavam muito animados; Unrat teve a sensação de que, se voltasse mais vezes, serviria de propaganda para o Central.

Portanto, virou-se e procurou mentalmente por outros locais onde pudesse fazer a sua pergunta. Mas não se lembrou de nenhum. As cabeças conhecidas evocadas por sua memória traziam todos os rostos como o do aprendiz de comércio, seu ex-aluno, há pouco. As lojas iluminadas, como a do vendedor de tabaco e o café, acolhiam tão-somente alunos rebeldes. Unrat sentiu raiva, começou a ficar cansado e teve sede. Pelos cantos dos óculos, lançou olhares verdes — chamados por sua classe de venenosos — às lojas e às portas das casas com nomes de ex-secundaristas. Todos esses moleques o desafiavam. A artista Fröhlich, que se mantinha escondida numa dessas casas, que entretinha um de seus alunos com atividades paralelas e se esquivava da autoridade de Unrat, também o desafiava! Por vezes, a plaquinha na entrada de uma casa mostrava o nome de um determinado professor; Unrat, então, desviava o olhar, irritado. Aquele ali o chamara pelo apelido diante de sua própria classe, e de nada adiantou ele ter se retratado depois. Esse aqui tinha visto o filho de Unrat no mercado junto com uma vadia e espalhado o que vira. Ameaçado de todos os lados por inimigos, Unrat avançou pelas ruas. Passou sorrateiramente pelas casas sentindo uma tensão no alto da cabeça, pois a qualquer momento seu nome poderia irromper de uma janela, como um balde de água suja despejado por alguém sobre sua cabeça! E por não ver quem havia sido, não conseguiria "apanhar" quem gritou! Uma classe revoltada de cinqüenta mil alunos esbravejava ao redor de Unrat.

Desse modo, sem o perceber, ele se sentiu a salvo ao chegar na região mais afastada e funda onde, no final de uma ruela silenciosa e comprida, ficava a associação das senhoritas idosas. Estava totalmente escuro. Algumas criaturas passaram furtivas, em "mantilhas" semilongas e com lenços na cabeça, regressando para casa, atrasadas, de uma reunião de senhoras, de um culto noturno, tocavam a campainha sem ser notadas e desapareciam por alguma porta entreaberta. Um morcego fez um ziguezague acima do chapéu de Unrat. Unrat refletiu e de soslaio olhou a cidade lá em cima:

— Então, não há ninguém. Ninguém. — Querendo dizer: — Eu ainda vou enganar essa corja!

Mas como sentia sua impotência, o ódio o fez tremer e apoderou-se dele profundamente; o ódio desses mil alunos preguiçosos e maldosos que sempre deixavam de entregar os devidos trabalhos, sempre o chamavam pelo apelido e que só pensavam em fazer arruaça; que o irritavam agora com a artista Fröhlich, não denunciavam nem ela nem o aluno Lohmann, ao contrário, comportavam-se como uma classe "sacana" que se mantinha unida contra o professor; que estavam naquele momento sentados jantando, obrigando-o, porém, a ficar rastejando ali embaixo; e que realmente — pressentiu naquele momento

— haviam feito dele uma pessoa má, ele que, nestes longos anos em que estiveram juntos, deles recebera tão duvidoso tratamento.

Ele que, havia 26 anos, tinha a classe diante de si, a classe com os mesmos rostos sempre maliciosos, nunca tinha notado que com o passar do tempo os rostos ali fora, ao pensarem no professor Unrat, logo se tornavam fisionomias completamente indiferentes, mas depois assumiam feições até mesmo benévolas. Sempre na tensão da luta, não estava disposto a reconhecer que os mais velhos da cidade pronunciavam seu apelido, mesmo quando diziam a palavra na sua cara, não para magoá-lo, mas sim por amor às recordações juvenis que, nesse meio tempo, pareciam-lhes inofensivamente alegres; e que na cidade ele era uma figura dotada de muita comicidade para todos, e para alguns se tratava de uma comicidade afetuosa. Ele não ouviu a conversa entre dois alunos da primeiríssima geração que estavam parados na esquina e o observavam, segundo ele, cheios de sarcasmo.

— O que está havendo com o Unrat? Está ficando velho.

— E cada vez mais sujo.

— Nunca o conheci de outro modo a não ser sujo.

— Oh, disso o senhor não deve mais lembrar. Quando professor substituto, ele ainda era uma pessoa muito asseada.

— É mesmo? O que um apelido não faz. Realmente, não consigo imaginá-lo limpo.

— Sabe o que eu acho? Nem mesmo ele. Com o tempo, ninguém pode fazer nada contra um apelido desses.

III

Unrat subiu novamente apressado a viela silenciosa, pois teve um pensamento cuja veracidade queria verificar imediatamente — imediatamente mesmo. Numa inspiração repentina, ele achou que Rosa Fröhlich era a dançarina descalça a respeito da qual faziam tanto alarde. Disseram que ela viria e apresentaria sua arte no salão da Associação Comunitária. Unrat lembrou-se claramente de como o professor Wittkopp, um membro dessa associação, falara sobre isso. Havia entrado na sala dos professores e ido até seu armário; abriu-o, colocou nele uma pilha de cadernos de exercícios e disse:

— Ora, vamos receber aqui também a famosa Rosa Fröhlich, que apresenta dança grega com os pés descalços.

Unrat observou como Wittkopp se fez de importante, olhando de soslaio, vaidoso, para todos os lados através de seu pincenê e fazendo bico ao pronunciar: "Rosa Fröhlich". Sem dúvida alguma, ele havia dito: "Rosa Fröhlich". Unrat ouviu cada uma das quatro sílabas, na maneira de falar afetada de Wittkopp, e com o "erre" sussurrado. Devia ter se lembrado disto antes! Sem dúvida, neste ínterim, a dançarina descalça havia chegado, e o aluno Lohmann já tinha entrado em contato com ela. Unrat estava em vias de "apanhar" ambos.

Chegou à rua Siebenberg, já havia percorrido metade dela quando uma persiana desceu de maneira estrondosa diante de uma vitrine. Unrat ficou arrasado e parou alguns passos adiante, pois a persiana pertencia a Kellner, um vendedor de partituras, que nessas ocasiões vendia ingressos e sabia de todos os detalhes. Parece que naquele dia Unrat não iria mais alcançar os dois que estava perseguindo.

Mesmo assim, não conseguiu imaginar-se chegando agora em casa e engolindo seu jantar. Fora dominado pelo espírito da caça. Deu-se mais alguns minutos e fez um último desvio. Na rua Rosmarin, totalmente abalado, deteve o passo diante de uma escadinha de madeira já desgastada. Ela era íngreme e dava numa estreita porta de loja com a inscrição "Johannes Rindfleisch, mestre-sapateiro". Não havia mercadorias expostas; atrás do vidro espelhado das duas pequenas janelas havia vasos com flores. E Unrat lamentou não ter sido conduzido até ali há mais tempo por sua boa sorte, à residência de um homem íntegro e inofensivo, de um integrante da ordem dos Guardiães do Senhor, que não falava palavrão, jamais fez uma cara ofensiva, e que, de bom grado, daria informações sobre a artista Fröhlich!

Ele abriu a porta. Uma sineta tocou e o som ecoou amistosamente. A oficina estava limpa, arrumada e na penumbra. Enquadrada no batente da porta da sala contígua, via-se a imagem iluminada da família do sapateiro jantando. O artesão mastigava ao lado da filha. A mãe dava às crianças pequenas batatas com salsichão defumado. O pai colocou a bojuda garrafa de cerveja ao lado do lampião, levantou-se e olhou para o cliente.

— 'Noite, senhor professor. — Engoliu primeiro cerimoniosamente o seu bocado. — Posso ajudá-lo?

— Sim — respondeu Unrat, com um sorriso inseguro. Esfregou as mãos e engoliu também, mas sem nada na garganta.

— Desculpe-me — acrescentou o sapateiro —, pois aqui já está tudo escuro. Encerramos o expediente às sete. O resto da noite pertence ao Senhor. Quem continuar trabalhando não recebe bênção.

— Por um lado, isso... pode estar totalmente correto — gaguejou Unrat.

O sapateiro era um palmo mais alto. Tinha ombros ossudos e sob o avental de couro havia uma barriga bastante proeminente. Caracoizinhos grisalhos, um pouco oleosos, formavam um arco em volta de seu rosto comprido, cor-de-chumbo, cujas faces terminavam numa barba cuneiforme, e que sorria devagar. Rindfleisch entrelaçava continuadamente os dedos sobre o estômago, soltava-os e juntava-os outra vez.

— Mas, por outro lado, com certeza essa não é a razão pela qual eu vim — explicou Unrat.

— Sinhô profissô, 'noite, sinhô profissô — disse a mulher na soleira da porta, e fez uma vênia. — O que está fazendo aí nessa escuridão com o sinhô profissô, Johannes, faça-o entrar. Sinhô profissô, se não levar a mal que estamos comendo salsichão.

— Longe de mim uma coisa dessas, minha boa senhora.

Unrat resolveu fazer um sacrifício.

— Mestre Rindfleisch, é contra a minha vontade que interrompo seu jantar, mas estava passando e tive a idéia de que o senhor — seja agora realçado — devia tirar minhas medidas para um par de botas.

— Às suas ordens, sinhô profissô. — E a mulher fez outra vênia.

Rindfleisch refletiu, depois pediu o lampião.

— Assim vamos nos sentar na escuridão para comer — comentou a mulher alegremente. — Não, sinhô profissô, entre. Acendo a luz para o senhor no quarto azul.

Ela foi na frente, entrou num quarto onde fazia frio, e em honra a Unrat acendeu as duas velas cor-de-rosa intactas que, sobre uma base crespa e ladeadas por duas conchas grandes, refletiam-se no espelho da pilastra. Junto às paredes extravagantemente azuis, móveis antigos de mogno quedavam-se numa postura dominical. Sobre a toalha de crochê da mesinha de centro, um Cristo abençoava, estendendo seus braços de porcelana.

Unrat esperou a senhora Rindfleisch sair. Depois de ver a porta fechada e ter o sapateiro em seu poder, começou:

— Adiante então, mestre; agora se trata de mostrar que o senhor, que já executou alguns trabalhos menores para a satisfação do pro... para a minha satisfação, também pode criar um par de botas dos bons.

— Oh, sim, sinhô profissô, sim, sim — respondeu Rindfleisch, humilde e solícito como o primeiro da classe.

— Ainda que já esteja em posse de dois pares, ninguém pode prescindir de calçados bons e quentes, com esta umidade predominante.

Rindfleisch ajoelhou-se e tirou as medidas. Tinha o lápis entre os dentes e apenas resmungava.

— Por outro lado, esta estação do ano sempre traz algo de novo à cidade, um pouco — certeza certa — de descanso mental. Bem, afinal, isso também é algo de que as pessoas precisam.

Rindfleisch olhou para cima.

— Repita isso, sinhô profissô. Sim, sim, sim, as pessoas precisam disso. E a nossa irmandade também sabe disso.

— Sei, sei — disse Unrat. — Mas penso na visita de personalidades distintas, que se destacam entre as pessoas.

— É nisso que estou pensando também, sinhô profissô, e é o que a comunidade também pensa. E, amanhã à noite, nós, os irmãos, vamos nos reunir para orar com um missionário famoso. Sim, sim.

Unrat achou difícil chegar à artista Fröhlich. Tentou, por alguns momentos, e como não encontrava uma brecha, foi direto ao assunto.

— Em breve, na Associação Comunitária, vai se apresentar também — como sempre outra vez — uma celebridade. Uma artista. Sem dúvida, já deve ter ouvido falar dela, como todo mundo, mestre.

Rindfleisch ficou calado, e Unrat esperou ardorosamente. Estava convicto de que o homem a seus pés tinha aquilo de que precisava, e só dependia dele extrair o que queria. A artista Fröhlich tinha saído no jornal, fora tema de conversa na sala dos professores e estava anunciada na janela do Kellner. A cidade inteira estava informada sobre ela, exceto Unrat. Qualquer um tinha mais contato social e relacionamentos que Unrat: sem que ele próprio soubesse, vivia afundado nessa crença; e dirigia-se com total confiança a um sapateiro da ordem dos Guardiães do Senhor para obter informações sobre uma dançarina.

— Ela dança, mestre. Vai dançar na Associação Comunitária. Céus, as pessoas vão correr para lá.

Rindfleisch confirmou com a cabeça.

— As pessoas não sabem direito para onde estão indo, senhor professor — disse de maneira velada e significativa.

— Ela dança descalça, sem dúvida é uma habilidade rara, mestre.

Unrat não sabia mais como levar o homem a falar.

— Imagine só: descalça!

— Descalça — repetiu o sapateiro. — Espera lá! Assim dançavam também as mulheres dos amalecitas, que dançavam na frente dos ídolos.

E soltou uma gargalhada vazia, por humildade apenas, pois ele, um homem sem instrução, ousava ornamentar-se com palavras da Escritura.

Unrat agitava-se constrangido como um aluno que, ao fazer uma tradução, hesitava e logo ameaçava emperrar. Ergueu-se apoiando os nós dos dedos no espaldar e levantou-se num salto.

— Bem, deixa para lá essas medidas, mestre, e diga-me — adiante, então — se a dançarina descalça Rosa Fröhlich já chegou! O senhor deve saber!

— Eu, senhor professor? — e Rindfleisch parou consternado. — Eu... uma dançarina?

— Nem por isso o senhor vai se tornar pior — afirmou Unrat, impaciente.

— Ai, ai, ai, longe de mim a soberba espiritual e a presunção. E amor em Deus, senhor professor, quero ter também por minha irmã descalça. Ah, claro, e quero pedir que o Senhor faça por ela o que fez pela pecadora Madalena.

— Pecadora? — perguntou Unrat, altivo. — Mas por que o senhor considera a artista Fröhlich uma pecadora?

O sapateiro lançou um olhar casto para o chão untado.

— Ora essa — replicou Unrat, cada vez mais insatisfeito com o mestre —, se a sua esposa e a sua filha quisessem mudar a vida tornando-se artistas, não lhes ficaria bem — sem a sombra de uma dúvida. Por sua vez, há círculos de pessoas e leis morais... Mas creio que já é o bastante.

E fez um movimento com a mão, sugerindo que ali estava sendo abordada no primeiro ano uma matéria que no máximo seria vista no terceiro.

— Minha esposa também é uma pecadora — disse baixinho o sapateiro, cruzou os dedos sobre a barriga e ergueu a cabeça lançando um olhar penitente. — E eu mesmo devo dizer: Senhor, nosso Senhor. Pois todos nós somos pecadores da carne.

Agora foi Unrat a espantar-se.

— O senhor e sua esposa? Mas são legitimamente casados!

— Oh, sim, claro, nós somos. Mas o pecado da carne, senhor professor, permanece sempre, e Deus permite somente...

O Guardião do Senhor concentrou-se em algo muito mais importante.

Seus olhos ficaram arredondados e totalmente brancos de mistério.

— E então? — perguntou Unrat, indulgente.

E o outro sussurrou:

— As outras pessoas não sabem que é só isso que Deus permite, a fim de conseguir mais anjos para o seu céu lá em cima.

— Ora, ora — disse Unrat —, isso é realmente algo muito bonito.

E, com um sorriso pérfido, espreitou o rosto transfigurado do sapateiro.

Mas logo reprimiu seu escárnio e virou-se para ir embora. Começou a acreditar que Rindfleisch realmente nada sabia sobre a artista Fröhlich. Voltando a este mundo, o sapateiro perguntou qual deveria ser então a altura do cano da bota. Unrat respondeu desatento, tratou também a despedida da família Rindfleisch com uma afabilidade bem superficial. Depois, apressado, tomou o caminho de casa.

Sentiu desprezo por Rindfleisch. Sentiu desprezo pela sala azul, a estreiteza daqueles espíritos, as almas humildes, a exaltação pietista e a obstinação moral. A casa de Unrat também tinha uma aparência bem miserável, mas em compensação sua cabeça tinha a possibilidade de conversar, na língua deles, com diversos gênios de outrora, caso voltassem, sobre a gramática em suas obras. Ele era pobre, desconhecido; ninguém sabia da importância do trabalho que fomentava havia vinte anos. Em meio àquele povo, era desconsiderado e escarnecido — mas, de acordo com sua consciência, ele fazia parte dos dominadores. Nenhum banqueiro e nenhum monarca participavam mais intensamente do poder, nenhum estava mais interessado na conservação do existente do que Unrat. Exaltava-se a favor de todas as autoridades; no isolamento de seu quarto de estudos, enfurecia-se contra os operários que — caso tivessem atingido suas metas — provavelmente teriam conseguido que Unrat também fosse mais bem remunerado. De modo lúgubre, prevenia os jovens professores substitutos, ainda mais tímidos que ele, e para os quais ousava dizer algo, contra a mania calamitosa do espírito moderno de solapar os princípios. Ele os queria fortes: uma Igreja influente, uma espada sólida, obediência estrita e costumes rígidos. Mesmo sendo absolutamente incrédulo e capaz de uma liberalidade imensa consigo próprio. Mas, como tirano, sabia de que maneira manter escravos; como domar a plebe, o inimigo e os cinqüenta mil alunos rebeldes que o afligiam. Lohmann parecia manter relações com a artista Fröhlich; Unrat enrubesceu, pois era incapaz de reagir de outro modo. Mas o aluno Lohmann só se tornara um criminoso pelo fato de esquivar-se da disciplina rígida do professor por meio de prazeres proibidos. Não era estreiteza moral o que provocava raiva em Unrat...

Chegou em casa e, na ponta dos pés, passou pela cozinha, onde a empregada, irritada com seu atraso, fazia barulho com as panelas. Em seguida, ela lhe serviu a comida, salsicha defumada e batatas. Estavam cozidas demais e frias. Unrat evitou fazer qualquer crítica; a moça teria imediatamente se zangado. Unrat quis preservá-la de se sublevar contra o seu senhor.

Depois da refeição, ele sentou-se diante da escrivaninha. Em virtude de sua vista míope, ela era excepcionalmente alta; e trinta anos de esforços para colocar sobre ela o braço direito deixaram seu ombro bem acima da linha normal. "A verdade está apenas na amizade e na literatura", dizia ele então, como de costume. Havia tirado essa frase de algum lugar e, de tão habituado, via-se obrigado a pensar nela sempre que começava o trabalho. Nunca experimentou o que entendia por amizade. A palavra aparecia por mero acaso. Mas a literatura! Era essa sua grande obra, da qual as pessoas nada sabiam, que havia muito tempo medrava ali no silêncio e que talvez um dia, para espanto de todos, iria brotar da sepultura de Unrat. Tratava-se das partículas em Homero! Mas o caderno de redações de Lohmann estava ali do lado e interferia em seu estado de ânimo. Foi obrigado a pegá-lo e a pensar na artista Fröhlich. Havia algo que o inquietava: não tinha mais certeza se a famosa dançarina descalça se chamava Rosa Fröhlich. Essa Fröhlich podia ser algo completamente diferente. Sim, ela era algo completamente diferente: depois de ponderar, isso se tornou uma certeza para Unrat. Ainda tinha de descobrir o paradeiro dela para poder "provar" algo contra o aluno Lohmann. Na luta com esse miserável, ele se viu novamente jogado ao longe e ficou ofegante de tanta irritação solitária.

De repente, enfiou-se em seu casaco e precipitou-se para fora. A corrente já fechava a porta da casa; Unrat atracou-se com ela como um fugitivo. A empregada ralhou, ele a ouviu vindo com seus passos fortes. No medo do último minuto, fez um movimento correto e a porta abriu-se, ele então passou pelo pequeno jardim e alcançou a rua. Até o portal da cidade alternou o trote com o passo acelerado; conteve-se então, mas seu coração palpitava. Sentia-se estranho, como se percorresse trajetos proibidos. Foi adiante passando por ruas desertas, morros e vales. Espionou as ruelas e os "buracos", demorou-se diante das tabernas e com uma desconfiança tensa olhou para as janelas, por cujas cortinas fechadas parecia riscar um raio de luz. Caminhou pelo lado escuro; lá em cima, uma lua clara se espalhava. As estrelas clareavam tudo, não ventava mais, e os passos de Unrat ecoavam. Junto à prefeitura, dobrou para o mercado e deu a volta passando sob as folhagens. Arco, torres, fontes penetravam na luz gótica da lua, com suas silhuetas cobertas de arabescos. Unrat viu-se dominado por uma excitação enigmática e disse diversas vezes: "Isso seria então... creia-me" e "adiante, então!".

Ao mesmo tempo, examinou, zeloso, cada janela do correio e da delegacia. Como achou improvável que a artista Fröhlich estivesse escondida naqueles edifícios, retornou à rua deixada havia pouco. Alguns passos adiante, resplandecia a vidraça larga de um bar, no qual bom número de colegas de Unrat se reunia todas as noites para tomar cerveja. Na cortina apareceu o contorno escuro da cabeça de um professor de cavanhaque mexendo a boca; um dos piores, que se negava a respeitar Unrat, dando assim motivos para o relaxamento da disciplina na escola, e que se indignara moralmente com o filho de Unrat. Pensativo, Unrat observou esse doutor Hübbenett: como sua fala saía em meio ao seu cavanhaque, o furor com que bebia cerveja — que sujeito ordinário era aquele! Unrat não tinha nada a ver com as pessoas lá dentro, absolutamente nada; para sua satisfação, naquele momento isso ficou claro para ele. Passavam o tempo juntos achando que estava tudo bem: ele, porém, julgava-se, de certo modo, suspeito e excluído, por assim dizer. E ao pensar neles, não sentia mais nenhuma ferroada maligna. Balançou a cabeça diante da sombra daquele professor, devagar e com desprezo — e continuou caminhando.

A cidade logo chegou ao fim. Ele deu meia-volta e dirigiu-se para a rua Kaiser. Devia estar acontecendo um baile na casa do cônsul Breetpoot; o casarão estava totalmente iluminado, e a todo momento chegavam carruagens. O criado e vários empregados saltavam à frente, abriam a portinhola e ajudavam as pessoas a descer. Saias de seda rumorejavam sobre o umbral. Uma dama parou e, sorrindo amavelmente, estendeu a mão para um jovem que se aproximava a pé. Unrat reconheceu no belo rapaz usando uma cartola o jovem professor Richter. Ele tinha ouvido dizer que Richter almejava um casamento rico, numa família elegante para a qual geralmente professores não se atreviam a olhar. E Unrat, do outro lado, no escuro, sorriu consigo mesmo, cheio de malícia.

— Puxa, bem esforçado, deveras! — disse ele.

Com o colarinho do casaco manchado, zombou daquele homem promissor tão bem recebido, como um vagabundo sarcástico que, incógnito e ameaçador, observa o belo mundo a partir da sombra, carregando em seu espírito o fim de tudo, como uma bomba. Sentiu-se bem superior a Richter e estava muitíssimo alegre; gracejou em silêncio e disse, sem que ele próprio entendesse:

— Ainda posso muito bem me tornar um obstáculo em seu caminho. Vou pegá-lo — como sempre outra vez —, lembre-se bem disso!

E durante o caminho divertiu-se a valer. Quando se deparava novamente com o nome de um colega ou de um antigo aluno na plaqueta de alguma porta, pensava: "Ainda vou apanhá-lo algum dia!", e esfregava as mãos. Ao mesmo tempo dava um sorriso de aprovação dissimulada às respeitáveis casas com cumeeiras, pois estava seguro de que a artista Fröhlich estava metida em alguma delas. Ela o tinha estimulado de um modo peculiar, mexera com ele, deixara-o nas nuvens. Criou-se uma espécie de ligação entre ela e Unrat, que a procurava furtivamente numa ronda noturna. O aluno Lohmann era a segunda parte da caça: um índio de uma outra tribo, por assim dizer. Muitas vezes, quando levava sua classe à festa da escola, Unrat tinha de brincar de polícia e ladrão. Ficava de pé num outeiro, esticava o punho para o céu e comandava: "Firmes, de agora em diante!", e se excitava a valer na bagunça que se seguia. Pois a coisa era séria. Escola e brincadeira eram a vida... E nessa noite, Unrat brincava de índio percorrendo a trilha em meio à batalha.

Foi dominado por uma tensão cada vez mais ávida. As formas indefinidas na sombra causavam-lhe temor e comichão; cada esquina o atraía tremendamente. Metia-se em travessas estreitas feito um aventureiro; com o coração palpitando, detinha o passo por causa de um murmúrio vindo de alguma janela. Aqui e ali, uma porta se abria em silêncio ao aproximar-se Unrat; uma vez, um braço com roupa cor-de-rosa estendeu-se em direção a ele. Fugiu, todo espavorido, e de súbito viu-se no porto — pela segunda vez naquele dia, e havia anos que não pisava naquela região. Navios empilhavam-se na escuridão, banhados pelo luar. Unrat imaginou que a artista Fröhlich estivesse num deles, dormindo num camarote; antes do amanhecer, a sirene soaria e a artista Fröhlich partiria para terras longínquas. Com essa idéia, o ímpeto de Unrat para agir, para partir ao assalto, ficou irrefreável. Dois operários aproximaram-se a passos firmes, um da direita e outro da esquerda. Encontraram-se bem perto de Unrat, e um deles disse:

— E aí, pra onde é que você tá indo, Klaas?

O outro respondeu sombrio, com voz de baixo:

— Vô enchê a cara.

Essas palavras levaram Unrat a tentar lembrar onde já as tinha ouvido hoje, e o que queriam dizer. Pois em 26 anos não tinha aprendido esse linguajar. Seguiu os dois proletários por vários becos enlameados tentando deduzir-lhes o vocabulário. Entraram num deles um pouco mais largo, fazendo uma curva em direção a uma casa ampla, com uma enorme porta de celeiro sobre a qual um lampião balançava diante da imagem de um anjo azul. Unrat ouviu música. Os operários desapareceram no corredor, um deles cantarolou ao som da música. Na entrada, Unrat percebeu um cartaz colorido e o leu. Ele indicava uma "diversão noturna". Quando Unrat estava a meio caminho, deparou com algo que o deixou ofegante e banhado em suor, e no temor e na esperança de ter se enganado, repassou tudo. De repente, num arranque, precipitou-se para dentro da casa, como num abismo.

IV

O "vestíbulo" era tremendamente largo e comprido, era o respeitável vestíbulo de uma velha casa burguesa, na qual se desenvolviam agora "atividades paralelas". Percebiam-se ruídos de panelas e um clarão, vindos de uma porta semi-aberta, à esquerda. Na entrada, à direita, estava escrito "Salão", e lá dentro havia um rebuliço abafado de sons, entre os quais se destacava às vezes um bem estridente. Unrat hesitou antes de empunhar a maçaneta; viu nisso uma ação de severas conseqüências... Um homem baixo, muito gordo e totalmente careca, veio de encontro a ele, uma cerveja na mão. Ele o deteve:

— Perdão — balbuciou —, será que eu poderia falar com a artista Fröhlich?

— O que o senhor quer falar com ela? — perguntou o homem. — Agora ela não fala, ela está cantando. Ouça um pouco.

— Seria o senhor o proprietário do Anjo Azul? Ora, realmente isso é deveras interessante. É que eu sou o professor Raat do ginásio local e vim por causa de um aluno que deve estar aqui. Será que o senhor poderia me dizer onde ele está?

— Na certa, senhor professor. Então dê uma chegada até o quarto lá de trás, dos artistas, sempre tem algum desses jovens por ali.

— Veja só — disse Unrat em tom de advertência —, foi o que imaginei. Tem de admitir, meu caro, que isso não é correto.

— Pois é — e o proprietário ergueu as sobrancelhas —, pra mim realmente tanto faz quem paga o rango das garotas. Os rapazes ainda pediram vinho por conta deles, mais do que isso também não dá pra exigir. Se eu quiser dar na cabeça de meus fregueses, vou ter de agüentar as conseqüências, é óbvio.

Unrat cedeu.

— Pode até ser. Mas agora vá até lá, meu caro, sem delongas, e me traga aqui aquele moleque.

— Que diabo, vá o senhor mesmo!

A sede de aventura de Unrat logo desaparecera; desejava nunca ter descoberto o paradeiro da artista Fröhlich.

— Vou ter de atravessar o salão? — perguntou intimidado.

— Pois é, não dá pra ser de outro jeito, é aquele quarto lá nos fundos, daqui dá pra ver a janela com a cortina vermelha na frente.

Ele deu alguns passos pelo vestíbulo acompanhando Unrat, e mostrou-lhe uma janela bem grande com uma cortina vermelha por dentro. Unrat quis dar uma espiada; nesse ínterim, o proprietário voltou com sua cerveja à porta do salão e abriu-a. Unrat retornou correndo, com os braços estendidos, pedindo com uma fisionomia carente:

— Caro senhor, por favor, traga esse aluno aqui para fora!

O proprietário, já do lado de dentro, virou-se, contrafeito:

— Quem é ele, afinal? Lá dentro estão três deles amontoados... Velho palerma — acrescentou, e deixou Unrat ali sozinho.

"Três?", ia dizer Unrat, mas já se encontrava no salão, atordoado pelo barulho, cego com o vapor tremendamente quente que embaçou as lentes de seus óculos.

— Feche a porta, olha a corrente! — ouviu gritarem a seu lado.

Ele tateou assustado tentando achar a maçaneta, não a encontrou e ouviu risos.

— Alguém está brincando de cabra-cega — disse a mesma voz.

Unrat tirou os óculos; encontrou a porta já fechada, viu-se preso e olhou à sua volta, desnorteado.

— Ô cara, ô Laurenz, este aí não é aquele sujeito engraçado de hoje à tarde? Já esqueceu? Ele ficou azucrinando o agente marítimo.

Unrat não entendeu, sentiu apenas o tumulto à sua volta contra ele. Como todos estavam prestes a dar-lhe uma surra, ele descobriu na mesa a seu lado uma cadeira livre; precisava apenas se sentar. Levantou levemente o chapéu e perguntou:

— Permitam-me talvez?

Aguardou a resposta por alguns instantes, depois se acomodou. Imediatamente se sentiu integrado à multidão, liberado de sua opressiva posição de destaque. Naquele momento, ninguém reparava nele. A música havia recomeçado; as pessoas próximas cantavam também. Unrat limpou as lentes dos óculos e tratou de ambientar-se. Viu, em meio à fumaça dos cachimbos, dos corpos e dos copos de grogue, inúmeras cabeças, todas elas possuídas pela mesma bem-aventurança abafada, balançando para todos os lados de acordo com a música. Os cabelos e os rostos eram vermelhos-brasa, amarelos, castanhos, cor-de-tijolo, e o balanço desses cérebros, atraídos pela música de volta à vida instintiva, parecia um grande e colorido canteiro de tulipas ao vento, movendo-se por todo o salão, até misturar-se à fumaça, ao fundo. Só uma coisa brilhante lá atrás rompia a fumaça, um objeto de movimentos intensos, algo que agitava para todos os lados braços, ombros ou pernas, carne das mais brancas iluminada por um potente refletor, e que escancarava uma boca grande de contornos escuros. O que aquela criatura cantava era aniquilado pelo piano e também pelas vozes dos fregueses. Mas Unrat teve a impressão de que o que a mulher fazia não era nada além de gritaria. Por vezes soltava um som que nenhum trovão conseguiria suplantar.

O proprietário colocou um copo na frente de seu cliente e já ia saindo quando Unrat segurou-o pelo paletó.

— Seja agora realçado, meu caro! Aquela cantora por acaso não é a senhorita Rosa Fröhlich?

— Pois é, é a própria. Agora, divirta-se, já que está aqui.

O proprietário então livrou-se dele.

Contrariando todas as evidências, Unrat teve a esperança de que poderia não ser ela, de que o aluno Lohmann jamais tivesse posto os pés naquele lugar, de modo que ele, Unrat, fosse dispensado de agir. De súbito evidenciou-se a possibilidade de que o poema do caderno de Lohmann era poesia pura, que na realidade não correspondia a nada, e de que a artista Fröhlich absolutamente não existia. Unrat agarrou-se a essa crença reconfortante, admirou-se por ter demorado tanto a perceber isso. Tomou um gole de cerveja.

Seu vizinho disse "saúde". Era um burguês de meia-idade com uma grande barriga sob a camisa de algodão, sobre a qual mantinha o colete bem aberto. Unrat observou-o longamente, de soslaio. O cidadão bebia e passava a mão proba sobre o bigode úmido branco-amarelado. Unrat atreveu-se:

— Então, esta que está cantando para nós é realmente a senhorita Rosa Fröhlich, não é verdade, meu caro amigo?

Mas naquele momento irromperam aplausos, pois a cantora havia terminado um número. Unrat teve de esperar e em seguida perguntou novamente.

— Fröhlich? — perguntou o cidadão. — Ora, como é que vou saber, meu senhor, como todas essas moças se chamam. A toda hora, tem uma nova no pedaço.

Unrat ia dizer em tom de repreensão que isso estava escrito lá fora, mas o piano recomeçou, dessa vez um pouco mais baixo, e ele conseguiu entender algumas palavras ditas pela mulher, enquanto ela erguia a saia pressionando-a manhosa e envergonhada contra a face.

— É que ainda sou tão pequenininha e inocente...

Unrat considerou isso de uma estupidez a toda prova, e o associou à resposta obtusa dada por seu vizinho. Foi tomado pelo mau humor: uma sensação de ter sido arrastado para um mundo que era a negação do seu próprio, e de uma repulsa oriunda de suas entranhas pelas pessoas que não colocavam nada impresso diante dos olhos; que assistiam a um concerto sem ter lido o programa! Ocorria-lhe o fato de que pudessem estar ali mais de cem pessoas que não "prestavam atenção", não "pensavam com clareza" e que, ao contrário, embriagavamse e se entregavam sem vergonha nem temor às mais ociosas "atividades paralelas". Tomou um gole brusco de seu copo. "Se soubessem quem eu sou", pensou ele em seguida, enquanto seu orgulho se despia da teimosice, sentindo-se leve e agradável e um pouco embaraçado — atiçado pela quente transpiração humana, esse aquecimento a vapor com sangue. O mundo recolhia-se numa fumaça espessa, cheia de gesticulações imprecisas... Passou a mão na testa; pareceu-lhe que a mulher lá em cima já tinha cantado várias vezes, que ela era "pequenininha e inocente"; agora ela tinha terminado e o salão aplaudia, berrava, urrava de alegria e batia os pés. De repente, Unrat bateu palmas várias vezes, bem perto dos próprios olhos, que olhavam o fato com espanto. Foi dominado por uma vontade imensa, irrefletida, incontrolável, de bater, ao mesmo tempo, ambos os pés contra o chão. Foi forte o suficiente para não fazê-lo. Mas essa tentação também não o deixou enraivecido. Sorriu consigo mesmo, num devaneio alegre, e constatou que — por conseguinte, então — assim era o ser humano. "Mais uma vez — comer grama", acrescentou. "Ah, com certeza."

A cantora desceu para o salão. Ao lado do palco, uma porta se abriu. De repente, Unrat percebeu que alguém o observava de lá. Uma única pessoa tinha voltado o rosto para ele; e essa pessoa estava lá em pé, rindo; e era — com toda certeza —, era ninguém menos que o aluno Kieselack!

Assim que teve certeza disso, Unrat foi às alturas. Por um momento, teve a sensação de estar fora de si — e imediatamente, os alunos se utilizaram do fato para fazer arruaça. Abriu passagem entre os ombros de dois soldados, passou à força por eles e precipitou-se adiante. Vários operários opunham-lhe resistência, um deles, sem mais nem menos, arrancou-lhe o chapéu de um golpe. Ele o colocou outra vez, totalmente sujo; alguém gritou:

— Hannes, mas que chapéu!

Kieselack, lá atrás, ria jogando e sacudindo o tronco para a frente, de tão satisfeito. Unrat fez mais uma investida; batia o queixo em aflição descontrolada. Mas alguém o segurou por trás. Ele tinha derrubado o grogue de um marinheiro e devia pagá-lo. O que foi feito. Agora tinha diante de si alguns passos livres. Lançou-se para a frente, amedrontado com o excesso de depravação ali manifestada, com os olhos sempre fixos em Kieselack, que ria — foi então que se chocou contra algo mole, e uma mulher alta, muito gorda, usando um casaco marrom que se abrira, deixando-a insuficientemente vestida, encarou-o furiosa. Um homem não menos exuberante, penteado com esmero, usando apenas uma camiseta sob um paletó velho, aproximou-se e xingou-o também. Unrat havia esbarrado no prato de recolher dinheiro da mulher, fazendo cair bom número de moedas. Todos buscavam, Unrat também se abaixou, consternado, procurando a esmo. Ao lado de sua cabeça, que se movia próxima ao chão, as pessoas arrastavam os pés; queixas, comentários sarcásticos, maldições, até mesmo mãos atrevidas lançaram-se sobre ele. Unrat levantou-se, corado, com uma moeda de dois *pfennige* entre os dedos. Arquejou tateando com o olhar cego em muitos rostos hostis ao redor. Pela segunda vez naquele dia sentiu nas faces o vento crítico da revolta. Começou a dar trancos para os todos lados, como se houvesse inúmeros agressores. Nesse momento, viu Kieselack com os braços sobre a caixa alta do piano, chacoalhando o corpo inteiro. E agora Unrat *ouviu* até mesmo suas gargalhadas. Unrat, então, submergiu no pânico vertiginoso do tirano que vê a plebe invadir o palácio e tudo o mais perdido. Naquele momento considerava justo qualquer ato de violência, não havia mais qualquer limite. Gritou, e sua voz soou cavernosa:

— Para o cubículo! Para o cubículo!

Kieselack, já bem próximo dele, obedeceu. Desapareceu pela porta aberta ao lado do palco. Quando deu por si, Unrat também estava lá dentro. Avistou uma cortina vermelha e atrás dela um braço se destacava. Ao se aproximar, percebeu um salto. Espiou lá fora e viu Kieselack correndo num trote veloz pelo vestíbulo. Lá adiante, na porta de entrada, Unrat avistou uma segunda pessoa fugindo; reconhecera-o por pouco: o conde Ertzum. Unrat ficou na ponta dos pés, mas a janela era alta demais. Tentou manter-se nessa posição. Enquanto balançava com os cotovelos esticados, ouviu pelas costas uma voz aguda:

— Coragem, coragem, um jovem tão forte!

Ele veio abaixo e virou-se: e lá estava a mulher toda pintada.

Unrat observou-a por alguns instantes; seus maxilares se moviam silenciosos. Por fim, proferiu:

— A senhora é — por conseguinte, então — a artista Fröhlich?

— Sim, sou — disse a mulher.

Unrat já o sabia.

— E agora exibe sua arte nessa taberna?

Essa confirmação, ele também a queria ouvir da própria.

— Pergunta original — observou ela.

— É que aí...

Unrat tomou fôlego; apontou para a janela atrás de si, pela qual Kieselack e von Ertzum haviam fugido.

— Diga-me — também afinal — a senhora pode se permitir uma coisa dessas?

— Mas o quê? — perguntou ela espantada.

— São colegiais — disse Unrat; e tremendo, repetiu do fundo do peito: — São colegiais.

— Por mim... não ganho nada com isso.

Ela riu. Unrat desandou de maneira assustadora:

— A senhora faz com que se afastem da escola e do dever. A senhora os seduz!

A artista Fröhlich parou de rir; apontou o dedo indicador para o peito:

— Eu? O senhor não está bom da cabeça?

— Ou será que pretende negar? — perguntou Unrat, pronto para a luta.

— Diante de quem? Graças a Deus, não preciso. Sou artista, não é verdade? Devo lhe pedir permissão para os cavalheiros poderem me adular com buquês?

Ela apontou para um canto onde havia dois grandes ramalhetes, pendurados à direita e à esquerda de um espelho de toalete inclinado para a frente. Ergueu os ombros:

— Se a gente não puder nem ganhar isso, senhor... Quem é o senhor, afinal?

— Eu... sou o professor — disse Unrat, como se expressasse o sentido e as leis do mundo.

— Pois é — disse ela conciliadora —, então o que esses jovens fazem por aí deve lhe importar tão pouco quanto a mim.

Essa maneira de ver o mundo ainda não fora assimilada pela compreensão de Unrat.

— Aconselho-a — disse ele — a abandonar essa cidade com sua companhia, ficar na estrada por um tempo, porque senão — ele levantou novamente a voz — vou fazer de tudo para dificultar sua carreira, até mesmo torná-la impossível. Vou — deveras, pois — cuidar para que a polícia se inteire de seus afazeres.

Essas últimas palavras fizeram o rosto da artista Fröhlich ser tomado de pronto pelo mais descarado desprezo.

— Talvez o senhor mesmo venha a ter problemas com ela. É essa impressão que me dá. Não devo nada a ela. O senhor realmente me dá pena, meu caro!

Mas em vez de compaixão, uma raiva cada vez mais nítida tomava posse dela.

— Vai ficar se exibindo vestido desse jeito? Será que já não bancou ridículo o bastante há pouco? Então, vai à polícia, é? É o senhor que vai acabar sendo preso. De onde é que vem um discurso desses?! Isso chega a parecer engraçado para alguém acostumada a lidar com cavalheiros. O que acha de eu mandar um dos oficiais conhecidos meus para cima do senhor? Ia simplesmente acabar levando uma surra.

Nesse momento, ela demonstrou uma compaixão realmente satisfeita.

No início, enquanto ela falava, Unrat tentou retomar a palavra. Aos poucos, suas opiniões formadas, que forçavam passagem por entre seus maxilares, foram rechaçadas pelo vigor da vontade dela até as profundezas, onde desapareceram. Ele ficara paralisado: ela não era nenhum aluno fugitivo com a intenção de resistir, que merecia a palmatória durante o resto da vida; assim eram todos na cidade, todos os cidadãos. Não, ela era algo de novo. A tudo o que ela dissera, desde que se conheceram, juntava-se agora *a posteriori* a mente soprando na direção dele: uma mente desconcertante. Ela era um poder estranho e aparentemente com os mesmos direitos. No final, se ela tivesse exigido uma resposta, ele não saberia dar. Algo diferente surgira nele; assemelhava-se ao respeito.

— Ora essa, quem me dera! — disse ela com desdém, interrompendo-se e virando-lhe as costas.

O piano retomou sua atividade. A porta se abriu deixando entrar a mulher gorda, na qual Unrat havia esbarrado, e o marido dela, voltando a se fechar rapidamente. A mulher colocou o prato sobre a mesa, e seu casaco ondulou formando dobras iradas.

— Nem quatro marcos — disse o homem. — Canalhas miseráveis.

A artista Fröhlich respondeu fria e mordaz:

— Olhem aquele homem ali, ele pretende dar queixa de nós à polícia.

Unrat gaguejou, assustado com a superioridade. A mulher virou-se de pronto e examinou-o. Ele achou a expressão dela insuportavelmente sacana; corou, baixou o olhar levando-o de encontro à carnuda barriga da perna da mulher e, sobressaltado, afastou-o dali. Enquanto isso, à meia-voz e fazendo um esforço perceptível, o homem disse:

— Será que alguém andou armando confusão por aqui, hein? Ora, faz tempo que já preveni a Rosa: quem sentir ciúme aqui e não deixar os outros usufruírem também vai ser jogado pra fora. E então o senhor, dando em cima dos jovens! Provavelmente já deve ter ficha na polícia como velho tarado.

Mas sua mulher o cutucou; ela tinha feito um juízo completamente diferente a respeito de Unrat.

— Fica quieto, ele não faz mal a ninguém.

E para Unrat:

— Será que o senhor não está sentindo um pouco de falta de ar? Meu Deus, parece que alguém não regula bem. Não digam nada ao Kiepert, ele já me inferniza o suficiente quando enfia na cabeça que estou sendo infiel a ele. Bem, sente-se aqui e beba um gole.

Ela tirou as saias e calças coloridas de uma das cadeiras, pegou uma garrafa na mesa e encheu-lhe um copo. Unrat bebeu para evitar aborrecimentos. A mulher perguntou:

— Desde quando conhece a Rosa? É que eu nunca vi o senhor.

Unrat disse alguma coisa, mas o piano engoliu. A artista Fröhlich esclareceu:

— Ele é o professor dos rapazes que estão sempre aqui sentados no meio das roupas.

— Ah é? O senhor é professor? — disse o artista. Ele também bebeu, lambeu os lábios e reencontrou sua descontração natural.

— Olhe, então o senhor é dos nossos. Com certeza, em breve, o senhor vai votar também nos social-democratas, né?

Sabe, se *nós* não fizermos isso, pode ficar esperando por um aumento do salário dos professores até o fim dos dias. Com as artes é exatamente assim: amolação com a polícia e nenhum dinheiro. A ciência...

Ele apontou para Unrat.

— ... e a arte...

Ele apontou para si.

— ... é tudo farinha do mesmo saco.

Unrat comentou:

— Seja como quiser, mas está equivocado em seu primeiro pressuposto, homem, uma vez que não sou professor da escola pública fundamental, mas sim o professor doutor Raat, do ginásio local.

O homem disse somente:

— Então, saúde.

Cada um se nomeia como quer, e se agrada a alguém bancar o professor, isso não era motivo para inimizade.

— Então o senhor é professor? — disse a mulher amigavelmente. — Deve ser um ganha-pão deplorável. Quantos anos o senhor tem?

Unrat respondeu de pronto como uma criança:

— Cinqüenta e sete anos.

— Mas como se sujou! Dê aqui seu chapéu para que a gente tire o grosso.

Ela tomou o chapéu de pedreiro do colo dele, limpou-o, acertou a aba e com afeto ajeitou-o na cabeça de Unrat. Depois bateu brincalhona no ombro dele, examinando, ao mesmo tempo, a sua obra.

Sorrindo sorrateiro, Unrat disse a ela:

— Trabalhou muito bem — apesar de tudo —, minha boa mulher.

Mas dessa vez ele sentiu algo diferente do morno reconhecimento da autoridade diante do dever cumprido. Sentiu-se tocado pelo calor peculiar das pessoas defronte às quais estava sentado, ainda incógnito apesar da menção de seu título. Não levou a mal o desrespeito deles. Desculpou-os; obviamente, faltavam-lhes "parâmetros", e desse modo desculpava também a vontade que ele próprio sentia de abstrair a insubordinação do mundo, de diminuir sua tensão habitual — de relaxar, nem que fosse por quinze minutinhos.

O homem gordo tirou duas bandeiras alemãs de debaixo de algumas cuecas, ofegou e, nisso, piscou para Unrat como se estivesse concordando com ele. A mulher gorda havia perdido seu jeito assustador. Unrat teve tempo suficiente para reconhecer que a aparente malícia de seu olhar era criada artificialmente pela pintura preta. Só com a artista Fröhlich é que ele não estabeleceu um relacionamento descontraído. Realmente, ela se colocara à parte, ocupada consigo mesma; havia erguido a saia e costurava nela uma grinalda de flores de pano.

O piano terminou a peça com ímpeto. Tocaram a sineta. O artista disse:

— Temos de ir, Guste.

E para Unrat, condescendente:

— Venha ver, senhor professor, o nosso trabalho.

Ele tirou seu velho paletó, e a mulher, o seu casaco.

Ela ainda ameaçou Unrat com o dedo:

— É pra ficar bem comportadinho com a Rosa. Chega de bancar o temperamental.

Nesse instante, entreabriram a porta pelo lado de fora, e Unrat, espantado, viu os dois gordos caírem de súbito numa dança graciosa e, com os braços e a cabeça para trás, darem um sorriso encantador que levantava aplausos. O fato é que começou uma algazarra logo que apareceram no salão.

A porta havia se fechado e Unrat ficou sozinho com a artista Fröhlich. Estava inquieto com o que poderia acontecer, e seu olhar vagueou pelo quarto. Toalhas de rosto sujas estavam espalhadas pelo chão, no espaço entre o espelho da toalete e os ramalhetes de flores, até a mesa ao lado da qual estava sentado.

Além das duas garrafas de vinho havia na mesa muitos copos e latinhas com diversos cremes, cujo cheiro sentia-se. Os copos de vinho repousavam sobre partituras. Intimidado, Unrat afastou o seu de perto de um espartilho deixado ali pela mulher gorda.

Enquanto costurava, a artista Fröhlich apoiava o pé numa daquelas cadeiras cobertas de roupas extravagantes. Unrat não o viu propriamente: não chegou a tanto; percebeu-o apenas pelo espelho para o qual ela estava virada. A partir dessa primeira olhada afoita, Unrat concluiu que havia bordados azuis-violetas em suas meias pretas compridas, muito compridas. Por algum tempo, Unrat não ousou mais olhar. Depois, fez a temerosa descoberta de que seu vestido de seda azul cintilante, entre as malhas de uma renda preta, não chegava nem mesmo até as axilas, e que, mal ela levava ao ar agulha e linha, algo louro aparecia na cavidade abaixo do braço. Daí em diante, Unrat não olhou mais...

O silêncio afligiu-o. Lá fora também estava mais calmo que antes. Somente alguns gemidos curtos, um pouco roucos e adiposos, como de pessoas gordas extenuadas pelo trabalho. De repente, um silêncio total; nele o rangido e o tilintar de algo metálico sendo dobrado. Algo tão difícil de definir quanto o respirar de uma multidão. De repente, a palavra "abaixo" e dois tombos pesados, próximos um do outro. E, sobressaindo-se do aplauso que se desencadeou: "Meu Deus!" e "Vamos adiante!".

— Está pronto — disse a artista Fröhlich, e tirou o pé da cadeira. Estava pronta. — Bem, e o senhor? Não diz mais nada?

Unrat teve de olhar, mas ela logo o deixou novamente confuso com sua extravagância de cores. Seu cabelo estava avermelhado, na realidade rosado, quase lilás, e continha várias peças de vidro verde lapidado presas a um diadema torto. Logo acima dos olhos as sobrancelhas de um azul pastel eram muito negras e ousadas. Mas o brilho das cores belas e fortes em seu rosto, vermelho, azulado, branco-pérola, fora danificado pelo pó. O penteado parecia caído, como se um pouco de sua intensidade refulgente tivesse escapado no salão enfumaçado. O laço azul no seu pescoço pendia murcho, as flores de pano ao redor da saia balançavam sem vida. O verniz se descorava de seus sapatos, havia duas manchas em suas meias, e a seda de seu vestido curto cintilava em meio às dobras esmaecidas. A carne um tanto arredondada e leve de seu braço e de seus ombros parecia desgastada, apesar de sua brancura, e espanava dali a cada movimento brusco. Unrat já conhecia bem seu rosto muito altivo, com traços hostis ainda em formação, e que a artista Fröhlich abrandara um pouco até então e esquecera. Ela desatou a rir do mundo e de si mesma.

— E há pouco o senhor estava tão animado — acrescentou ela.

Mas Unrat manteve-se atento. De repente, deu um salto desajeitado como um gato velho. A artista Fröhlich desviou, soltando um pequeno grito. Unrat escancarou a janela... Não, a cabeça cujo contorno ele havia notado atrás da cortina já tinha desaparecido.

Ele voltou.

— O senhor assusta qualquer um — disse ela.

Sem se desculpar, ele continuou, concentrado:

— Deve conhecer muitos jovens aqui da cidade.

Ela balançou levemente os quadris.

— Sou gentil com todos que são decentes comigo.

— Ah, com certeza. Seria de se esperar. E geralmente os alunos do ginásio têm uma conduta deveras refinada, não?

— Sim, acha então que fico sentada aqui todo santo dia com sua classe inteira? Ora, não sou professora de jardim de infância.

— Não, quanto a isso não resta a mínima dúvida.

Solícito, em tom de advertência:

— Quase sempre usam bonés.

— Quando usam bonés, eu os conheço. Afinal, a gente não é totalmente desprovida de experiência.

Ele interveio:

— Não, seguramente não deve ser mesmo.

Imediatamente, ela se defendeu.

— O que quer dizer com isso, por favor?

— Refiro-me ao conhecimento humano...

Ele ergueu uma das mãos, virando-lhe a palma, assustado e pedindo paz.

— Refiro-me ao conhecimento humano. Nem todos têm; é difícil... e amargo.

Para não perder a sua simpatia e se aproximar, já que precisava dela e ela lhe causava temor, Unrat confidenciou algo de si, mais do que normalmente se conseguia saber.

— E amargo. Mas de fato, é preciso reconhecê-lo para fazer uso dele e, desprezando-o, dominá-lo.

Ela compreendera.

— Não é verdade? É uma arte arrancar alguma coisa dessa gentalha!

Ela apanhou uma cadeira.

— O senhor pensa um pouco sobre a existência. Cada um que entra aqui acha simplesmente que a gente estava esperando por ele. Todos querem algo, e depois, é difícil acreditar, aparece alguém ameaçando chamar a polícia! O senhor... — e ela tocou o joelho dele com a ponta do dedo — ... veio dizendo isso há pouco. Isso é bastante significativo.

— De modo algum quis faltar com o respeito devido a uma dama — explicou ele.

Ele não se sentia à vontade. Essa mulher espalhafatosa falava de coisas que sua habitual perspicácia não decifrava. Além disso, os joelhos dela já se encontravam entre os seus. Ela notou que estava a ponto de desagradá-lo, e de repente assumiu uma expressão serena e sensata.

— É melhor deixarmos de lado essa sujeira toda e permanecermos nos limites da decência.

Como ele não fez qualquer objeção, ela continuou:

— O vinho estava bom? Foram seus alunos que o arrumaram. Eles vão bem fundo nas coisas, posso garantir. Um deles tem muito dindim.

Ela lhe encheu o copo novamente, desejando lisonjeá-lo:

— Vou morrer de rir quando os moleques voltarem mais tarde e o senhor tiver bebido o que era deles. Às vezes chego a ficar contente quando de algum modo alguém sai perdendo. Aos poucos a gente vai ficando assim.

— É verdade, sim — gaguejou Unrat e, com o copo na mão, envergonhou-se de ter bebido o vinho de Lohmann. Pois foi o aluno Lohmann quem o comprou. Lohmann esteve ali; escapara antes dos outros. Presumivelmente ainda estava nas proximidades. Unrat espreitou pela janela; a cortina ainda trazia o contorno um pouco disforme de um rosto. Ele sabia que se saltasse na direção dele, ele sumiria. Era Lohmann: no fundo, Unrat pressentia. Lohmann, o pior de todos, com sua insubordinação inacessível, que sequer o havia chamado pelo apelido: ele era o espírito invisível com o qual Unrat lutava. Os outros dois não eram espíritos; e Unrat sentia que aqueles dificilmente o teriam trazido até ali, até esses atos anormais que cometia agora, sentado com a artista Fröhlich num quarto de fundos que cheirava a maquiagem e a trajes comprometedores. Mas Unrat teve de ficar por causa do aluno Lohmann. Se fosse embora, Lohmann então ficaria sentado novamente ali olhando para o rosto pintado da artista Fröhlich que, por sua vez, apanharia uma cadeira. Pensando que isso agora felizmente era impossível, e sem se dar conta, Unrat virou o copo inteiro goela abaixo. Sentiu uma queimação agradável nas entranhas.

Os dois gordos tinham terminado ofegantes outro número de seu programa. Agora o piano fazia ressoar algo belicoso, e logo em seguida entraram com um ímpeto convincente as duas vozes, fazendo retumbar honestamente um entusiasmo patriótico:

Orgulhosa, tremula a bandeira preta, branca e vermelha
No mastro de nosso navio,
Ai do inimigo que a ameaça
E que essas cores odeia!

A artista Fröhlich disse:

— É o número especial deles. Este o senhor precisa ver.

Ela abriu a porta com cuidado, preocupada em não deixar o público ver nem a ela e nem a Unrat, e permitiu que este espiasse pela fresta entre as dobradiças. Ele viu os dois gordos em pé sobre uma barra de ferro fixa, com uma bandeira preta, branca e vermelha envolvendo a barriga e as costas e, apoiados cada um num pilar, escancarando vitoriosos maxilares.

Em toda parte do mar, onde
Se ergue um mastro,
Lá estará a bandeira alemã
Exigindo muito consideração e respeito.

Sentia-se que o público estava profundamente absorvido por ímpetos internos. Num fervor inebriante, um ou outro batia palmas com as mãos calosas. Após cada estrofe o aplauso tinha de ser reprimido com esforço pelos mais sóbrios. No final da canção, ele fez as gargantas explodirem em êxtase. A artista Fröhlich manifestou-se e, atrás da porta, abarcou num gesto todo o salão:

— Agora diga o senhor mesmo se não são todos uns macacos metidos! Qualquer ser humano pode cantar essa velha canção de marinheiro melhor que a boa Guste e o seu Kiepert. E no mínimo ele vai inventar algo de novo. Kiepert e Guste sabem muito bem que estão apenas enchendo lingüiça. Voz eles praticamente não têm, e ouvido, tampouco. Mas basta colocar as bandeiras em volta da barriga e o pessoal leva um vidão que alguém mais fino e sensível sem dúvida dispensaria, e os gordos ainda têm de ficar repetindo o número. Bem, diga o que acha!

Unrat deu-lhe razão. Ele e a artista Fröhlich balançaram a cabeça, concordando e demonstrando idêntico desprezo pelo povo.

— Preste atenção no que está acontecendo — disse ela, e de súbito meteu a cabeça no salão antes que os dois gordos dessem início ao número extra.

— Óóóóóóó! — fizeram lá fora.

Ela se virou novamente.

— O senhor ouviu? — perguntou ela, satisfeita. — A noite toda ficaram com os olhos cravados em mim, mas se mostro de repente a ponta do nariz onde eles não esperam, aí mugem feito gado!

Unrat pensou no ruído similar produzido pela classe logo que ocorria algo inesperado, e rematou:

— Eles são sempre assim!

A artista Fröhlich suspirou.

— Bem, logo será a minha vez de novo e tenho de ir para o picadeiro.

Unrat foi tomado pela pressa.

— Então feche logo a porta!

Ele próprio o fez.

— Acabamos saindo do nosso tema. Precisa me confidenciar a verdade acerca do aluno Lohmann. Sua negativa só irá piorar as coisas para ele.

— Vai começar tudo de novo? Deve ser algum tormento em sua cabeça.

— Sou o professor! Esse aluno tem uma tal natureza que merece os piores castigos. Lembre-se de seu dever para que nenhum criminoso escape da justiça.

— Meu Deus do céu! Com certeza quer fazer picadinho desse sujeito! *Como* ele se chama? Aliás, não tenho memória alguma para nomes. Como ele é?

— Ele tem o rosto amarelado; certas vezes, franze a testa larga de uma maneira bem petulante; outras, porém, os cabelos pretos caem certos sobre ela. De estatura mediana, movimenta-se com uma flexibilidade desleixada, revelando assim a sua indisciplina mental...

Unrat descreveu a forma com as mãos. O ódio fazia dele um razoável retratista.

— E daí? — perguntou a artista Fröhlich, com dois dedos no canto da boca. Mas já havia reconhecido Lohmann.

— Ele anda, creia-me deveras, todo empertigado e julga conveniente ostentar sua elegância por meio de um comportamento melancolicamente indiferente, como se ela fosse natural e não, ao contrário, uma filha de sua vaidade, vaidade esta digna do desprezo de um sábio.

Ela arrematou:

— Já basta. Sinto muito, nesse caso não posso ajudá-lo.

— Reflita! Adiante!

— É uma pena. Não consigo lembrar. — E fez uma careta de palhaço.

— Sei que ele esteve aqui; tenho provas!

— Pois então pode passar-lhe sozinho o laço no pescoço, não precisa de mim.

— Tenho aqui no meu bolso o caderno de redação de Lohmann; se o mostrasse, não duvido que admitiria imediatamente que o conhece... Será que por essa razão devo mostrá-lo, artista Fröhlich?

— Estou louca pra vê-lo.

Ele enfiou a mão no paletó, enrubesceu perceptivelmente, tirou a mão vazia, atreveu-se mais uma vez... Finalmente, ela leu os versos de Lohmann, concentrada como uma criança sobre a cartilha. Então, exasperou-se:

— Mas isso realmente é uma safadeza. "E se parisses algum dia deitada..." Quem é que vai parir?

E pensativa:

— Mas ele não é tão bobo quanto eu pensava.

— Olhe só, a senhora o conhece!

Ela emendou de imediato:

— Quem disse isso? Não, meu pequeno, não é assim que vai me pegar.

Unrat encarou-a, venenoso. De repente, bateu com os pés no chão; tamanha mentira descarada desconcertou-o. Sem pensar, ele próprio mentiu:

— Mas eu sei, eu o vi!

— Então está tudo em ordem — disse ela, descontraída. — Aliás, agora realmente gostaria de conhecê-lo.

Inesperadamente, ela inclinou seus seios para a frente, apalpou com seus dedos muito leves o queixo de Unrat, nas partes falhas de sua barba, e fez um biquinho como se fosse mamar.

— Apresente-o para mim, tá?

Mas ela teve de rir; ele reagiu como se os dois dedos leves dela o estivessem estrangulando.

— Seus alunos são realmente jovens numa boa. Com certeza é porque têm um professor assim tão numa boa.

— De qual desses jovens é que a senhora gosta mais, então? — perguntou Unrat, inexplicavelmente ansioso.

Ela se afastou e, sem mais, assumiu novamente uma fisionomia ponderada, sensata.

— Quem lhe disse que gosto de algum desses jovens bobalhões? Se soubesse, essa que está aqui à sua frente trocaria com alegria todos esses palermas por um homem melhor, maduro, que não desse valor apenas à diversão, mas bem mais ao coração e à substância... Os homens desconhecem isso — acrescentou ela, levemente triste.

O casal de gordos retornou. Antes ainda de tomar fôlego, a mulher perguntou:

— E aí, como ele se comportou?

Imediatamente, o piano começou a tocar a próxima canção.

— Bem, de volta à ribalta. — E a artista Fröhlich colocou um xale sobre os ombros, ficando assim ainda mais espalhafatosa.

— O senhor quer ir para casa, então? — perguntou ela. — Compreendo, aqui não é nenhum paraíso. Mas sabe de uma coisa? Tem de voltar amanhã, senão seus alunos vão armar a maior arruaça aqui, pode estar certo disso. — E saiu.

Unrat ainda se sentia confuso em virtude do término estranho da conversa entre eles; em silêncio, deixou-se conduzir. O artista abriu a porta.

— Acompanhe-me e fique sempre atrás de mim, que passará sem problema.

Unrat seguiu-o pelo salão, percorrendo um trajeto desimpedido que ele não tinha reparado antes. Um pouco antes da saída, o artista fez um desvio. Unrat viu reluzir mais uma vez lá atrás um par de braços, um ombro, algum pedaço de carne intensamente iluminado em meio a cores fortes girando, acima da fumaça, do barulho... E estava fora. O proprietário estava voltando com a cerveja; ele gritou:

— Boa noite também, senhor professor, e nos honre com sua presença novamente!

No portão de entrada, Unrat deteve-se por alguns instantes, tentando se reencontrar. Sentiu o efeito do ar frio na cabeça e percebeu que, nesse horário incomum, dificilmente toda essa experiência teria ocorrido sem vinho e sem cerveja... Deu um passo em direção à ruela e levou um susto: havia três vultos parados junto ao muro da casa. Ele olhou de viés pelo canto das lentes; eram Kieselack, von Ertzum e Lohmann.

Unrat desviou bruscamente; ouviu atrás de si alguém ofegar, algo que devia ter vindo do peito mais largo dos três, do peito de von Ertzum, e que soava à indignação. Em seguida, a voz esganiçada de Kieselack ressoou:

— Mas deste lugar de onde alguém acaba de sair, deve ter muito lixo indecente.

Unrat estremeceu; arreganhou os dentes de raiva e medo.

— Vou esmagar todos os senhores. Amanhã vou — com toda certeza deste mundo — prestar contas do ocorrido!

Ninguém respondeu. Unrat fez meia-volta outra vez e lentamente deu dois, três passos adiante, num silêncio ameaçador. Então, Kieselack disse bem devagar, e a nuca de Unrat estremeceu a cada uma das duas palavras:

— Nós também!

V

Lohmann, o conde Ertzum e Kieselack passeavam em fila pelo salão. Ao passarem próximo ao palco, Kieselack soltou um assobio estridente.

— Para o cubículo! — ordenou, e fugiram para o camarim. A mulher gorda estava remendando alguma coisa.

— E então? — perguntou ela. — Onde é que se meteram, meus senhores? O professor de vocês nos fez companhia.

— Não nos damos com ele — explicou Lohmann.

— Mas ele é um homem refinado e fácil de lidar.

— Lide com ele, então!

— Oh, eu não, meus senhores, na certa estão querendo gozar de mim. Mas conheço alguém...

Ela não prosseguiu, pois Kieselack fez-lhe cócegas nas axilas. Assegurou-se de que os outros não estavam olhando.

— Não admito isso, meu pequeno — e ergueu o pincenê da ponta do nariz. — Se fizer isso de novo, vai arrumar encrenca com o Kiepert.

— Ele morde? — perguntou Kieselack abaixado; e a mulher balançou a testa, enrugando-a de maneira misteriosa, como se confirmasse a uma criança que o bicho-papão realmente existe.

Lohmann, com as mãos nos bolsos, pousado numa cadeira nos fundos, junto ao toucador, disse:

— Kieselack, seu atrevido, decididamente você foi longe demais com o Unrat. Por que ainda precisou irritá-lo quando estava indo embora daqui? Afinal, ele também é um ser humano, e não vamos julgá-lo capaz de sacanagens além de suas forças. Agora ele pode engrossar conosco.

— Eu é que vou engrossar com ele! — bravateou Kieselack.

Ertzum estava sentado no meio, com os cotovelos apoiados na mesa; rosnou somente, e seu rosto ruivo claro, sob uma cúpula de cerdas vermelhas banhadas pela luz da luminária no teto, permaneceu impassível, voltado para a porta. De repente, socou a mesa.

— Se esse animal aparecer aqui mais uma única vez, eu arrebento os ossos dele!

— Ótimo! — disse Kieselack. — Aí ele não vai poder devolver nossas redações. A minha é só asneira mesmo.

Lohmann olhou sorrindo.

— A pequena realmente parece tê-lo nas mãos, Ertzum. Só o verdadeiro amor se expressa nesse tom.

Lá fora os aplausos foram diminuindo e a porta se abriu:

— Prezada senhorita, tem gente disposta a se tornar um assassino por sua causa.

— Pode dispensar essas expressões fajutas — replicou ela, severa. — Falei com o seu professor sobre o senhor, ele também não parece muito entusiasmado a seu respeito.

— E o que quer este velho paspalhão?

— Ele quer apanhá-lo e fazer picadinho do senhor, só isso!

— Senhorita Rosa — balbuciou Ertzum; desde que ela entrara no quarto, este manteve uma postura humilde e um olhar suplicante.

— O senhor também não vale nada — explicou-lhe ela. — O mais simples teria sido permanecerem no salão e aplaudirem decentemente. Sempre há ali certos grosseirões querendo me importunar.

Ertzum precipitou-se para a frente.

— Onde estão os caras? Onde estão os caras?

Ela o puxou de volta.

— Faça-me o favor! Arrume confusão! Aí saio voando daqui nessa noite mesmo. Será que poderá colocar o seu palácio à minha disposição, senhor conde?

— Está sendo injusta, prezada senhorita — disse Lohmann. — Por sua causa, ele esteve hoje novamente com o tutor dele, o cônsul Breetpoot. Mas esse cidadão não tem qualquer tino para a grande paixão, não deu dinheiro algum. Se dependesse dele, Ertzum jogaria tudo a seus pés: seu nome, um futuro brilhante, sua fortuna. Deus sabe lá que ele é um espírito suficientemente simples para fazer isso. Justamente por esse motivo, prezada senhorita, seria injusto de sua parte se pretendesse abusar da simplicidade tão simpática dele. Poupe-o!

— Sei muito bem o que tenho de fazer, seu paspalho... E justamente por não ter uma língua afiada como a sua é que seu amigo tem mais chances comigo...

— De atingir a meta da classe — completou Kieselack.

— Eu conheço a sua laia, não passa de um desses enrustidos. — E aproximou-se de Lohmann: — Aqui o senhor age como se o mundo não lhe dissesse respeito e pelas costas dedica versos a alguém da maneira mais suja.

Lohmann riu, constrangido.

— De fato, o senhor seria o último homem a quem eu daria um motivo de algum modo convincente para se supor que eu viesse a parir. Está me entendendo? O último.

— Está bem. O último. Então eu esperarei — disse Lohmann, enfasteado; e, enquanto ela lhe dava as costas, ele esticou as pernas e virou o rosto para o teto. Estava por aqui sem qualquer interesse pessoal e somente como um espectador irônico. Não fez caso da pessoa. De fato, para o coração de Lohmann, era algo extremamente sério, bem mais sério do que seria possível saber... Fez de seu escárnio uma couraça...

O piano tinha se acalmado.

— Rosa, sua valsa preferida! — disse a gorda.

— Quem quer dançar? — perguntou Rosa. Começou a balançar sorrindo para Ertzum. Mas Kieselack antecipou-se ao aristocrata rural de ombros largos. Colocou a mão em Rosa como uma traquinice de menino de rua, girou-a de mansinho com perfídia e, de súbito, deu grandes voltas deslizando. Ela quase caiu. Ao mesmo tempo, mostrou-lhe a língua e beliscou-lhe o traseiro sem ninguém ver. Ela levou um susto e disse aborrecida e carinhosa:

— Seu crápula, se fizer isso de novo, vou dizer pra ele e ele vai te dar uma surra.

— Deixa pra lá! — aconselhou-a Kieselack, cochichando. — Senão também vou dizer uma coisa pra ele.

Eles riram sem rodeios. Ertzum encarou-os com um olhar consternado, o rosto ruivo alourado estava cheio de gotas de suor.

Enquanto isso, Lohmann tinha chamado a mulher gorda. Rosa largou Kieselack e olhou para Lohmann, que dançava bem. Nas mãos dele, a gorda ficava bem leve. Quando lhe pareceu suficiente, ele se inclinou gentilmente e voltou ao seu lugar sem dar atenção a Rosa. Ela o seguiu.

— Pelo menos se pode dançar com o senhor. Pois além disso não serve mesmo para mais nada.

Ele deu de ombros, expressou sua indiferença também através de contorções teatrais no rosto, e levantou-se. Ela seguiu valsando por um bom tempo, deliciando-se arrebatada.

— Está satisfeita? — perguntou ele por fim, gentilmente. E quando ela despertou: — Bem, então...

— Estou com tanta sede! — exclamou ela sem fôlego. — Senhor conde, me dê alguma coisa para beber, senão eu desmaio.

— Ele próprio não consegue parar em pé — observou Lohmann. — Parece a lua bêbada.

Ertzum ofegava como se só ele tivesse rodado a moça o tempo inteiro. Entornou uma garrafa, que tremia em sua mão, e dela saiu apenas um resto. Em seguida, olhou Rosa desnorteado. Ela riu. A mulher gorda disse:

— Parece que o senhor seu professor tomou um bom gole.

Ertzum compreendeu: uma tontura passou visivelmente por seus olhos. De repente, ele pegou a garrafa vazia pelo gargalo como uma clava.

— Epa! — disse Rosa. E depois de um momento, analisando-o: — Meu lenço está embaixo da mesa. Apanhe-o para mim, vai!

Ertzum inclinou-se, colocou a cabeça embaixo da mesa com a intenção de pegá-lo. Mas seus joelhos dobraram-se: ele começou a se arrastar atrás do lenço, observado pela moça; ergueu-o do chão com os dentes e retornou apoiado nas mãos até a beirada da mesa. Ali permaneceu, mantendo os olhos fechados, enfraquecido pelo gosto gorduroso, insonsamente perfumado pelo trapo cinza-claro usado para limpar a maquiagem. Agora estava ali, diante de suas pálpebras fechadas, a mulher inacessível com a qual tinha sonhado dia e noite, na qual acreditava e pela qual teria dado a própria vida! E por ser ela pobre e ele não poder elevá-la até ele, tinha ela de expor sua pureza a perigos e envolver-se com pessoas sujas, até mesmo com Unrat. Era um destino terrível, único.

Depois de admirar a sua obra, ela lhe tirou o lenço dos dentes e disse:

— Que gracinha, meu cãozinho!

— Fabuloso — observou Lohmann.

E Kieselack levou à boca uma unha bastante roída, olhando de baixo para um e outro de seus colegas:

— Não fiquem imaginando coisas. Vocês não vão de qualquer forma atingir a tempo a meta da classe.

Depois piscou para Rosa Fröhlich. Ele próprio já a tinha atingido.

Lohmann disse:

— Dez e meia. Ertzum, seu pastor já terminou a cerveja, precisa ir para a cama.

Kieselack tinha sussurrado alguma coisa para Rosa, brincalhão e ameaçador. Como os outros dois partiram, ele caiu fora.

Os amigos foram em direção à porta da cidade.

— Eu posso acompanhar você lá para fora — explicou Lohmann. — Meus velhos estão no baile na casa do cônsul Breetpoot. O que acha de não termos sido convidados? Aquelas bobalhonas com quem tive aulas de dança devem estar lá dançando.

Ertzum balançou a cabeça com veemência.

— Com certeza, uma mulher dessas não deve estar lá! Nas últimas férias de verão estive, em nossa reunião de família, com todas as garotas da família Ertzum e muitas outras casadas com nossos familiares, as Püggelkrook, Ahlefeldt, Katzenellenbogen...

— E assim por diante.

— Mas você acha que uma delas teria *aquilo*?

— O quê?

— Ora, aquilo. Você deve saber. Ela também tem o que uma mulher deve ter de muito especial, ou seja, por assim dizer, a alma.

Erztum disse "por assim dizer", porque a palavra alma dava-lhe vergonha.

— E depois o lenço dela — completou Lohmann. — Um desses, nenhuma Püggelkrook tem.

Aos poucos, Ertzum foi entendendo a insinuação. Com dificuldade tratou de trazer à tona os instintos sombrios que há pouco tinham provocado uma cena tão estranha.

— Você não deve pensar — disse ele — que faço isso sem qualquer intenção. Quero realmente mostrar a ela que, apesar de sua origem vulgar, ela é superior a mim, e que pretendo seriamente alçá-la até o meu nível.

— Mas ela é superior a você.

O próprio Ertzum admirou-se com essa contradição. Ele gaguejou:

— Você verá o que vou fazer!... Aquele cachorro de Unrat não entra vivo pela segunda vez no camarim dela.

— Receio que ele pretenda estragar nosso prazer, como nós o dele.

— Ele que se atreva.

— Não passa de um covarde.

Estavam no entanto preocupados, mas não tocaram mais no assunto.

Passaram pelos gramados vazios, onde no verão ocorria a festa popular. Ertzum, mais tranqüilo em virtude da madrugada e das estrelas, imaginou sortidas brilhantes para a liberdade, para fora desse ninho dos burgueses e daquela instituição empoeirada, onde o seu corpo avantajado de camponês quedava atado a correntes ridículas. Pois agora que começara a amar, tinha se apercebido de que bancava o ridículo na carteira da escola, gaguejando numa resposta errada, o pescoço de touro abaixado desamparado porque o fracote de ombros altos lançava-lhe de soslaio um olhar venenoso da cátedra, e ainda por cima bufava. Todos os seus músculos, dos quais agora se exigia obediência, esperava que se os requisitasse, obrigando-o a defender-se de todos os lados com uma espada e um malho, a fazer rodopiar uma mulher acima de sua cabeça e a agarrar um touro pelos chifres. Seus sentidos estavam ávidos por opiniões perceptíveis de camponeses, por conceitos palpáveis sobre chão firme, bem abaixo da tênue mentalidade clássica, onde lhe faltava ar; pelo contato com a terra escura e nua, grudada nas solas dos sapatos de um caçador, e com o ar que bate no rosto de um cavalheiro a galope; pela barulheira das tabernas lotadas e dos cães atrelados; pela bruma de uma floresta no outono e de um cavalo umedecido despejando seus excrementos... Havia três anos, uma vaqueira de sua terra, que ele defendera de um forte boiadeiro, agradeceu-lhe jogando-o no feno. E por causa dessa moça ele podia hoje sentir a cantora Rosa Fröhlich. Ela suscitava nele um enorme céu acinzentado que fortes sons e aromas acompanhavam. Ela suscitava tudo o que era sua própria alma. Por isso, ele lhe concedia a honra de considerar isso a alma dela, de atribuir-lhe muita, muitíssima alma e de engrandecê-la bastante.

Os dois alunos alcançaram a mansão do pastor Thelander. Em volta havia duas sacadas, entre o primeiro e o segundo andar, em meio a pilares envoltos por videiras nodosas.

— Seu pastor já está em casa — disse Lohmann apontando para a luz no primeiro andar. Eles se aproximaram; a luz se apagou.

Desanimado e já vencido outra vez, Ertzum olhou para a janela entreaberta no andar superior, até a qual teria de subir. Suas roupas e seus livros exalavam atrás de si novamente o cheiro da classe. O ar da classe o perseguia dia e noite... Ele deu um salto desajeitado cheio de raiva, trepou nas videiras, parou no parapeito da primeira sacada e olhou para a janela mais uma vez.

— Não vou ficar nessa por muito tempo — disse para baixo. Continuou subindo, empurrou a janela com o pé e entrou.

— Tenha bons sonhos — disse Lohmann levemente sarcástico, e virou-se sem abafar o atrito de seus passos. O pastor Thelander, que apagou a luz para não ter de ver nada, não era homem de fazer escândalo por causa da escapulida noturna de um conde Ertzum, pelo qual pagavam uma pensão de quatro mil marcos por ano... E logo que saiu do jardim, Lohmann se viu novamente defronte à casa de Dora.

Dora estava dando o seu grande baile. Ela ria naquele minuto, atrás de seu leque, um riso de crioula estranhamente cruel. O assessor Knust talvez tenha rido junto; talvez ela se decidisse naquele dia por Knust. Pois parecia ter terminado com o tenente von Gierschke... Lohmann contraiu o pescoço, pressionou os dentes contra o lábio inferior, atento, vendo o quanto ele sofria...

Ele amava a consulesa Breetpoot, uma mulher de trinta anos. Ele a amava desde aquela aula de dança na casa dela havia três invernos. Ela lhe dera uma condecoração — bem, somente porque desejava lisonjear os pais dele; ele sabia disso. Desde então, ele a via pelas frestas das portas, nas grandes festas na casa de seus pais, às quais não tinha acesso — via-a com seus amantes: ele! A qualquer momento, a porta poderia ser empurrada e então ele estaria plantado lá, arrasado, dilacerado pela dor; tudo seria descoberto. E, nesse caso, Lohmann estava firmemente decidido a pôr fim à sua vida. Uma espingarda velha com a qual caçava ratos no celeiro estava pronta...

Ele demonstrava uma amizade paternal pelo jovem filho dela, um aluno da sétima série a quem deixava copiar suas velhas redações. Ele amava o filho dela! Certa vez, quando entrara numa briga de meninos para defender Breetpoot, viu em vários lábios um sorriso duvidoso. O cano da espingarda já estava apontado para o seu peito... Não, ninguém sabia disso; e Lohmann podia continuar vivenciando e iludindo-se, a castidade selvagem, a angústia lasciva, o desprezo tímido, vaidoso e consolador pelo mundo em seus dezessete anos; e os versos rabiscados à noite no verso de uma velha ordem de baile...

Totalmente infectado por sentimentos repletos de aflição, era no entando dele que uma garota como esta Rosa Fröhlich exigia que se sentisse estimulado a amar. Não seria fácil pensar algo mais irônico. Ele fazia versos, também para ela — pois bem. É que em nome da arte o objeto era indiferente. Se ela achou que isso provava alguma coisa... Ela se fez de ofendida, ele riu na cara dela, o que naturalmente a deixou ainda mais louca por ele. Na realidade, não foi essa a intenção dele; de certo modo, estava longe de suplicar pelo amor da cantora do Anjo Azul. Lá no salão devia haver marinheiros e caixeiros-viajantes aos quais ela alegrara por uma quantia de três a dez marcos...

Será que mesmo assim ele se sentia lisonjeado? Por que negar? Houve momentos em que ele desejou ver essa moça a seus pés; em que a cobiçou, a fim de humilhá-la, de dar um gosto de vício perverso às carícias dela — e por meio desse vício macular o seu próprio amor, rebaixando assim, por causa daquela puta mendigando de joelhos, a própria Dora Breetpoot, e aí então prostrar-se diante dela e chorar copiosamente!

Abalado por esses pensamentos, Lohmann entrou na rua Kaiser defronte à casa iluminada do cônsul Breetpoot e, sob as sombras deslizando diante da janela, aguardou por uma delas.

VI

De manhã, com os rostos pálidos, Ertzum, Kieselack e Lohmann encontraram-se. Em meio à classe ruidosa, cada qual dos três parecia o criminoso ciente de que uma carta enviada ao procurador público com o seu nome estava a caminho, sem que ninguém ao redor o soubesse. Dentro de alguns minutos acabaria o prazo... Kieselack ficara à espreita junto à porta da sala do diretor e afirmou ter ouvido a voz de Unrat lá dentro. Não esbravejava mais, em vez disso sussurrou a Etzum com a boca enviesada atrás da mão: "Ai, cara!" Lohmann teria preferido trocar de lugar com o mais pobre dos mortais nas próximas horas.

Unrat entrou apressado e imediatamente se lançou esbaforido sobre o seu Ovídio. Mandou recitarem de cor o que já fora estudado, e começou com Angst, o primeiro da classe. Depois vieram os alunos da letra B. Ao chegar no E, pulou para o M. Ertzum soltou um suspiro. Kieselack e Lohmann constataram com estranheza que as letras K e L também foram poupadas.

Durante a tradução, nenhuma pergunta foi feita a eles. Sofreram com isso, mesmo não tendo "preparado a sua". Tiveram a sensação de terem sido expulsos da sociedade humana, de já estarem oficialmente mortos. O que Unrat estaria planejando? No intervalo, os três evitaram-se por temor de que pudessem suspeitar estarem mancomunados por algum segredo funesto.

Passaram três horas com outros professores sob sustos freqüentes. Um passo no pátio, um rangido na escada: o diretor!...

Mas nada aconteceu. E Unrat deixou transcorrer a aula de grego assim como o fizera com a de latim. Kieselack sentia-se um condenado à forca e ergueu a mão, mesmo não sabendo a resposta. Depois disso, agitava no ar a pata azulada a cada pergunta e ainda estalava os dedos. Lohmann desistiu de esperar e abriu debaixo da carteira o *Deuses no exílio*. Ertzum, outra vez subjugado e diminuído pela escola, suava como sempre, esforçando-se para acompanhar a classe e, também como sempre, ficava para trás.

Na saída prepararam-se, certos de que o bedel viria chamá-los para irem à diretoria, um sorriso de mau augúrio estampado no rosto. Não, o homem com a sineta muito humildemente tirou o boné diante dos jovens senhores. Lá fora olharam-se com um júbilo que temia eclodir. Kieselack foi o primeiro a deixá-lo irromper:

— Vejam só! Eu bem que disse, ele não vai se atrever!

Lohmann estava irritado por ter se deixado amedrontar.

— Se o cara acha que pode me passar pra trás...

Ertzum disse:

— Ainda pode acontecer alguma coisa. — E com uma brusca ferocidade: — Pois que aconteça! Eu sei o que estou fazendo.

— Posso imaginar — disse Lohmann. — Encha o Unrat de pancada. Depois você se engalfinha com a Fröhlich e fazem a coisa.

— Não... isso não — disse Ertzum espantado.

— Minha Nossa Senhora, vocês estão obcecados — disse Kieselack.

E se separaram. Lohmann explicou ainda:

— Na realidade, não dou mais a mínima para o Anjo Azul. Mas não se deixem intimidar: agora sim é que vou lá.

À noite, ele e Ertzum chegaram quase ao mesmo tempo na entrada do estabelecimento. Ainda esperaram por Kieselack. Eles sempre o faziam ir na frente, entrar primeiro no camarim, abrir a boca primeiro, pôr-se à vontade primeiro. Sem Kieselack, isso tudo não aconteceria, eles precisavam dele e de seu atrevimento. Ele não tinha dinheiro, eles tinham de pagar por ele, e Kieselack fazia o necessário para não perceberem o que estavam pagando, e que era por conta de suas alegrias secretas — de Kieselack — que Rosa recebia deles flores, vinho e presentes.

Finalmente ele chegou, sem se apressar por causa deles, e entraram no estabelecimento. Nesse ínterim, souberam pelo proprietário que o professor deles estava no camarim da artista. No quê, olharam-se atônitos e deram todos no pé.

Na noite anterior, depois de chegar outra vez feliz em casa, Unrat acendeu sua lâmpada de trabalho e se colocou diante da escrivaninha. A estufa ainda estava quente, o relógio batia; Unrat folheou seu manuscrito e disse a si mesmo: "Apenas a amizade e a literatura são verdadeiras."

Sentia-se descompromissado diante da artista Fröhlich e de repente achou as "atividades paralelas", às quais o aluno Lohmann se dedicava, profundamente indiferentes.

Mas ao despertar na madrugada escura, percebeu que nada daria certo se ele não "apanhasse" o aluno Lohmann. Não obstante, pôs-se a estudar novamente as partículas em Homero, mas a amizade e a literatura não conseguiam mais prendê-lo. Sentiu que nunca mais conseguiriam detê-lo enquanto Lohmann ficasse irrestritamente com a artista Fröhlich!

Um caminho para evitar isso havia sido dado pela própria artista Fröhlich; ela tinha dito: "Tem de voltar amanhã, senão seus alunos vão armar a maior arruaça aqui..." Ao recordar-se novamente destas palavras, Unrat enrubesceu. Pois as palavras trouxeram consigo a voz da artista Fröhlich, seu olhar provocante, seu rosto todo pintado e os dois dedos suaves com os quais ela tocara o queixo de Unrat... Este virou tímido para a porta e, como um aluno escondendo as "atividades paralelas", curvou-se com um zelo dissimulado sobre o trabalho.

Foi isso que aqueles três depravados — sem a sombra de uma dúvida — viram pela cortina vermelha. E se Unrat resolvesse acareá-los diante do tribunal do senhor diretor, eles, então, vendo-se perdidos e livrando-se do último resquício de vergonha, seriam capazes de revelar publicamente o que viram! Da lista dos crimes de Lohmann constava também o vinho pago por ele — que ele, Unrat, também bebera... Começou a suar. Viu-se acuado. Os detratores afirmariam que não foi Unrat quem "apanhou" Lohmann, mas sim Lohmann a ele... E a consciência de estar em uma luta mais acirrada que nunca, e completamente solitária contra o exército de alunos rebelados, fortaleceu Unrat, dando-lhe a certeza de que ainda complicaria, ou até mesmo impossibilitaria, a carreira de muitos deles. Com uma determinação desenfreada, partiu em direção à escola.

Não faltavam, concretamente, oportunidades para "apanhar" os três criminosos. Quanto a Lohmann, bastava apenas a sua descarada redação. Na semana anterior ao boletim, Unrat lhes faria perguntas diante das quais eles tinham de fracassar. Ele já imaginava quais... Ao deixar para trás a porta da cidade, teve receios; e quanto mais se aproximava do prédio da escola, mais ameaçador se tornava o futuro diante de seus olhos. Os três rebeldes talvez já tivessem subvertido a classe contando a ela sobre o Anjo Azul. Como receberiam Unrat? Rebentou a revolução!... O pânico do tirano ameaçado voltava a golpeá-lo de todos os lados, como cavaleiros derrotados. Com um medo repleto de veneno, examinava de soslaio as esquinas, atrás de alunos, atrás de autores de atentados.

Ao entrar na classe, já não era mais o agressor. Aguardou; tratou de se salvar negando em silêncio os acontecimentos da noite anterior, ocultando o perigo, ignorando os três criminosos... Unrat controlou-se como um homem. Não percebeu quanto medo sentiam Kieselack, Ertzum e Lohmann; mas eles também nada perceberam do dele.

Terminada a aula, ele recobrou a coragem, exatamente como eles. Lohmann não devia regozijar-se! Tinha de ser mantido longe da artista Fröhlich: para Unrat era uma questão de poder e obtê-lo, um desafio para sua auto-estima. Como? "Tem de voltar amanhã", dissera ela. Não restava outra saída; ao reconhecer isso, Unrat assustou-se. E em seu susto havia algo tenro.

À noite, não conseguiu comer de tão excitado que estava e, apesar do protesto da empregada, saiu imediatamente de casa para ser o primeiro no cubículo — no camarim da artista Fröhlich. Lohmann não podia ficar sentado junto a ela tomando vinho: isso era rebelião, Unrat não suportava isso. Não sabia de mais nada além disso.

Como chegou apressado e furtivo no Anjo Azul, não notou logo o cartaz colorido na porta do local e procurou-o por alguns segundos, completamente desorientado... Deus seja louvado, lá estava o cartaz. Portanto, como Unrat acabara de temer, a artista Fröhlich não tinha viajado de repente, fugido, sido tragada pela terra. Ainda cantava, ainda estava pintada, ainda cutucava com seu olhar. E essa sua satisfação fez Unrat chegar a uma pequena constatação. Não somente o aluno Lohmann devia ser mantido longe dela: o próprio Unrat pretendia ficar junto à artista Fröhlich... Mas essa constatação logo se desvaneceu novamente.

O salão ainda estava vazio, quase escuro, estranhamente amplo; e as inúmeras cadeiras e mesas brancas sujas amontoavam-se como um rebanho de ovelhas no pasto. Ao lado da estufa e junto a uma pequena lamparina de latão, o proprietário estava sentado com outros dois homens; jogavam baralho.

Desejando não ser visto, Unrat grudou feito um morcego ao longo da parede sombreada. Quando já pretendia esgueirar-se para o camarim, o proprietário soltou um grito que soou horripilante:

— Boa noite, senhor professor, fico contente que tenha gostado do meu estabelecimento.

— Eu queria somente... Eu só pretendia... A artista Fröhlich...

— Entre lá e espere por ela, são só sete horas, certo? Eu levo uma cerveja para o senhor.

— Obrigado — respondeu Unrat —, não estou disposto a beber... Mas — e colocou a cabeça para fora da porta — mais tarde, quem sabe, vou fazer um grande pedido.

Em seguida fechou a porta e tateou na escuridão dentro do camarim. Quando conseguiu acender a luz, retirou espartilhos e meias de uma cadeira, sentou-se à mesa, que estava tal como na noite anterior, tirou sua agenda de professor do bolso do paletó e começou a fazer a avaliação preliminar do desempenho dos alunos, a partir dos números ao lado de cada nome. Ao chegar na letra E, pulou depressa para a M, exatamente como de manhã na sala de aula. Logo depois reconsiderou, voltou atrás e colocou junto ao nome de Ertzum um furioso "insuficiente". Kieselack era o próximo, depois Lohmann. O recinto estava silencioso e seguro e a boca de Unrat contorcia-se de sede de vingança.

Instantes depois, os primeiros fregueses pareciam estar se acomodando no salão. Ele ficou inquieto. A mulher gorda da noite anterior entrou usando um chapéu preto com a aba desarrumada e disse:

— Ah, o quê, o senhor, senhor professor? Está parecendo que dormiu aqui!

— Cara senhora, venho por causa de certos negócios — explicou-se Unrat. Mas ela o ameaçou com o dedo:

— Posso muito bem imaginar os seus negócios.

Ela havia tirado o boá e o casaco.

— Mas agora o senhor tem de permitir que eu tire o corpete.

Unrat balbuciou alguma coisa e desviou o olhar. Ela se aproximou usando um roupão bastante envelhecido e bateu-lhe no ombro.

— É como eu digo, senhor professor, não me admira nem um pouco que o senhor já esteja aqui outra vez. Com a Rosa não pode ser diferente, estamos acostumados. Quem a conhece direito acaba gostando dela, não tem outro jeito. E com razão, pois ela realmente é uma moça linda-e-encantadora.

— Bem, pode ser — como sempre outra vez — de fato é verdade, minha cara senhora, mas nem por isso...

— É. Também por causa do coração que essa moça tem. Isso chega a ser o mais importante. Deus, estou falando!...

Ela colocou a mão em seu próprio coração, sob o roupão entreaberto. Nisso, olhou para o céu enternecida, e sua papada tremulou de comoção.

— Ela própria já foi levada no bico muitas vezes, por puro amor à humanidade! Deve ser porque o pai dela era enfermeiro. Quer o senhor acredite ou não, a Rosa sempre teve um fraco por cavalheiros de meia-idade. E não só por causa *do*...

Ela esfregou o polegar no indicador.

— Mas é que o coração dela é assim mesmo. Pois os cavalheiros de meia-idade são os que mais necessitam de um tratamento afetuoso... Às vezes ela é realmente mais bondosa do que o permitido. E olhe, conheço-a desde criança. De mim, o senhor tem tudo em primeira mão.

Ela se sentou na beirada da mesa, espremendo Unrat no espaldar da cadeira com seu corpo imenso. Parecia querer requisitá-lo inteiramente e envolvê-lo na atmosfera de sua narrativa.

— A menina ainda nem tinha dezesseis anos e já ia ao panóptico e procurava os artistas que trabalhavam lá. Eles percebem quem é artista desde o berço... Pois bem, havia lá um senhor de idade que queria instruí-la. Os ensinamentos a gente já conhece, começam lá do princípio, com Adão e Eva e a maçã. Quando ela captou tudo, veio até mim e desandou a chorar. Naturalmente, eu disse "olha, vamos dar um jeito nesse velho, você só completa dezesseis anos daqui a duas semanas e meia, ele tem de pagar até ficar sem um tostão furado". Mas ela não quis! Vá entender uma coisa dessas. Ela sentia muita pena do ancião, não consegui convencê-la. Pelo contrário, ela resolveu procurá-lo novamente; isso dá o que pensar. Uma vez ela o mostrou para mim na rua: uma besta quadrada. Mas sem comparação, sem chance da menor comparação com o senhor, professor!

Ela tamborilou em seu próprio rosto com dois dedos. Como Unrat ainda não parecia suficientemente animado, ela insistiu em continuar falando.

— De maneira alguma, é o que afirmo! Era realmente uma pessoa nojenta. Logo depois, ele morreu, e o que o senhor acha que deixou para Rosa? As fotografias dele discretamente guardadas. Bem, quanta felicidade! Que nada, é preciso um homem mais generoso, bem conservado e que realmente tenha também coração para uma moça assim, e digo mais, ele ainda tem de causar uma impressão bem mais profunda.

— Sem a sombra de uma dúvida — Unrat, porém, se atrapalhou ao enfeitar demais para mudar de assunto. — Bem, seja como for, isso, contudo, não é...

Em virtude do constrangimento, seu sorriso parecia venenoso.

— ... nenhuma objeção quanto a um rapaz que, por um lado, não careça inteiramente de espírito e, por outro, de índole, prometa-lhe em todo caso ainda mais.

A mulher interrompeu-o, vivaz:

— Pois se o senhor não estiver sofrendo, está tudo em ordem. Esses jovens, a nossa Rosa está até aqui deles, pode acreditar em *mim*!

Ela sacudiu Unrat pelos ombros com força para fazê-lo sentir a verdade no corpo. Depois se deixou cair pesadamente da mesa para o chão e disse:

— Nossa, como a gente fala! Mas agora preciso trabalhar, senhor professor, outra hora me dedico ao senhor de novo.

Sentou-se diante do espelho do toucador e passou creme no rosto.

— Agora é melhor olhar para outro lugar, isso não é nada bonito.

Obediente, Unrat desviou o olhar. Ouviu tocarem algumas notas no piano. Do salão vinha um burburinho abafado, como se estivesse metade cheio.

— E quanto aos seus alunos — comentou a mulher, com um objeto entre os dentes —, eles podem ficar bisbilhotando e se divertir!

Unrat obedeceu ao impulso de virar-se para a janela. De fato, uma sombra esticava o pescoço atrás da cortina vermelha.

No salão ouviu-se um longo ôôôôô. A artista Fröhlich estava no batente da porta, e a parte aberta atrás dela foi imediatamente obstruída pela figura imensa do artista Kiepert. Depois que ambos entraram, ele exclamou:

— Muito lisonjeiro, senhor professor, que também esteja aqui de novo!

A artista Fröhlich observou:

— Veja só quem está aí! Quem diria!

— Talvez esteja admirada... — gaguejou Unrat.

— Nem um pouco — esclareceu ela. — Me ajude a tirar o casaco.

— ... por eu voltar a visitá-la tão rapidamente...

— Que idéia!

Com os braços feito ganchos erguidos até o seu grande chapéu vermelho de plumas, ela tirou os alfinetes e de baixo para cima ofereceu um sorriso maroto a Unrat.

— Mas... — e ficou aflito — a senhorita mesma disse que eu deveria voltar.

— Está bem! — e ela rodou o chapéu como uma girândola. Explodindo:

— Ele é demais!... Não vou deixá-lo ir embora, meu velhinho!

Nisso, com as mãos na cintura, inclinou-se, levando seu rosto bem perto ao dele.

Unrat parecia uma criança completamente assustada por ver a fada no teatro de repente deixar cair uma trança postiça. A artista Fröhlich percebeu isso e imediatamente se recobrou de seu acesso de alegria. Suspirou e endireitou a cabeça:

— Mas não deve acreditar que eu pensei que não iria sentir nenhuma falta disso. Nesse caso, o senhor estaria mal informado. Pelo contrário, sempre disse a Guste: "Ele é um doutor e um professor, e eu sou uma pobre moça ignorante. O que tenho a oferecer a um homem desses..." Senhora Kiepert, não é verdade que eu disse isso?

A mulher gorda concordou.

— Mas ela — disse a artista Fröhlich, encolhendo os ombros —, ela é quem sempre quis saber se o senhor ia voltar... Bem, pois é isso!

Do canto onde se trocava, o artista soltava sons indefinidos. Sua mulher fazia sinais pedindo para que se acalmasse.

— Mas quem me diz — prosseguiu a artista Fröhlich — que o senhor realmente veio por minha causa? O senhor nem sequer me ajuda a tirar o sobretudo... Talvez tenha vindo apenas por causa daqueles moleques nojentos dos quais quer fazer picadinho.

E Unrat corou, procurando ajuda:

— Em primeiro lugar — bem, realmente, de fato — originalmente...

Ela mexeu a cabeça, lastimando.

A mulher gorda levantou-se do toucador para auxiliá-los. Vestia uma blusa vermelha decotada. Estava pronta e recuperara a tez brilhante da véspera.

— Por que é que não ajuda a senhorita a tirar o sobretudo? — disse ela. — Onde é que se viu agir assim quando uma dama lhe pede alguma coisa?

Unrat começou a puxar com força uma das mangas. Ela não saía, e a artista Fröhlich cambaleou nos braços de Unrat, que se deteve desnorteado.

— É *assim* que deve fazer — e a mulher gorda tratou de ensinar-lhe. Seu marido interveio em silêncio, já vestindo a malha, adornado de uma protuberância sinuosa de carne de um quadril a outro e uma verruga peluda no pescoço. Ele colocou uma pequenina folha de jornal diante dos olhos de Unrat.

— Precisa ler isso, senhor professor. Estão metendo o pau na corja.

Unrat imediatamente assumiu a expressão de perito que todo texto impresso lhe impunha. Reconheceu o jornal social-democrata local.

— Bem, vamos dar uma olhada — disse ele — como sempre outra vez — no desempenho desse aqui.

— Fala precisamente do salário dos professores — disse o artista. — Ainda ontem mesmo não falei disso?

— Ora essa — decidiu a mulher, e tirou o jornal das mãos de Unrat. — Salário ele tem o suficiente, ele está precisando é de outra coisa. Isso não é problema seu. Agora saia, vá lá *praquelas* bestas queridas.

No salão grunhiam, berravam e assobiavam, em meio ao estrondo do piano. Kiepert obedeceu. De súbito, fingiu para si mesmo uma aparência encantadora que na véspera já causara espanto em Unrat, saltitou ao passar pela porta e entrou no salão, tragado pelo barulho.

— Esse já foi — disse a mulher gorda. — Enquanto o agüentarem lá fora, vai me ajudando aqui a vestir a Rosa, senhor professor.

— Ora, ele também pode? — perguntou a artista Fröhlich.

— Ele vai acabar sabendo como se veste e se despe uma mulher. Quem sabe, talvez ele ainda precise disso alguma vez na vida.

— Bem, se o senhor não tiver nada contra — e a artista Fröhlich puxou sua saia para baixo. Seu corpete já estava aberto e Unrat notou com uma espécie de susto que tudo estava preto e brilhava por baixo das roupas. Mas mais estranho ainda foi perceber que ela não usava anágua, e sim umas calçolas pretas largas. Ela pareceu não se importar com isso, comportou-se de maneira completamente inocente. Para Unrat, porém, foi como se sussurrassem em seus ouvidos uma primeira revelação de mistério, a situação crítica abaixo da superfície, abaixo da boa superfície burguesa, que se mostra aos olhos da polícia na rua. E sentiu um orgulho que continha medo.

Lá fora, Kiepert fazia muito sucesso e começara um número novo.

— Agora é melhor ele ficar de costas — disse a artista Fröhlich. — Agora tiro tudo.

— Meu Deus, minha filha, ele é um homem sensato, respeitável, em que isso pode prejudicá-lo?

Mas Unrat já tinha se virado, mais do que rápido. Tenso, ouviu o farfalhar das roupas. A mulher gorda passou-lhe algo com pressa, pelo canto.

— Ei, segure isso aí.

Unrat apanhou sem saber o que era. De cor preta, podia-se comprimir até ficar bem pequeno e parecia estranhamente quente, quente como um bicho. De repente, aquilo lhe escapou das mãos, pois tinha percebido porque era tão quente: eram as calçolas pretas!

Entretanto, ele as recolheu e manteve-se totalmente em silêncio. Guste e a artista Fröhlich trocaram rapidamente algumas opiniões técnicas enquanto trabalhavam. Kiepert já havia terminado outra vez.

— Preciso ir — disse a esposa do ator. — Ajude-a a se vestir. — E como Unrat não se mexia: — Está surdo?

Unrat virou-se sobressaltado; ele tinha "dormido", tal como seus alunos quando a aula se estendia demais. Com paciência, segurou as tiras do corpete. A artista Fröhlich sorriu-lhe por cima do ombro.

— Por que o senhor ficou o tempo todo de costas? Faz tempo que já estou vestida decentemente de novo.

Ela usava agora uma anágua alaranjada.

— Na realidade — prosseguiu ela —, eu só pedi aquilo por causa de Guste, de ficar de costas. Por mim, eu bem que gostaria de saber o que acha do meu corpo.

Unrat não disse nada, e ela, impaciente, jogou a cabeça para o outro lado.

— Puxe com firmeza!... Meu Deus, não está ouvindo? Dê-me aqui — ainda tem muito que aprender.

Ela própria amarrou o corpete. E como ele continuava desamparado com as mãos abanando diante de si:

— Será que realmente não quer ser gentil comigo?

— Sem a sombra de uma dúvida — gaguejou ele, consternado. Continuou tentando, e por fim disse que a achava mais bela com as... com a roupa preta.

— Seu safadinho — disse a artista Fröhlich.

O corpete ficou bem... Guste também fez sucesso ao lado de Kiepert.

— Bem, agora lá vou eu — disse a artista Fröhlich outra vez. — É só fazer a maquiagem.

Ela se sentou diante do espelho, e com habilidade manipulou as latinhas, os vidrinhos, as espátulas coloridas. Unrat não via nada a não ser os braços finos dela cruzando o ar sem cessar, e diante de seus olhos confusos formou-se um jogo de linhas entrelaçadas cor-de-rosa e amarelo-claras, que surgiam, modificavam-se, uma substituindo a outra, antes de se desfazerem. Ele teve de pegar da mesa objetos desconhecidos e levá-los a ela. Em meio a sua atividade febril, ela ainda tinha tempo de bater o pé quando ele apanhava algo errado, e para acariciá-lo com o olhar quando agia certo. Era até mesmo inegável que os olhos dela alcançavam a capacidade cada vez maior de cutucá-lo. Por fim, Unrat não teve mais qualquer dúvida de que isso advinha dos lápis que ele ia lhe passando e com os quais ela pintava o contorno dos olhos; das manchas vermelhas no rosto, dos traços vermelhos sobre as sobrancelhas e do creme preto e gorduroso que ela passava nos cílios.

— Bem, agora é só diminuir um pouco a boca — prometeu ela.

E de repente, ele reviu o rosto dela da véspera, todo pintado. A artista Fröhlich, a verdadeira, estava agora sentada diante dele. Ele a viu surgir e só agora o percebia. Uma visão fugaz se revelou a ele no caldeirão, onde se criam beleza, desejo e alma. Ele se sentia decepcionado e tendo perdido a pureza. Pensou: "Não há mais nada?" e, logo depois: "Mas isso é esplêndido!" Seu coração palpitava — e enquanto isso a artista Fröhlich esfregava as mãos com uma toalha para limpar os cremes coloridos que tinham causado tanta palpitação.

Em seguida, ela prendeu nos cabelos o diadema torto da véspera... O salão estava a ponto de entrar em delírio. Ela sacudiu o ombro naquela direção e perguntou, franzindo as sobrancelhas:

— Será que o senhor achou isso bonito?

Unrat não tinha ouvido nada.

— Mas agora o senhor vai ver o que é qualidade. É que hoje vou cantar uma coisa seriíssima, por isso vou vestir também saias longas... Me dê aquela verde ali...

Unrat precisou primeiro passar por cima das peças de roupa, à direita e à esquerda, fazendo assim voar as abas de seu paletó. Finalmente encontrou a verde; e num instante lá estava ela, como num conto de fadas, sem concavidade na cintura, somente um pouco apertada no colo e nas coxas por uma guirlanda de rosas... Ela olhou para ele, ele não disse nada; mas o rosto dele a deixou contente. Dirigiu-se em grande estilo para a porta. Pouco antes tinha se virado, pois lembrara-se da grande mancha de gordura nas costas, que Unrat agora examinava.

— Não preciso mostrar isso àqueles imbecis, não é? — pronunciou-se com absoluto desprezo. Depois apareceu condescendente, na porta escancarada. Unrat deu um pulo para trás, poderiam vê-lo.

A porta ficou semi-aberta. Lá fora gritavam: "Que diabos!" e "Um vestido de seda verde!" e "Quem usa longo, longos afetos desperta!"

Riram também.

O piano tinha começado a verter lágrimas. Nos agudos vinha a umidade dos soluços, nos graves aspiravam.

Unrat ouviu a artista Fröhlich entoar:

A lua está cheia, e todas as estrelas a brilhar
E se ficar atento, no lago prateado, ouvirá
Pois lá está o seu amor a chorar...

Os tons emergiam da alma melancólica da cantora como pérolas foscas na maré escura.

Unrat pensou: "Ainda que de fato..." Sentiu-se desanimado e triste. Enfiou-se, furtivo, na fresta e viu por entre as dobradiças as pregas verdes do vestido da artista Fröhlich se formarem e se desfazerem novamente... Ela inclinou a cabeça para trás; e no campo de visão de Unrat apareceram o diadema torto no penteado ruivo dela e uma das faces pintadas sob uma elevada sobrancelha preta. Numa das mesas da frente, uma voz arrebatada, a voz de um camponês imenso vestindo uma jaqueta azul de lã, soou:

— Olha só, que garota bonita! Meu caro, só quero ver eu agüentar a patroa quando eu chegar em casa.

Unrat observou o homem com uma benevolência desdenhosa; ele pensou: "Sem a sombra de uma dúvida, meu caro".

Ele não acompanhara o surgimento da artista Fröhlich! Não sabia o que era beleza, não estava em condições de decidir, tinha de aceitar o que lhe era oferecido, e ainda devia estar contente se o fizessem perder o gosto por sua mulher.

A estrofe terminava lamuriosa:

No compasso do seu coração balança minha embarcação
E todas as estrelas riem, enquanto chora meu coração.

Mas um dos ouvintes também riu num jorro gorduroso. Arrancado de seu enlevo, Unrat procurou em vão por entre as cabeças. A artista Fröhlich começou a segunda estrofe novamente com "A lua está chêêêia...". No refrão: "E todas as estrelas riem...", seis ou sete pessoas também riram. Um no meio da sala gargalhou como um negro. Unrat descobriu-o: era um marinheiro negro! Esse homem contagiou todos à sua volta; Unrat viu outros rostos franzirem-se de alegria. Foi dominado pelo ímpeto de desfazer as contorções daqueles músculos. Saltou de um pé para o outro, perpassado por uma espécie de agonia...

A artista Fröhlich anunciou pela terceira vez: "A lua está chêêêia".

— Essa já conhecemos — disse alguém, em tom alto e decidido. Alguns bem intencionados protestaram contra a agitação crescente. Mas as gargalhadas do negro propagaram-se devastadoras. Unrat viu fileiras inteiras de bocas escancaradas, escuras, com alguns caninos amarelados evidenciando-se em meio às falhas, ou com dentes brancos formando meias-luas de uma orelha a outra; com barbas de capitão de navio em forma de tranças no queixo ou de cerdas atadas em direção ao lábio superior. Unrat reconheceu o aprendiz de comerciante, seu ex-aluno do secundário que na véspera tinha rido da cara dele à beira daquele buraco íngreme, e que escancarava as mandíbulas tanto quanto podia, em homenagem à artista Fröhlich. Unrat sentiu a raiva subir-lhe à cabeça, causando-lhe vertigens, sua cólera tirânica perpassada pelo medo. A artista Fröhlich era um assunto dele! Ele a tinha autorizado, seguia sua exibição dos bastidores, estava ligado a ela e, de certo modo, ele próprio a apresentava! Mexiam com os brios dele quando se atreviam a não aceitá-la! Agarrou-se à pilastra, pois teve vontade de se precipitar lá fora a fim de impor novamente obediência mediante ameaças, safanões e castigos àquele bando insubordinado de alunos desgarrados.

Aos poucos descobrira cinco, seis deles. O salão estava infestado de rebeldes dos velhos anos escolares! O gordo Kiepert e a gorda Guste perambulavam, bebiam dos copos, faziam-se populares. Unrat desprezava-os, chafurdavam na sarjeta. A artista Fröhlich, com seu vestido verde de seda e seu diadema torto, encontrava-se em patamares sublimes, mas não a queriam, e gritavam:

— Já deu! Chega!

E Unrat não conseguia mudar isso! Era terrível! Ele podia trancar os alunos no cubículo, mandá-los escrever redações sobre temas improvisados, colocá-los a seu serviço, adestrar seu raciocínio, e se algum deles porventura ousasse pensar algo, trovejar um: "Aqui não se pensa nada!". Mas não tinha como obrigá-los a achar belo o que era belo segundo seu juízo e seu preceito. Talvez fosse ali o derradeiro refúgio da insubordinação deles. O impulso despótico de Unrat deparava-se com o limite extremo da capacidade humana de assujeitar-se... E quase não o suportava. Respirou com dificuldade, olhou em volta procurando uma saída para sua impotência, e nessa ânsia imbuiu-se do desejo de escancarar um desses cérebros e de enfiar lá dentro seus dedos tortos, de modo a ajeitar-lhe os sentidos estéticos.

Que a artista Fröhlich pudesse permanecer tão confiante e alegre, e ainda mandar beijinhos aos que gritavam e assobiavam! Ela era peculiarmente grande na derrota... Subitamente, ela se virou meio de lado, na direção contrária ao público, e disse algo ao pianista lá embaixo. Nesse instante, porém, ocorreu que seu semblante bem disposto e solícito ficou inesperadamente amargo e zangado, num piscar de olhos, como no cinematógrafo. A Unrat pareceu que ela esticava o mais possível a conversa com o pianista, mantendo-se de costas o quanto podia. Mais tempo ainda não daria; a mancha de gordura em suas costas faria sua aparição! De repente, recompôs-se de um salto, animada outra vez, ergueu o vestido verde de seda, balançou a anágua alaranjada bem acima dos pés e irrompeu num cantarolar sentimental:

— Porque sou tão pequenininha e inocente.

Seu bom ânimo foi recompensado, aplaudiam, exigiam a canção desde o princípio. Ao voltar ao camarim batendo a porta, perguntou, ofegante:

— Bem, o que diz agora? Não foi uma ótima saída?

Os estragos foram reparados, todo mundo estava satisfeito! Apenas Lohmann, bem no fundo do salão, encostado na parede ao lado da saída, abaixou o olhar lívido e distante em direção aos seus braços cruzados e viu que seus versos, sob as risadas da gentalha, fugiram para ruas escuras, progredindo agora trêmulos em ondas de ar noturnas a caminho da janela de algum quarto, e que bateriam nele bem de leve e ninguém lá dentro os ouviria...

A gorda Guste entrou no camarim com Kiepert. A artista Fröhlich jogou a cabeça para trás e disse ofendida:

— Quero ver você me fazer outra vez uma porcaria para cantar essa bobagem daquele estúpido!

Unrat ouviu isso, mas não lhe ocorreu nada.

— Queridinha — explicou a mulher —, não dá pra confiar nas pessoas, a gente sabe disso. Se aquele marinheiro não estivesse lá, eles teriam chorado ao invés de ficarem rindo.

— É claro que não estou nem aí — disse a artista Fröhlich. — Naturalmente, só se o professor nos oferecer alguma coisa para beber. O que será que ele vai nos dar para beber?

E ela colocou, como na véspera, dois dedos bem leves embaixo do queixo dele.

— Vinho? — sugeriu Unrat.

— Ótimo! — disse ela aprovando. — Mas que vinho?

Unrat era pouco versado em tipos de vinho. Procurou ajuda com os olhos como um aluno enrascado. Kiepert e sua mulher olharam-no tensos.

— Começa com "cha" — disse a artista Fröhlich, animando-o.

— Schâteau... — disse Unrat suando. Ele não era filólogo e não precisava saber como se soletrava uma palavra de jargão da enologia. Repetiu:

— Schâteau...

— Ihh, xô — rimou ela. — Depois do "cham" vem o "P".

Unrat não conseguiu continuar.

— E depois o "a" de novo... Esqueça, o senhor não percebe nada mesmo. É realmente impressionante como ele não percebe nada.

De repente, o rosto de Unrat brilhou de felicidade ingênua. Ele tinha descoberto.

— Champanhe!

— Deus seja louvado! — disse a artista Fröhlich. Guste e Kiepert também consideraram a solução adequada. O artista saiu e fez o pedido. Ao retornar pelo salão, o proprietário veio na frente carregando com as próprias mãos uma grande cuba da qual avultavam dois gargalos. Kiepert, de malha, enchia as bochechas, enquanto em volta exclamavam: "Aaaahh!" e "Oooohh!"

Todos ficaram então alegres no camarim. A cada copo que era enchido, Unrat pensava: esse era o *seu* próprio vinho. Nesse, Lohmann não tinha nada que se intrometer. E de repente, a artista Fröhlich disse:

— Champanhe, aqueles seus rapazes estúpidos nunca puseram na roda aqui dentro.

Os olhos dela se tornaram ainda mais provocantes.

— Nem por isso eu vou pedir pra eles.

Como Unrat não alterou em nada a sua expressão, ela suspirou. Kiepert ergueu seu copo.

— Senhor professor! Àqueles que amamos!

E deu um leve sorriso para Unrat e depois para a artista Fröhlich. Ela murmurou aborrecida:

— Deixa pra lá! Ele não percebe nada mesmo.

A mulher gorda precisava se trocar para o próximo número, porque depois da canção a ginástica vinha de novo. Ela observou:

— Bem, não vou me exibir ao senhor professor mostrando como entro na malha. Não, nossa amizade não chega a tanto.

Ela colocou três cadeiras umas sobre as outras, cobriu os encostos com saias formando uma cortina e pôs-se atrás. A altura era suficiente, mas a largura foi suplantada pelo corpo de Guste. A todo momento, os outros flagravam uma parte dela que irrompia, e faziam um escarcéu. A artista Fröhlich ria, jogando os braços sobre a mesa inteira e arrastando consigo Unrat tão longe em sua animação, que ele várias vezes, esticando o pescoço, olhou com o rabo-do-olho para o esconderijo de Guste. Ela fazia "Fora!" e "Oooolha!", e Unrat recuava sobressaltado, e em seguida retomava a acanhada brincadeira.

Mas a artista Fröhlich levantou-se como que a contragosto. Reteve o ar para poder dizer:

— Comigo ele não faria isso, ponho a minha mão no fogo.

Em seguida desandou a rir.

O salão gritava por espetáculo, o piano era incapaz de mantêlo nas rédeas por mais tempo. Os dois artistas gordos tiveram de sair.

Sozinha com Unrat, a artista Fröhlich se recompôs. Ele, de repente, sentiu-se completamente embaraçado. Por alguns instantes houve silêncio entre eles, e lá fora cantavam. Ela rejeitou:

— De novo a estúpida canção de marinheiro na barra de ginástica. Eles ainda vão se ver comigo!... Mas o senhor, o senhor nem sequer percebeu o que mudou por aqui.

— Aqui no cubí...? Aqui? — gaguejou Unrat.

— Deixa pra lá, o senhor não percebe nada mesmo... Ontem, por acaso, não havia algo ali junto do espelho? Do lado direito e do lado esquerdo?

— Ah, sim — sem a sombra de uma dúvida — dois ramalhetes?

— E o senhor, homem ingrato, não vê quando eu, em sua honra, coloco aquela coisa verde na estufa.

Ela ficou emburrada, da cabeça aos pés. Unrat olhou para a estufa e corou de satisfação, pois a artista Fröhlich tinha queimado os ramalhetes de Lohmann. De repente, ficou extremamente inquieto; surgira nele a idéia de substituir os ramalhetes de Lohmann por outros dois, que ele próprio traria à artista Fröhlich!... Constatou que a cortina vermelha estava livre de rostos. E, excitado pelo ímpeto de competir com Lohmann:

— Minha querida — mas assim mesmo —, a senhorita, ontem à noite, certamente ainda teve contato com os rapazes?

— Por que foi embora tão cedo? O que é que vou fazer se os outros vêm e entram aqui sorrateiros... Mas eu disse a verdade pra eles, sobretudo pr'aquele...

— Ótimo, boa menina... E hoje à noite, ao chegar aqui na taberna, com certeza — como sempre outra vez —, encontrou os três alunos?

— Como isso me deixa feliz!

— Querida senhorita, caso não queira prescindir dos ramalhetes e do champanhe, poderá recebê-los de *mim*. É inadmissível que desfrute tais coisas por meio de alunos.

Bastante enrubescido, animado, com seus sentidos enigmaticamente aguçados, Unrat reconheceu de súbito que a "bobagem daquele estúpido", que a artista Fröhlich não queria cantar nunca mais, referia-se à canção da lua cheia, e que essa canção era uma realização de Lohmann! Ele externou:

— Não é só a canção da lua cheia que não deve cantar outra vez. Não deve cantar mais nenhuma canção dos alunos!

— E se não puder prescindir delas — perguntou ela, sempre sorrindo —, *o senhor* faria algumas para mim?

Unrat não estava preparado para isso. Não obstante, asseverou:

— Verei o que se pode fazer.

— Sim, pense nisso. E além do mais, pode-se fazer tantas coisas... Só é preciso perceber.

E ela aproximou seu rosto, fazendo biquinho.

Mas Unrat não percebeu nada. Olhou-a desamparado e com uma desconfiança indeterminada. Ela indagou:

— Para que é que o senhor está aqui, afinal?

— Os alunos não podem... — começou ele.

— Ora, está bem... — E ajeitou a roupa. — Preciso vestir alguma coisa curta. O senhor poderia ser útil.

Unrat obedeceu. Os gordos voltaram sedentos de seu triunfo. Apenas uma das garrafas continha ainda meia taça. Kiepert declarou-se disposto a arranjar mais daquilo. Unrat pediu-lhe que o fizesse. A artista Fröhlich foi rapidamente servida, pois teria de cantar em seguida. Ela se sentiu lisonjeada. O champanhe estava mais doce, e Unrat cada vez mais feliz. No seu número seguinte, o artista saiu caminhando sobre as mãos e recebeu efusivos aplausos. A partir daí, ele passou a utilizar essa maneira de se movimentar. O temperamento da artista Fröhlich intensificava-se a cada nova apresentação, sendo reconhecido de modo cada vez mais tempestuoso. Unrat não conseguia sequer imaginar que um dia teria que levantar daquela cadeira. Os últimos fregueses já haviam ido. A artista Fröhlich disse ainda, radiante de alegria:

— Esse é o nosso negócio de todos os dias, professorzinho. Aos domingos fazemos isso com muito mais arrojo.

E logo em seguida desandou a soluçar. Unrat, espantado e através de um véu, observou como ela apertava o nariz entre as mãos colocadas sobre a mesa, e como o seu diadema torto subia e descia:

— Essa é a fachada brilhante, não é mesmo? — proferiu ela. — Por dentro não existe nada, a não ser miséria cinzenta...

Ela continuou se lamentado. Constrangido, Unrat procurou algo que pudesse lhe dizer. Nisso, Kiepert entrou, ergueu Unrat da cadeira, dizendo-lhe que queria conduzi-lo à saída. Na porta, Unrat lembrou-se de algo. Virou-se e sua mão tateou pelo ar, esforçando-se para voltar à artista Fröhlich, que já dormia, e prometeu-lhe:

— Vou tentar aprová-lo.

Uma coisa dessas um professor podia dizer, antes da aprovação final, a um aluno pelo qual tivesse apreço, ou pelo menos pensá-la a respeito dele. Mas Unrat ainda não tinha dito isso a ninguém, e tampouco o tinha pensado.

VII

Eram oito e quinze e Unrat ainda não havia chegado. Na ânsia de aproveitar a sua liberdade, a classe fazia tanto barulho que chegava ao atordoamento geral e à imbecilidade. Todos gritavam, ainda sem saber por quê: "Unrat! Unrat!" Uns afirmavam terem sido informados de que ele estava morto. Outros juravam que ele trancara sua empregada no cubículo de sua casa, abandonando-a à fome, e que nesse momento se encontrava na cadeia. Lohmann, Ertzum e Kieselack ficaram calados.

De súbito, Unrat entrou furtivo, a passos lentos, dirigindo-se à sua mesa e, com cuidado, deixou-se cair na poltrona, como se os ossos lhe doessem. Muitos não haviam ainda notado a sua presença e continuavam berrando "Unrat!". Mas Unrat parecia não dar a menor importância se poderia "prová-lo" contra eles. Estava muito pálido, esperou pacientemente até que o deixassem falar, e comportou-se com um capricho deveras doentio na avaliação das respostas. A um deles, que geralmente costumava perseguir com esmero, permitiu que continuasse uma erradíssima tradução por dez minutos. A um outro, interrompeu na primeira palavra, destilando veneno. De novo, desviou com firmeza o olhar de Ertzum, Kieselack e Lohmann — embora só pensasse neles. Perguntou-se se eles, na noite anterior, no penoso caminho de volta, não teriam parado numa casa de esquina, em cuja parede ele havia passado ambas as mãos, bastante desanimado. Acreditou até mesmo ter esbarrado neles e pedido perdão...

Mas seu pensamento também havia permanecido imperturbavelmente claro naquele momento, e em nenhum instante ele perdera a compreensão de que nem tudo o que vira e sentira naquele estado precisava fazer parte do mundo exterior.

Sentia um medo enorme, pois quanto a isso não tinha certeza. O que sabiam os três pervertidos?... E o que poderia ainda ter acontecido na noite anterior, depois de o próprio Unrat ter se retirado de cena? Haviam retornado ao Anjo Azul? Havia Lohmann retornado ao cubículo?... A artista Fröhlich chorara; era possível que já estivesse até mesmo dormindo. Mas a teria acordado Lohmann?... Unrat sentiu-se tentado a fazer Lohmann explicar o mais difícil de todos os trechos. Mas não se atreveu a tanto...

Lohmann, o conde Ertzum e Kieselack observavam-no sem cessar. Ao mesmo tempo, Kieselack possuía uma sensibilidade para a brincadeira, Ertzum para o humilhante e Lohmann para o patético em tudo, mas independentemente disso, uma espécie de horror atingia todos os três, uma certa gravidade terrível pela sua sombria conivência com o tirano.

No pátio da escola, durante o recreio, Lohmann encostou-se no muro ensolarado, cruzou os braços e ouviu interiormente sua infelicidade soando em seus versos, como na véspera, junto à parede esfumaçada do salão. Ertzum aproximou-se assim como por acaso e perguntou aflito:

— Ela estava em cima da mesa dormindo? Não pode ser, Lohmann.

— Se estou dizendo que ela roncava! Ele a deixou bêbada.

— O larápio! Espere só até eu cruzar com ele...!

Ertzum sentiu vergonha de concluir suas bravatas. Rangeu os dentes em silêncio, sob o jugo da escola. Sua própria impotência causava-lhe mais aversão do que o próprio Unrat. Não era digno de Rosa!

No vaivém dos alunos, Kieselack esgueirou-se passando pelos dois cúmplices e segredou por detrás da mão, entortando a boca e sacudido por um júbilo atroz:

— Caramba, ele vai se dar mal, eu estou dizendo, ele vai se dar muito mal!

Antes de ir embora, ainda perguntou rapidamente:

— Vocês vão lá outra vez?

Os dois ergueram os ombros. Afinal, isso era uma desprezível obviedade.

Para Unrat isso era um dever, e a cada dia mais agradável, à medida que ele ia se acostumando com a artista Fröhlich. Para que Lohmann não o antecedesse, ele era sempre o primeiro no Anjo Azul. Arrumava então os objetos de toalete, procurava as anáguas e calcinhas mais limpas e colocava à parte, sobre uma cadeira, o que era para ser remendado. A artista Fröhlich passou a chegar mais tarde, pois começou a confiar em Unrat. Ele logo se especializou em esticar bem seus dedos cinzentos para desatar os nós das roupas, puxar os laços, tirar os alfinetes dos esconderijos do corpo dela. Quando ela se maquiava, o jogo rosa-amarelo-pálido de seus braços apressados transformava-se gradativamente em gestos habilidosos. Ele se acostumou com a variedade de cores do rosto dela, aprendeu nomes e a utilidade das espátulas e vidrinhos coloridos, dos saquinhos e caixinhas empoeiradas, das latinhas e potes engordurados; exercitou-se, silencioso e aplicado, na utilização de cada um. A artista Fröhlich notou seu progresso. Uma noite, ela se sentou na cadeira diante do espelho e disse:

— Vamos lá.

E Unrat preparou o rosto dela com tanta perfeição que ela não precisou mais enfiar o dedo em creme nenhum. Ela se admirou com a sua destreza e quis saber como ele a adquirira tão rápido. Ele enrubesceu por inteiro e gaguejou qualquer coisa, mas a curiosidade dela continuou insatisfeita.

Unrat regozijava-se com a importância que conquistara no camarim. Lohmann podia perder as esperanças de substituí-lo. Será que Lohmann se lembraria de que o casaquinho rosa deveria ir para o tintureiro? Sim, se Lohmann tivesse exercitado a memória decorando com aplicação os versos de Homero solicitados! Agora se revelavam as conseqüências da ociosidade! E Unrat deslizava por entre as roupas de baixo brancas, no chão e sobre os móveis, como uma grande aranha negra, caminhando ligeiro, esticando seus membros tortos e finos. Sob suas mãos cinzentas e angulosas, tecidos macios ficavam lisos, fazendo ruído e crepitando. Outros separavam-se adquirindo de súbito formas que haviam mantido em segredo — um braço, uma perna, que Unrat acanhado olhava de soslaio pensando: "Sem a sombra de uma dúvida — em todo caso."

Então ele se insinuava no vão da porta e espiava-a, enquanto sua voz, sob o estrondo do piano, cujos membros se debatiam na fumaça, assobiava e grunhia em direção às cabeças estúpidas feito tulipas flatulentas num canteiro, que a olhavam embasbacadas. Tinha orgulho dela, desprezava o salão quando este a aplaudia, esguichava de ódio quando ele silenciava — e dedicava-lhe um sentimento bem próprio quando ele gargalhava de prazer porque a artista Fröhlich havia-lhe feito uma reverência profunda e mostrado generosamente uma abertura em seu corpete. Unrat era então acometido por um medo formigante... Depois, sob uma salva de palmas, ela entrava flutuante porta adentro e cabia a Unrat envolvê-la num roupão e passar-lhe um pouco de pó no pescoço.

Pouco a pouco Unrat passou a perceber os humores dela. Dependendo se ela lhe oferecia benevolente os ombros ou batesse rente a seu rosto com a esponja do pó, fazendo com que não enxergasse mais nada, advinha para Unrat um bom ou um mau momento. Seus olhares sob a superfície feminina dirigiam-se bem mais além de onde terminavam as roupas. Ele descobriu que com os tecidos e pós podia-se quase manejar e sentir também o aroma da alma; que pós e tecidos já não eram muito menos que a alma...

A artista Fröhlich mostrava-se ora impaciente, ora amigável. E isso tirava-o do sério quando ela, num repente, retomava sua amabilidade. Ele se sentia bem mais à vontade quando ela ralhava... De tempos em tempos, contudo, ela se lembrava de um plano sobre como lidar com ele, cuja realização a aborrecia sobremaneira; de normas de conduta que ela aceitara e à quais se submetia, mas sem uma verdadeira convicção. Então de repente agia com uma pequena pitada de emotividade e um rosto diferente, como se estivesse sentada aos pés dele; o rosto que se deve fazer quando se pretende obter algo de um homem sério... Mas logo — e isso aliviava Unrat, sem que ele compreendesse a razão — ela o derrubava de novo da cadeira, como uma trouxa de anáguas.

Uma vez, ela chegou a lhe dar uma leve bofetada. Depois encolheu rapidamente a mão, observou-a, cheirou-a e exclamou estarrecida:

— O senhor está engordurado!

Ele enrubesceu, desamparado. E ela explodiu:

— Ele se maquia! Essa não, não acredito! Por isso ele aprendeu tudo tão rápido. Ele pratica escondido em si mesmo! Oh, senhor Unrat!

Unrat fez uma cara horrorizada.

— Sim, claro: Unrat! — Ela dançou em volta dele.

E em seguida ele sorriu feliz... Ela conhecia o apelido, provavelmente o tempo todo, ficou sabendo dele por meio de Lohmann e dos outros: isso o abalou muitíssimo, mas não foi algo constrangedor, e sim, prazeroso. Isso incutiu-lhe uma pequena suspeita e uma leve vergonha, pois como podia sentir-se feliz pelo fato de a artista Fröhlich o chamar pelo seu apelido indigno? Mas ele estava de fato feliz. Mais que isso ele não pôde refletir, pois ela o mandou buscar cerveja.

Unrat não se restringiu a pedi-la; deixou o garçom que trazia os copos atravessar o salão na sua frente e, pelo fato de estar protegendo por trás o transporte da bebida, evitou que os outros a apanhassem no caminho. Uma vez, o proprietário do Anjo Azul sugeriu que o próprio Unrat levasse a cerveja. A surpreendente dignidade com que Unrat recusou impediu o homem de repetir seu erro.

Antes de beber, a artista Fröhlich disse:

— Saúde, Unrat.

Depois, detendo-se:

— Estranho, não, que eu o chame de Unrat? Sim, de fato é estranho. Não temos nada um com o outro. Há quanto tempo já nos conhecemos? O que faz o hábito... Mas não, quero lhe dizer uma coisa: Kiepert e a esposa, posso ficar sem eles para sempre que não vou derramar uma só lágrima. Com o senhor é bem diferente...

Seu olhar ficou aos poucos profundo e imóvel. Ela perguntou completamente absorta:

— Mas enfim, o que o senhor *quer*?

VIII

Ele próprio nunca refletira sobre isso, e só uma coisa o inquietava, quando tarde da noite se separava da artista Fröhlich: a incerteza a respeito de Kieselack, von Ertzum e Lohmann. O temor da atividade oculta deles fazia com que o mais extremo lhe parecesse possível, e ultrapassáveis todos os limites estabelecidos entre os homens. Lá fora, na ruela defronte ao Anjo Azul, ele ouviu certa vez os passos deles atrás de si. Ele tornou os seus bem leves para que eles não percebessem quando ele parasse. Ficou à espreita na esquina e de súbito avançou sobre eles com a cabeça inclinada. Eles recuaram assustados, mas Unrat, encorajando-os e piscando os olhos de maneira venenosa, disse:

— Ora, estou vendo que os senhores — como sempre outra vez — arrumaram um prazer estético. É muito louvável da parte de vocês. Venham, vamos então repassar juntos o objeto de tal prazer, de modo que terei a oportunidade de me inteirar o quão longe já chegaram nessas questões.

Como os três ficaram parados, visivelmente sem conseguir compreender essa assustadora intimidade com o tirano, ele acrescentou:

— Meu parecer nesse caso acerca do nível de seus conhecimentos gerais pode — deveras — exercer alguma influência na próxima avaliação de vocês.

Em seguida fez Lohmann caminhar a seu lado e deixou os outros dois irem na frente. Lohmann acompanhou-o bem a contragosto; sem o menor aviso prévio, Unrat começou a falar sobre a canção da lua cheia do secundarista:

— Pois lá está o seu amor a chorar — disse ele. — O amor, como substantivo abstrato, na verdade não seria capaz de chorar. Mas como pretende que entendam "o amor" como uma personificação do seu estado de alma, e a partir de então aflore essa essência poética para chorar à margem de um suposto lago, que assim seja. O professor, porém, deve acrescentar que o mencionado estado de alma de modo algum convém a um secundarista e ainda por cima a alguém com uma duvidosa perspectiva de atingir a meta da classe.

Lohmann, assustado e amargurado por Unrat estar metendo seus dedos enrugados numa parte de sua alma:

— Isso tudo é licença poética, senhor professor, do começo ao fim. Uma obra capenga e inteiramente frívola, *l'art pour l'art*, caso conheça a expressão. Absolutamente nada tem a ver com alma.

— Por isso mesmo, que assim seja — repetiu Unrat. — O mérito do efeito emotivo da canção deve-se portanto — creiame deveras — unicamente à artista intérprete.

A menção à artista Fröhlich provocou nele um orgulho que ele reprimiu segurando a respiração. Unrat logo mudou de assunto outra vez. Censurou a poética romântica de Lohmann e exigiu dele um estudo mais apurado de Homero. Lohmann afirmou que os poucos trechos realmente poéticos em Homero estavam havia muito superados. O cão moribundo, no retorno de Ulisses, funcionava de modo bem mais eficaz em *La Joie de vivre*, de Zola.

— Caso tenha ouvido falar disso, senhor professor — acrescentou ele.

Por fim deram de cara com o monumento de Heine, e Unrat gritou noite adentro, autoritário e vingativo, contra Lohmann:

— Nunca! Jamais!

Estavam junto à porta da cidade; Unrat, então, teria de tomar outra direção. Em vez disso, entre os prados escuros, mandou Kieselack se aproximar:

— Junte-se agora, então, ao seu amigo von Ertzum — disse a Lohmann.

No momento, toda a sua aflição dirigia-se a Kieselack. As condições familiares desse aluno não lhe davam qualquer garantia. Seu pai era um portuário do turno da noite. Kieselack havia dito que dividia sua casa apenas com uma avó. Unrat ponderou que certamente tal anciã quase não restringia a liberdade de ação noturna de Kieselack. E a porta do Anjo Azul ainda estaria aberta por muito tempo...

Kieselack pressentiu onde Unrat queria chegar. Ele asseverou:

— Minha avó bate em mim.

Sob o olhar vigilante de Unrat, um pouco à frente, von Ertzum deixou pender os punhos obstinadamente cerrados e disse a Lohmann, em tom abafado:

— Ele que não vá longe demais, é o conselho que lhe dou. Tudo tem limite!

— Tomara que não — replicou Lohmann. — Acho essa história cada vez mais duvidosa.

Ertzum, de novo:

— Quero lhe confessar uma coisa, Lohmann... Estamos aqui bastante sozinhos, o próximo poste de iluminação e o próximo guarda só veremos junto à casa da viúva Blöss. Se eu der meia-volta e acabar com esse homem — espero que vocês não me impeçam... Essa mulher — essa mulher nas patas de um miserável desses, de um aproveitador. A pureza dela!... Olha, cara, alguma coisa tem de acontecer!

A veemência de von Ertzum aumentou por sentir que causava estranheza. Mas não se importou com isso, e não se envergonhava mais de suas ameaças, pois naquele dia se sentia capaz de assumi-las todas.

Lohmann hesitou:

— Sem dúvida, não se pode negar que seria um acontecimento se você o matasse — observou ele por fim, num tom fatigado. — Se alguém tivesse ousado algo, escancarado uma porta, em vez de ficarmos sempre atrás dela, com medo de sermos apanhados, se ela de repente fosse aberta por dentro...

Lohmann calou-se e esperou tenso que o outro dissesse na sua cara que amava a senhora Dora Breetpoot. Visualizou a espingarda preparada para um caso desses... Mas a sua lembrança se desfez no ar sem ser ouvida.

— Uma outra questão — e Lohmann torceu a boca — é, sem dúvida, se você o fizer... Mas você não vai fazer nada.

Von Ertzum fez um movimento brusco para trás. Lohmann viu muito bem — pois o poste de iluminação da viúva Blöss já não estava longe — passar pelo olhar do amigo uma vertigem. Segurou-o pelo braço.

— Não faça nenhuma besteira, Ertzum!

Em seguida fingiu-se de incrédulo.

— Isso não tem cabimento, não se pode levar isso a sério. Olhe bem para o sujeito, por favor. Será que um sujeito desses vale a pena ser morto? A gente dá é de ombros para alguém assim. Você tem vontade de aparecer no jornal junto com o velho Unrat, depois de executar o crime? Que coisa comprometedora!

Depois de tanto ferver, o sangue de Ertzum foi se acalmando. Lohmann desprezou-o um pouco por ele voltar a ser inofensivo.

— Ainda por cima — observou ele — você poderia ter feito algo bem menos absurdo, e não o fez. Você exigiu dinheiro de Breetpoot?

— Nã... não.

— Veja só. Você queria se apresentar ao seu tutor, colocá-lo a par de sua paixão e de sua decisão de ir atrás dela. Dizer que você é um homem e prefere servir por dois anos a ficar vendo sua amada perder-se com um patife. Você queria a liberdade por causa dela: era *isso* que você queria!

Ertzum murmurou:

— O que eu teria ganho com isso?

— Como assim?

— Dinheiro ele não teria me dado. Teria puxado ainda mais as rédeas. Eu não poderia nem mais ver a Rosa.

Lohmann também considerou provável tal comportamento do tutor.

— Posso lhe arranjar trezentos marcos — disse ele, desleixado. — Caso você queira cair fora com ela...

Ertzum respondeu por entre os dentes:

— Obrigado.

Lohmann soltou uma gargalhada fraca e maldosa.

— Mas você tem razão. Antes de fazer de uma mulher uma condessa, é preciso pensar direito. Ela também não faria de outra forma.

— Eu próprio não ia querer outra coisa — disse von Ertzum, abalado e humilde. — Mas ela não quer... Ah, você não sabe. Ninguém sabe que desde domingo sou um homem desesperado. Realmente é risível que vocês me tratem como se eu fosse o mesmo; e também que eu me comporte assim.

Eles se calaram. Lohmann estava muito insatisfeito; sentia-se prejudicado, ferido em sua paixão por Dora Breetpoot, porque agora Ertzum também acabou assumindo um papel trágico graças àquela ridícula Fröhlich. Ertzum e aquela ridícula Fröhlich ficaram-lhe próximos demais.

— E aí? — perguntou ele, franzindo a testa.

— Está bem. Domingo, na excursão até o monumento megalítico, com você, Kieselack e... Rosa... Ter a Rosa só pra mim, uma vez excepcionalmente sem Unrat: fiquei tão contente! Estava totalmente seguro de mim!

— Correto. No começo, você estava de ótimo humor. Você até chegou a estragar o monumento.

— Ah, sim. Pensando nisso — quando estraguei o monumento, foi *antes*, eu ainda era uma outra pessoa... Depois do café da manhã ficamos praticamente sozinhos na floresta, Rosa e eu; pois você e Kieselack, vocês estavam dormindo. Tomei coragem: mas no último momento ainda fiquei com medo. Mas ela sempre tinha me tratado tão bem, bem diferente do que a você... não é verdade?... Ela visivelmente ficou esperando minha declaração. Eu tinha trazido meu pouco dinheiro acreditando, sem dúvida, que realmente não voltaríamos mais à cidade, que logo atravessaríamos a floresta até a estação.

Ele emudeceu. Lohmann teve de cutucá-lo.

— Ela não o ama... o suficiente?

— Ela disse que não me conhecia o bastante. Você considera isso uma falsa desculpa?... Ela também achou que seríamos apanhados; e que depois iria parar na cadeia por seduzir um... menor.

Lohmann tentou controlar com todas as forças a sua vontade de rir.

— Quanta reflexão fria — disse ele com esforço —, isso não é verdade. No mínimo, o amor dela não está à altura do seu. Você, por seu lado, deveria refletir se não seria preferível retirar alguns dos valores sentimentais depositados nela... Você não tem a sensação de que, após a conversa de vocês perto do monumento, ela não merece mais todo o seu futuro?

— Não, não tenho essa sensação — disse von Ertzum sério.

— Então não há nada que se possa fazer — decidiu Lohmann.

Eles estavam junto à casa do pastor Thelander. Ertzum subiu pelo pilar até a sacada. Unrat estava entre Kieselack e Lohmann e observou-o. Quando Ertzum passou pela janela, Unrat virou-se pensativamente para ir embora. Disse a si mesmo que von Ertzum, tão logo lhe desse na cabeça, poderia descer de novo... Mas temia pouco von Ertzum; ele desprezava seu jeito simplório.

Levou os outros alunos de volta à cidade e trouxe Kieselack até a área de influência de sua avó.

Depois acompanhou Lohmann até a casa do pai dele, ouviu a porta fechar-se, viu acenderem a luz lá em cima, esperou constrangido até que a apagassem novamente e deixou passar mais alguns instantes. Não sucedeu mais nada.

Unrat, então, finalmente encontrou ânimo para ir dormir.

IX

Unrat afugentava com severidade todo curioso para longe da porta do camarim. Os marinheiros estrangeiros achavam que ele era o "agente marítimo" que agenciava os artistas. Quem não via nele o diretor do grupo, considerava-o um pai. Entre estes, ficavam os que o conheciam, esboçando um sorriso inseguro.

Nas primeiras noites, eles escarneceram em voz alta. Unrat, então, ignorou-os, superior e imperturbável. Tinha vantagem demais sobre eles, que logo o perceberam. Eles próprios passaram então a se sentir humilhados, eles que, graças a seus níqueis, ficavam sentados de olhos arregalados — e Unrat, expressando aprovação, abria a porta diante da artista Fröhlich, pela qual todos tinham o maior desejo. Contra a vontade, eles manifestavam consideração por Unrat e seus esforços para ainda achá-lo ridículo tornavam-se a cada dia mais constrangedores. Em compensação, vingavam-se cochichando nos escritórios dos fundos dos grandes comerciantes. Os primeiros boatos sobre a nova conduta de Unrat acharam ali uma porta aberta para a cidade. E a cidade não acreditou neles de imediato. Os alunos do velho Unrat afirmavam hoje que ele tinha trancafiado a empregada no cubículo, e no dia seguinte, alguma outra coisa. Isso era costumeiro, e a cidade não fazia mais do que sorrir.

Sob a proteção do professor mais velho, um ancião meio surdo, um jovem professor visitou o Anjo Azul e constatou a verdade. Na manhã seguinte, na sala dos professores, o professor surdo disse a Unrat algumas veementes palavras sobre a dignidade do magistério. O jovem professor sorria ceticamente. Os outros presentes desviaram o olhar; muitos deram de ombros. Unrat ficou temeroso: viu-se diante de uma ingerência simplesmente inacreditável em suas prerrogativas. Seu queixo tremia; ele proferiu:

— Isso — creia-me deveras — não é problema seu.

Ele se virou mais uma vez.

— Minha dignidade — seja agora realçado — pertence unicamente a mim mesmo.

Ele ofegou várias vezes e esgueirou-se dali trêmulo. No meio do caminho ainda sentia vontade de voltar. Ficou amargurado durante dias por não ter esclarecido o fato. Ele deveria ter defendido que a artista Fröhlich era mais digna que todos os professores, mais bela que o professor surdo e mais distinta que o diretor. Era única e seu lugar era ao lado de Unrat, bem acima da humanidade, que também cometia uma injúria, fosse profanando-a, fosse duvidando dele.

Mas o encadeamento dessas opiniões ainda estava insuficientemente aplainado e por demais surdo e profundo para que Unrat tivesse podido persuadir as pessoas. Essas opiniões excitavam-no intimamente; no silêncio de seu quarto, acometiam-no acessos durante os quais rangia os dentes e sacudia os pulsos. E no domingo ele foi com o artista Kiepert para as eleições parlamentares no mercado de repolho, quartel-general dos social-democratas. Era a execução de uma resolução repentina. O poder da casta a que Lohmann pertencia, assim descobriu ele, era algo que devia ser rompido. Até então, recebia todo o proselitismo do artista com seu sorriso sarcasticamente superior: o sorriso do déspota esclarecido, que apóia a Igreja, a espada, a ignorância e a moral rígida, e que prefere não se manifestar sobre suas motivações. Naquele dia, de repente, ele resolveu jogar tudo isso terra abaixo, juntar-se com a plebe contra os superiores presunçosos, conclamar a plebe e ir ao palácio e sepultar a resistência de alguns num rompante de anarquia generalizada. No exaltado ânimo popular, denso sob o teto do local da eleição, a consciência de Unrat embaralhou-se; e ele se inflamou numa agitada ânsia de destruição. Bateu com os nós dos dedos avermelhados entre os copos de cerveja e exigiu:

— Adiante, então! Não estou disposto a suportar isso tudo por mais tempo!

Foi um arrebatamento; no dia seguinte ele se arrependera. Além disso, ficou sabendo que, durante todo o tempo em que passara na sublevação, a artista Fröhlich havia desaparecido da cidade. Instantaneamente Unrat, paralisado de medo, pensou em Lohmann.

Lohmann passou a faltar às aulas a partir de hoje! Que infâmias haveria cometido? Cada momento em que Unrat se afastava, ele passava com a artista Fröhlich! Definitivamente havia fugido com ela! Estava enfiado no quarto dela! Foi tomado pelo ímpeto de ver o quarto dela, examiná-lo...

Unrat passou esses dias tremendo de desconfiança. Na escola, arruinava mortalmente as carreiras dos secundaristas. No camarim dos artistas, acusou a mulher gorda de influenciar de maneira funesta a artista Fröhlich. A mulher riu indulgente. A própria artista Fröhlich se encarregou de responder:

— Se eu tivesse de fazer um piquenique com seus três jovens alunos — preferiria que me socassem logo a cabeça a morrer de tédio com eles.

Ele a olhou de cima a baixo, horrorizado. Depois, no ímpeto de tratá-la como irresponsável, de considerá-la pura, arremessou-se sobre a mulher gorda:

— Assuma a sua responsabilidade! O que fez com a artista Fröhlich confiada à sua proteção?

A mulher disse sem se alterar:

— O senhor está dando uma impressão tão estranha!

Ela abriu a porta, voltou-se mais uma vez:

— Ninguém jamais ficará cheio do senhor.

E ao sair:

— Mas tampouco deixará alguém feliz.

Isso fez Unrat corar completamente. A artista Fröhlich riu.

— Ele não percebe nada — explicou ela, embora estivesse inteiramente a sós com ele. E não trocaram mais nenhuma palavra.

Mas tão logo os gordos voltavam, Unrat inchava de belicosidade. Havia muito que os tratava com rigidez. Quanto mais importante se tornava a artista Fröhlich, expandindo-se em sua consciência, mais intensamente ele a protegia; e quanto mais solitariamente ele a contrapunha à humanidade, menos lugar havia nas cadeiras do camarim para as saias da mulher gorda e para a malha de Kiepert. Desaprovava neles os aplausos que colhiam e o seu bom humor barulhento. Expulsou o artista do camarim depois de um número de ginástica porque ele suava demais, algo inconveniente na presença de uma dama como a artista Fröhlich. Kiepert saiu pacificamente, conjecturando:

— Será que ela é feita de manteiga para pegar cheiro assim?

Sua mulher ficou um pouco magoada, mas riu e cutucou Unrat. Ele limpou a manga. Aí sim, ela ficou ofendida.

A artista Fröhlich riu baixinho. Impossível reagir de outro modo, senão sentir-se lisonjeada. Além disso, os dois gordos a irritavam com o sucesso constante de sua canção de marinheiro. Unrat afirmava reiteradamente que somente ela era uma artista. Ele, um intrigante ingênuo, atiçava ciúmes nela e a atraía para mais perto de si, compelindo-a a demonstrar desdém por todos e forçando-a a apoiar-se nele como seu cavaleiro incondicional. Exigia dela o mais profundo desprezo pelo salão lotado de pessoas, cujos aplausos ela se extenuava para obter, e por todos os espectadores a quem houvesse agradado. Ele odiava a mulher gorda justamente porque ela sempre trazia do salão notícias sobre as impressões que a artista Fröhlich causava por lá.

— Como? Será possível? — perguntou ele. — Aquele homem se atreve então a abrir a boca? O mesmo Meyer que aos dezenove anos ainda não tinha atingido a meta da classe, vendo-se forçado, por fim, a servir no exército durante três anos!

A artista Fröhlich ocultou sob um sorriso seu embaraço diante do fato de que o subalterno Meyer não a desagradava. Ela desejou que ele a desagradasse. Ela era inteligente por natureza e receptível a que um homem do nível intelectual de Unrat se dignasse a lhe dirigir intervenções educativas. Era a primeira vez que isso ocorria com ela. Interrompeu furiosa a mulher gorda, que tentou ainda dizer uma palavra em favor de Meyer.

Noutra ocasião, ela fez cócegas no nariz de Unrat usando flores.

— Esta rosa meio roída é daquele gordo baixinho, logo atrás do piano.

— Queridinha — replicou a mulher —, este é o homem da charutaria do mercado. Uma ótima pessoa. Kiepert compra dele. Um negócio esplêndido.

— E Unrat, o que diz a esse respeito? — perguntou a artista Fröhlich.

Unrat disse que esse tinha sido um dos seus piores alunos, e que também não poderia ser grande coisa como negociante; pois ele nunca lhe emitia uma fatura sem começar a escrever o seu nome com a letra errada. A mulher argumentou que isso não tinha importância. Unrat mentiu dizendo que o homem era considerado duvidoso nos negócios. A artista Fröhlich, vendo-o cuspir fogo, balançou os quadris e cheirou a rosa roída.

— O senhor também só fica criticando a tudo e a todos — observou a mulher. — O que é que está pretendendo com isso, será que poderia nos contar?

E como Unrat mantinha-se calado:

— O senhor mesmo fica o tempo todo aqui sem fazer nada.

— Não, ele não percebe nada — e a artista Fröhlich bateu no próprio joelho, enquanto Unrat fechou a cara, corando.

— Você devia deixá-lo então ficar falando coisas inteligentes sozinho — exigiu a mulher — e se contentar com os estúpidos, que também têm algum valor, e que, às vezes pelo menos, se lembram das coisas mais simples. Você entende, Rosinha. É que tenho os meus motivos — não é verdade? — para lhe dar um conselho desses, e também não posso ficar eternamente esperando.

Em seguida, ela saiu para cantar com Kiepert a canção do marinheiro. A artista Fröhlich ficou para trás num estado de exasperação chorosa.

— Meu Deus, ela fica atormentando a gente até nos encher de hematomas. — Ela cruzou os braços.

— Na realidade — acrescentou ela, controlando-se —, essa pessoa está me dando tremendamente nos nervos.

E, parando desesperada: — O senhor também não tem qualquer compaixão!

E de repente Unrat sentiu sobre si o peso de uma culpa que crescia imperceptível e diariamente, e nenhuma força para livrar-se dela.

Enquanto a canção de marinheiro ia crescendo, a artista Fröhlich movia-se gemendo pelo camarim.

— Minha paciência acabou! Eu sempre disse que tenho nojo desses gordos. Não foi isso que eu disse? Agora minha paciência acabou de vez.

E mal o casal Kiepert acabou de cantar a canção dos heróis alemães do mar, ela saiu tempestuosamente e berrou para o salão ainda totalmente comovido pelo patriotismo:

Meu homem é um capitão da marinha
Da frota alemã
E quando volta bêbado para casa
Ele desce a mão na minha...

A princípio, todos ficaram estarrecidos; depois indignaram-se ruidosamente; e por fim se deram conta do prazer no contraste. A artista Fröhlich, triunfante com sua ousadia, retornou radiante.

A mulher gorda, dessa vez, irritou-se seriamente.

— Ficamos de pernas pro ar para que as pessoas tenham uma noção de coisas nobres. E aí chega você e acaba com nossos bens mais sagrados. Se isso não for uma sujeira!

O que Unrat negou, aliado à artista Fröhlich. Ele afirmou que na arte todo caminho era legítimo; a arte era o que os grandes artistas faziam; e o mais sagrado dos bens era o talento da artista Fröhlich. Ela complementava a explanação dele com algumas palavras à mulher gorda:

— Por mim, você pode...

Nisso entrou Kiepert, empurrando à sua frente um homem atarracado com uma tira de cabelo avermelhada em volta do rosto corado. Ele ergueu as sobrancelhas e disse:

— Pelos céus, a senhorita é mesmo uma moça incrível! Ah, isso sim! Puxa! Então ele desce a mão na... É que sou capitão também, e se a senhorita quiser beber alguma coisa comigo...

Unrat interveio logo:

— A artista Fröhlich — creia-me deveras — não bebe com ninguém. Está equivocado, meu senhor. Além disso, o senhor nitidamente desconhece o caráter privado desse cubí..., desse camarim.

— O senhor deve estar brincando — e o capitão ergueu ainda mais as sobrancelhas.

— Absolutamente — explicou Unrat. — Pelo contrário, estou convidando-o a se retirar.

Isso foi demais para o casal Kiepert.

— Senhor professor — disse o artista, magoado e mal se contendo. — Se trago aqui um amigo com quem acabei de beber em confraternização, isso é assunto meu.

A mulher dele finalmente perdeu a paciência:

— Agora ouça bem, que já basta. Esse cara dá lucro pra ninguém aqui, só arruma confusão e afasta as pessoas de nós. Rosa, vá com o capitão!

Unrat ficou pálido e trêmulo:

— A artista Fröhlich — gritou com uma voz vinda das profundezas e, venenoso, olhou-a de soslaio, com medo — não é o tipo de pessoa que acharia conveniente beber a sua cerveja, homem!

Seu olhar a atravessou; ela suspirou.

— Por favor agora vá embora — disse ela —, isso não vai dar pé.

E Unrat, triunfante, com as bochechas subitamente vermelhas, deu um salto:

— Ouviu, homem? Ela mesma lhe disse. A artista Fröhlich está enviando-o ao exílio. Obedeça! Adiante, então!

Ele já tinha agarrado o capitão, engalfinhado-se nele, puxando-o até a saída. Aquele homem forte aceitou a investida abrupta sem resistir. Agitou-se somente depois que Unrat o soltou. Mas já estava do lado de fora, e a porta fechou-se bruscamente diante de suas sobrancelhas espantadas.

O artista bateu na mesa com violência.

— Meu Deus do céu, o senhor deve estar...

— E o senhor...

Unrat aproximou-se dele bufando. Kiepert teve medo.

— Fique sabendo, pois então, que a artista Fröhlich está sob a minha proteção, e não estou disposto a deixar que a ofendam, nem que me tirem a autoridade. Repita isso várias vezes para si mesmo! Anote o que estou dizendo!

O artista resmungou alguma coisa, mas parecia dominado. Foi saindo devagar. A artista Fröhlich olhou para Unrat e começou a gargalhar; depois deu uma risada mais fraca, sarcástica e carinhosa, e então, como se estivesse refletindo sobre ele e sobre si mesma: por que se sentia orgulhosa dele, a quem costumava achar ridículo?

A mulher gorda dominou seu rancor e colocou a mão sobre o ombro de Unrat.

— Agora escute aqui — disse ela.

Unrat enxugou a testa, meio distante e completamente acalmado. O pânico do tirano que se depara com uma insubordinação por meio de uma fúria desatinada deixou-o novamente bastante esgotado.

— Bem, lá vai o Kiepert porta afora, e ali está Rosa, aí está o senhor, e aqui estou eu...

Com uma voz penetrante, ela lhe apresentou a realidade.

— E ainda há pouco estava aqui o capitão da marinha, que o senhor colocou para fora. É que ele vem da Finlândia e fez um negócio brilhante porque o navio dele afundou e estava no seguro... O senhor não deve ter nenhum navio no seguro. Bem, também não precisa. Em compensação, o senhor tem outros dons. Só precisa deixá-los aparecer, isso é tudo o que estou dizendo. Bem, e ali está a Rosa. Está entendendo? O capitão tem dinheiro, é um homem conceituado e agrada à moça.

Unrat olhou transtornado para a artista Fröhlich.

— Não é verdade — disse ela.

— Mas você mesma disse.

— Deus, como ela mente.

— Vai negar também que aquele aluno do senhor professor, aquele com uma mecha negra sobre os olhos, lhe fez uma proposta de casamento muito séria?

Unrat sobressaltou-se feroz. A artista Fröhlich acalmou-o.

— Isso é um equívoco maldoso. Quem quer casar comigo é o ruivo, aquele que parece uma lua bêbada. Ele é um conde, mas o que me importa isso, eu não gosto dele mesmo...

Ela sorriu para Unrat de maneira infantil.

— Pois bem, quanto a mim, eu menti — disse a mulher. — Mas que a senhora me deve 270 marcos é verdadezinha, não é, Rosinha? Olhe só, senhor professor, geralmente a gente não é assim, e prefiro que o teto caia na minha cabeça a mencionar esse fato na sua presença. Mas afinal nós somos o nosso próximo, não é verdade? E para compensar o fato de que joga todo mundo fora, senhor professor, não se zangue, mas o senhor não oferece o suficiente em troca. Não vou nem falar de dinheiro; mas uma garotinha assim quer amor e até que tem direito a ele. A gente não nota absolutamente nada disso no senhor, o senhor simplesmente não percebe nada. Não sei nem sequer se devo achar isso constrangedor ou risível.

A artista Fröhlich exclamou:

— Se eu própria não digo nada, a senhora também podia fazer o mesmo, senhora Kiepert.

Mas a colocação foi recusada pela mulher gorda; ela tinha plena convicção de ter intercedido com sensatez a favor da moral e dos costumes; e saiu de cabeça erguida.

A artista Fröhlich deu de ombros.

— Ela não passa de uma ignorante, mas é boazinha. Ora, deixa pra lá. Se o senhor acredita que nós duas agimos juntas e que pretendo apenas enganá-lo...

Unrat ergueu o olhar. Não, essa suposição não lhe havia ocorrido.

— Realmente não estou assim juntinha com ninguém...

Ela sorriu, baixando rosto, sarcástica e tímida.

— Nem mesmo com o senhor...

Depois de uma pausa:

— É verdade, não?

Ela precisou perguntar várias vezes. Unrat nada notou acerca da ponte que as palavras de Rosa lhe construíam. Sentiu-se tão envolvido pela atmosfera criada a ponto de achá-la sufocante.

— Pode ser... — respondeu ele, e estendeu suas mãos trêmulas em direção à artista Fröhlich. Ela lhe entregou as suas. Seus dedos pequenos, um pouco acinzentados e gordurosos, penetraram suavemente entre os nós dos dedos dele. Os cabelos dela, as flores de pano, seu rosto pintado giravam diante dele como uma roda colorida. Avançava aos poucos.

— Não pode ficar devendo nada a essa senhora. Estou decidido...

Ele engoliu a seco. Lembrou-se assustado de que o aluno Lohmann poderia ter se antecipado à sua decisão; Lohmann, que faltou à aula e talvez se mantivesse escondido no quarto da artista Fröhlich...

— Quero — creia-me deveras — pagar o seu apartamento.

— Não vamos falar sobre isso — replicou ela baixinho. — Para nós, isso é apenas um detalhe... Aliás, o meu quarto não é muito caro... — E, pausadamente: — É aqui em cima do estabelecimento... É bem bonito... Quer dar uma espiada?

Ela manteve as pálpebras abaixadas e parecia embaraçada, como devia parecer ao declarar-se a um homem sério. E admirou-se por não sentir nenhuma vontade de rir e por perceber uma pequena excitação solene apoderar-se de seu coração.

Ela lançou um olhar estranhamente sombrio e disse:

— Pois é, o senhor então vá na frente. Aqueles bobalhões lá no salão não precisam notar isso logo de cara.

X

Kieselack abriu por fora a porta do salão, levou sua patona azul à boca e soltou um assobio abafado. Imediatamente saíram Ertzum e Lohmann.

— Vamos, gente, rápido! — gritou Kieselack a cada um deles e foi dançando para trás diante deles, com gestos de estímulo, até chegar ao fim do corredor e à escada.

— Agora chegou a hora!

— Chegou a hora de quê? — perguntou Lohmann indiferente, embora soubesse exatamente do que se tratava e estivesse ansioso por isso.

— Eles já estão lá cima — sussurrou Kieselack, torcendo bem a boca.

Ele tirou os sapatos e foi subindo furtivamente a escada de madeira lisa com corrimãos amarelos, de modo a evitar os rangidos. Logo no primeiro patamar estava a porta: Kieselack a conhecia. Inclinou-se diante do buraco da fechadura. Depois de alguns instantes, acenou, mudo e exacerbado, sem se separar do buraco da fechadura.

Lohmann deu de ombros e ficou parado no pé da escada ao lado de Ertzum, que olhava fixamente para cima, boquiaberto.

— Bem, como está indo? — perguntou Lohmann, compreensivo.

— Por Deus, não sei mais o que está havendo — disse von Ertzum. — Você não acredita que alguma coisa está acontecendo lá, né? É claro que o Kieselack está brincando.

— É claro — confirmou Lohmann, compassivo.

Kieselack acenou de maneira cada vez mais agitada. Soltava risadinhas inaudíveis fechadura adentro.

— Mas ela tem de admitir — observou Ertzum — que posso acabar com esse sujeito.

— De novo? Aliás, isso talvez torne a coisa mais atraente para ela.

Von Ertzum não estava entendendo mais nada. Seu conceito de amor estava de uma vez por todas marcado por aquela vaqueira que o jogara na grama três anos atrás lá em casa, depois de ele ter vencido um forte boiadeiro... Agora havia ali um fracote de ombros altos; afinal, não estaria Rosa Fröhlich achando que Ertzum o temia?

— Ela não estaria achando que eu tenho medo dele? — perguntou a Lohmann.

— E por acaso você não tem? — perguntou Lohmann.

— Você vai ver só! — E Ertzum, eriçado, subiu seis degraus em dois saltos.

Mas Kieselack, que havia abandonado o buraco da fechadura, executou de meias uma dança do triunfo. Parando de repente:

— Meu Deus! — murmurou ele, e seus olhos faiscaram em seu rosto branco como queijo.

Ertzum estava vermelho-fogo e ofegante. Seus olhares mediram-se, lutaram. Ertzum exigiu com o seu: "Isso não pode ser verdade!" Kieselack respondeu com um escárnio sutil, enquanto tremia ligeiramente um canto da pálpebra... E de repente, Ertzum, tão pálido quanto o outro, dobrou-se como se tivesse levado um soco no estômago, e gemeu de dor. Cambaleante, desceu tateando os seis degraus novamente. Lohmann recebeu-o de braços cruzados, enrugando a boca de maneira hostil. Ertzum deixou-se cair como um saco sobre o primeiro degrau e levou as mãos à cabeça. Após um momento de silêncio abafado, fez de baixo:

— Lohmann, você compreende isso? Uma mulher a quem eu tinha em tão alta conta! Continuo achando que é uma piada de mau gosto deste nojento do Kieselack. Ai dele se não for verdade!... Uma mulher com tanta, tanta alma!

— Não é de alma que se trata agora, no que está acontecendo neste momento. Ela simplesmente está agindo como mulher.

Lohmann sorriu, cruel. Com esta palavra, ele arrastava Dora Breetpoot para a sujeira ao lado da outra — Dora Breetpoot, a primeira das mulheres. Como ele se deleitou com isso!

— Mas Kieselack está outra vez no buraco da fechadura...

Lohmann mantinha Ertzum, que virava a cabeça, a par do que estava acontecendo.

— Kieselack está acenando todo agitado... Esse Unrat é... Ertzum, vamos dar o fora?

Ele levantou seu amigo do chão e puxou-o até a porta do estabelecimento. Lá fora, Ertzum não quis mais sair do lugar; encostou-se, pesado e apático, na parede da casa de suas desilusões. Lohmann falou durante algum tempo em vão. Ameaçou ir embora; então apareceu Kieselack.

— Vocês também são uns chatos. Por que não entram? Unrat já está lá dentro com sua noiva. Já avisei lá no salão de onde eles vieram, e estão sendo recebidos com muitos gritos de júbilo. Ei, cara, uma coisa dessas não existe mais: estão sentados no cubículo trocando carinhos. Vou morrer de rir! Venham, agora vamos os três lá em cima no cubículo.

— Você deve estar... — disse Lohmann.

Mas Kieselack levou sua sugestão a sério.

— Espero que vocês não tenham medo de Unrat! — admoestou ele, indignado. — Unrat já está metido demais nisso, o que ele vai querer fazer contra nós? Agora podemos fazê-lo morrer de vergonha.

— Isso não me atrai. Unrat está *abaixo* de qualquer morto — afirmou Lohmann.

Kieselack implorou intempestivamente:

— Não seja um desmancha-prazeres. Você está com medo, isso sim.

De repente, Ertzum decidiu:

— Então vamos! Ao cubículo!

Fora tomado por uma curiosidade feroz. Queria enfrentar aquela mulher que tinha caído de tamanha altura! Queria lançar bem do alto um olhar sobre ela e seu miserável sedutor, e ver se ela suportaria esse olhar.

Lohmann afirmou:

— Que mau gosto vocês têm.

Mas foi junto.

Um tilintar de copos recepcionou-os no camarim. O proprietário acabara de desarrolhar a segunda garrafa de champanhe. Com os rostos radiantes, o casal Kiepert inclinava-se sobre Unrat e a artista Fröhlich, que reinavam atrás da mesa, amalgamados num único ser.

Os três alunos deram primeiro uma volta ao redor da mesa. Depois se plantaram diante de Unrat e de sua dama e desejaram uma boa noite. Apenas os dois Kieperts responderam e apertaram as mãos deles. Em seguida, Ertzum repetiu sozinho e com a voz rouca seu cumprimento. Rosa Fröhlich levantou os olhos admirada e disse desinibida, com uma vozinha semelhante a um gorjeio e um arrulho, que ele absolutamente desconhecia:

— Ora, vocês por aqui. Veja só, meu bem, aí estão eles. Sentem-se aqui para um brinde.

Com isso ela se deu por satisfeita e seu olhar se afastou de Ertzum de maneira tão indiferente que ele começou a tremer.

Unrat, benevolente, ergueu a mão.

— Sem a sombra de uma dúvida — sentem-se e bebam um copo. Hoje, os senhores são meus convidados.

Ele olhou de soslaio para Lohmann, que já tinha tomado seu lugar e enrolava um cigarro... Lohmann, o pior, cuja elegância era uma humilhação para a autoridade mal paga; Lohmann, que teve o descaramento de não chamar Unrat pelo apelido; Lohmann, que não era nenhum aluno obscuro, submisso e menos ainda estúpido, mas que com suas maneiras desinteressadas, seu pesar curioso ante a ira do professor, *questionava* o tirano: — a todas as atividades paralelas às quais se dedicava, esse Lohmann tentou juntar também a artista Fröhlich. Nisso, porém, ele havia falhado em razão da vontade férrea do Unrat. Ele não devia ficar com a artista Fröhlich no cubículo: Unrat o tinha jurado. Ele não devia desfrutar da companhia da artista Fröhlich: não desfrutou. E não tanto porque não era Lohmann que ficava no cubículo com a artista Fröhlich, ao contrário, era Unrat quem ficava lá... O resultado foi até além do primeiro objetivo de Unrat. Ele se espantou e sentiu de repente uma satisfação calorosa. Tinha tirado a artista Fröhlich de Lohmann e de seus dois companheiros, dos alunos desertores lá fora no salão e da cidade de cinqüenta mil alunos teimosos, e se tornara soberano único no cubículo!

Eles o acharam realmente rejuvenescido. Com a gravata atrás da orelha, alguns botões abertos e os restos desgrenhados de seu penteado, ele tinha algo de quem saiu dos trilhos, de vitoriosa decadência, de desajeitada embriaguez.

Rosa Fröhlich aparentava algo de amolecido, de um cansaço morno, de infantilóide, quando, aconchegada nele, pendia sobre a mesa. Sua aparência era uma ofensa para cada homem não envolvido na trama, visto que era um triunfo categórico demais de Unrat.

Os três notaram isso muito bem; Kieselack começou até mesmo a roer as unhas. Kiepert, para quem as coisas estavam menos claras, acabou com seu mal-estar bebendo ruidosamente à saúde de todos. A mulher gorda não parava de se encantar com a feliz mudança de Rosa e com a festa de reconciliação geral.

— E seus alunos, senhor professor, eles também estão contentes. Como esses jovens são apegados ao senhor, é simplesmente impressionante.

— Bem, sim, em todo caso — disse Unrat. — Eles realmente não parecem ter perdido totalmente o senso do que é belo e bom.

E sorriu sarcástico.

— Bem, Kieselack, também está outra vez aqui? Só me admira que a possibilidade de sair de casa não tenha sido impedida pela vigilância de sua avó... É que esse aluno possui uma avó que não se vexa de lhe dar uma surra — disse ele à artista Fröhlich com a intenção de prejudicar Kieselack em sua masculinidade.

Kieselack, porém, tinha consciência de ter atingido a meta da classe com a artista Fröhlich por outros meios que não a masculinidade. Ele esfregou o traseiro e choramingou, enquanto fitava veemente a ponta de seu nariz:

— Minha avó vai bater em mim se eu não reencontrar o meu caderno de redação. Tenho certeza de que ele caiu aqui no cubículo, embaixo da mesa.

E de repente deixou-se escorregar para debaixo da mesa, agarrou a perna da artista Fröhlich e, em meio à gritaria mantida pelos Kieperts, sussurrou-lhe ali debaixo suas exigências. Do contrário, ele revelaria tudo a Unrat.

— Seu moleque nojento — disse ela para baixo e o empurrou com o pé.

Ao mesmo tempo, Unrat dizia ao segundo aluno:

— Pois bem, von Ertzum — como sempre outra vez. Com essa sua expressão facial, o senhor assume a aparência de quem conserva aqui sua inteligência de maneira tão insatisfatória como na sala de aula. Não foi o senhor — seja agora realçado — que ousou pedir a artista Fröhlich em casamento? Já deduzi a resposta de seu simplório olhar arregalado. Por isso então, von Ertzum, a artista Fröhlich instruiu-o acerca dos limites impostos a um aluno. Não preciso acrescentar mais nada. Levante-se...

Ertzum levantou-se obediente. Rosa então riu; e sua risada tirou dele as últimas forças de se indignar bem como o resto de sua autoconfiança; ficou paralisado.

— ... e deixe-me ver se suas relações familiares aqui no Anjo Azul por acaso levaram o senhor, que como se sabe pertence aos piores, não só a não satisfazer às exigências estabelecidas pela escola, mas também a atirá-las aos quatro ventos. Recite os versos do livro de cânticos pedidos para amanhã!

Os olhos esbugalhados de Ertzum vaguearam pelo quarto. Sua testa estava molhada. Sentindo-se no cabresto, abaixou a cabeça, e começou:

Não devia cantar ao meu bom Deus?
Não devia estar contente com ele também?
Pois vejo em todos os atos seus
O quanto ele quer o meu bem.

Nesse instante, Rosa começou a chiar. A senhora Kiepert também soltou alguns lamentos, bondosa. Rosa, porém, fazia isso com a intenção de ofender Ertzum e, com suavidade e carinho, fez o mesmo para Unrat, cujo braço ela apertava a fim de lisonjeá-lo, recompensá-lo por seu domínio sobre aquela pessoa ruiva e robusta, que recitava suas rimas devotas num tom acanhado e submisso.

Von Ertzum recitou ainda:

Mas não é nada a não ser amor
O que nutre Seu fiel coração...

O comportamento do artista pareceu-lhe, então, demasiado maluco. Kiepert só então tinha começado a saborear a situação. Agora, porém, ele berrou na cara de Ertzum batendo, ao mesmo tempo, em seu próprio joelho:

— Senhor, não, mas, ô senhor! O que está dizendo aí? Será que não está passando bem?

Ele piscou para Unrat, dando a entender que sabia avaliar o conde Ertzum recitando versos do livro de cânticos no quarto dos fundos do Anjo Azul, e que se juntava com convicção a essa brincadeira relacionada à nobreza e à religião. Ele abriu a porta e agiu como se solicitasse um coral ao pianista. Por fim, ele próprio deu-lhe o tom... Mas Ertzum parou.

Na verdade, não teria de modo algum sabido continuar. Mas fora isso, sentiu-se de repente sufocado por uma fúria desmedida contra o gordo que ria e cantava. Viu-o desfocado diante de si. Achou que não conseguiria mais viver, caso não atacasse essa pessoa com seus dois punhos, não saltasse sobre o peito de Kiepert com seus dois joelhos. Contraiu-se algumas vezes em seu lugar; ergueu as duas mãos cerradas diante dos ombros... Atacou.

O atleta estava sem ar de tanto rir e totalmente despreparado: isso o colocou em desvantagem contra o muitíssimo sério Ertzum que se revigorava aplacando a fome de seus músculos. Rolaram de um canto a outro. Ertzum ouviu em meio ao barulho uma exclamação baixinha de Rosa. Ele sabia que ela o olhava; e por isso, respirou com mais força; apertou os membros do adversário mais duramente entre os seus; sentiu-se feliz, e redimido, e no seu verdadeiro lugar, uma vez que pôde lutar sob os olhos dela como outrora lutara com o boiadeiro por causa da vaqueira.

Nesse ínterim, Unrat havia se dirigido a Lohmann, sem conceder à luta mais que um interesse fugaz.

— Mas o que há com o *senhor*, Lohmann? Está sentado aí fumando — como sempre outra vez — um cigarro; e hoje de manhã faltou à aula.

— Não estava disposto, senhor professor.

— Mas para freqüentar o Anjo Azul, o senhor está — creia-me deveras — sempre disposto.

— Isso é outra coisa, senhor professor. Hoje de manhã estava com enxaqueca. O médico me proibiu qualquer esforço mental e prescreveu alguma distração.

— Ah, é? Seja como for...

Primeiramente, Unrat ofegou algumas vezes. Depois atinou.

— Está sentado aí fumando — repetiu ele. — Será que isso convém a um aluno na presença do professor?

E como Lohmann nada fez, a não ser fitá-lo com uma curiosidade cansada por trás das pálpebras semicerradas, Unrat enfureceu-se:

— Jogue fora esse cigarro! — soltou ele, num grito abafado.

Lohmann deixou passar alguns instantes. Enquanto isso, Kiepert e Ertzum cambalearam de encontro à mesa; Unrat teve de pôr-se em segurança, a si e à artista Fröhlich, e a muitos copos e garrafas. Depois de ter feito isso:

— Que coisa! Adiante, então!

— O cigarro — retrucou Lohmann — faz parte da situação. A situação é incomum — para nós dois, senhor professor.

Unrat, assustado com a resistência, com um tremor subterrâneo:

— Jogue fora o cigarro, estou dizendo!

— Lamento — disse Lohmann.

— Não ouse!... Rapaz!...

Lohmann fez ainda um movimento elegante de recusa com sua mão pontiaguda.

Unrat, então, saltou da cadeira arrebatado pela vertigem do tirano ameaçado.

— Jogue-o fora ou vou prejudicar a sua carreira! Vou esmagá-lo! Não estou disposto a...

Lohmann ergueu os ombros.

— Que lamentável, senhor professor. Tudo isso já passou. Pena que o senhor tenha entendido tão mal as circunstâncias.

Unrat bufava. Tinha os olhos de um gato com raiva. Seu pescoço estava esticado, deixando à mostra salientes veias; nas falhas dos dentes via-se baba; seu dedo indicador com a unha amarelada, na extremidade do braço formando um ângulo, investiu contra o inimigo.

A artista Fröhlich agarrou-se a ele, sobressaltando-se de súbito da digestão dos prazeres tidos ali, ainda um pouco alheia à realidade, e começou a berrar cegamente contra Lohmann.

— O que quer afinal? Seria melhor acalmar-se — sugeriu Lohmann.

Nisso, Ertzum e Kiepert, passando por cima de duas cadeiras que arrebentaram, caíram nas costas do casal abraçado, jogando ambos de nariz sobre a mesa. Do canto relativamente sossegado atrás do toucador de Rosa Fröhlich, ressoavam claros gritos de júbilo de Kieselack. Ele se consolava tranqüilo com a senhora Kiepert.

Depois de terem se levantado novamente, Unrat e sua namorada continuaram a xingar.

— Você será sempre o último para mim — gritou ela para Lohmann.

— Não me lembro, prezada senhorita, de que tenha me prometido tal coisa, mas aguardarei com prazer.

E de repente, ao vê-la extenuada, confusa e rouca, desgrenhada, meio desabotoada, a maquiagem desfeita, sentiu um impetuoso desejo por ela: novamente aquele desejo de humilhar seu amor perverso por meio das carícias lúgubres do vício!

Mas isso logo passou. É que Unrat, num espasmo de medo, partiu para a ameaça:

— Se não jogar o cigarro fora neste momento, vou acompanhá-lo imediatamente até seu pai!

A casa de Lohmann recebia naquela noite alguns convidados, entre eles o cônsul Breetpoot e sua esposa. Lohmann imaginou Unrat irrompendo no salão... Ele não podia impingir a Dora Breetpoot essa cena, ainda mais porque sabia desde a véspera que ela estava grávida. A mãe dele o havia descoberto... E este também era o motivo pelo qual Lohmann havia faltado à aula hoje. Lohmann passava dias trancado em seu quarto, a cabeça entre os punhos, remoendo, como um martírio em forma de versos, os pensamentos na criança que ela teria do assessor Knust ou talvez do tenente von Gierschke, mas possivelmente também do cônsul Breetpoot.

— Acompanhe-me! — gritou Unrat. — Ordeno-lhe, secundarista Lohmann, venha comigo!

Lohmann deixou cair o cigarro com um gesto de impaciência. Em seguida, Unrat afundou-se satisfeito em seu assento.

— Veja — sem a sombra de uma dúvida —, isso é o que convém a um aluno que queira ter méritos junto ao professor... Seu professor o desculpa, Lohmann, pois é obrigado — como sempre outra vez — a considerá-lo um mentecapto. Que amor infeliz tem de fato o senhor.

Lohmann deixou cair os braços. Estava pálido feito um fantasma e seus olhos ardiam, tão escuros que a artista Fröhlich fitou-o admirada.

— Ou será que não tem? — perguntou Unrat venenosamente exultante. — O senhor faz versos... sem por isso, contudo...

— ... atingir a meta da classe? — completou indecisa a artista Fröhlich, pois ela conhecia essa expressão por meio de Kieselack.

Lohmann disse a si mesmo: "O miserável está sabendo. Agora vou dar meia-volta, ir para casa, subir até o sótão e apontar a espingarda para o meu coração. E lá embaixo, junto ao piano, está Dora. A pequena canção cantada por Dora vai esvoaçar até lá em cima, e o pó de suas asas vai cintilar até a minha morte..."

A artista Fröhlich perguntou:

— Será que ainda se lembra dos versos que fez para mim?

Ela perguntou com muita suavidade, soltando um suspiro. Desejava algo mais dele. Na realidade, ela sempre desejara muito mais dele, recordava-se agora; e achou-o cruel; e também bastante estúpido.

— E se parisses algum dia deitada... Bem, quem vai parir deitada?

Também isso. Eles sabiam até isso. Lohmann virou-se e dirigiu-se à porta, condenado. Ao levar a mão à maçaneta, ouviu Unrat dizer:

— Sem a sombra de uma dúvida. O senhor tem um amor infeliz pela artista Fröhlich que, no entanto, resolveu dispensá-lo, e que por isso também não correspondeu ao desejo manifestado naquele seu poema desavergonhado. Não ficará mais aqui no cubículo com a artista Fröhlich. Não vai mais desfrutar da artista Fröhlich, Lohmann. Agora pode voltar para sua casa, Lohmann.

De um golpe, Lohmann virou-se novamente. Era só isso?

— Sim, senhor — disse Rosa também. — É verdade, e cada palavra está certa.

O velho idiota transbordou de vaidade senil. A outra criatura era uma moça pouco apetitosa, nada mais. Ambos completamente inofensivos, ambos completamente ignorantes. O trágico de seus minutos passados, Lohmann o vivenciou de modo equivocado e incorreto. Ele não mais ia se matar. Sentiu-se decepcionado, quase um tolo, mais uma vez degradado pela comédia das coisas, ainda vivo em frente ou dentro daquele cubículo.

— Bem, senhor Ertzum — dirigiu-se Unrat a ele. — Agora — como sempre outra vez — desocupe o terreno. E por ter ousado provocar uma briga na presença do professor, copie seis vezes os versos do livro de cânticos, que não conseguiu recitar.

Ertzum ficou parado, desiludido, oprimido pelo conhecimento de que a alegria muscular desfrutada havia pouco fora apenas ilusão; de que sua vitória sobre o atleta não lhe servia para nada; de que ali havia apenas um vencedor: Unrat; e olhou aterrorizado para o rosto indiferente da artista Fröhlich.

— Fora daqui! — gritou Unrat.

Kieselack quis ir atrás.

— Aonde vai sem ter sido dispensado pelo professor?! Vai ter de decorar quarenta versos de Virgílio!

— Por quê? — perguntou Kieselack, revoltado.

— Porque o professor assim o quer!

Kieselack examinou-o cabisbaixo e perdeu qualquer vontade de enfrentá-lo. Partiu em silêncio.

Os outros dois estavam um pouco mais à frente.

Ertzum necessitava desprezar e repudiar Rosa juntamente com seu galã:

— A moça, portanto, deve ser considerada como perdida. Já estou me acostumando com a idéia. Eu lhe garanto, Lohmann, não vou morrer por causa disso... Mas o que me diz de Unrat? Já viu alguma vez tamanha sem-vergonhice?

Lohmann sorriu amargurado. Ele havia entendido: von Ertzum estava derrotado e retirava-se lastimoso para a moral dominante: o eterno refúgio dos derrotados. Lohmann o desprezava, por mais que ele próprio também tivesse se saído mal hoje. Ele disse:

— Foi um engano de nossa parte ir lá e achar que poderíamos deixá-lo em apuros. Deveríamos ter considerado que ele já havia superado isso. Há muito que ele nos tem como cúmplices. Já topamos muitas vezes com ele ali. Ele já nos arrastou até em casa para que não lhe representássemos perigo junto à Fröhlich. Será que ele achava impossível que nesses tempos qualquer um o ameaçasse com relação a ela?

Ertzum gemeu admirado.

— Então não seria saudável para você, Ertzum, se ainda o deixássemos com ilusões nesse sentido. Seja homem!

Ertzum assegurou com uma voz pouco convincente que Rosa lhe era indiferente e que não se perguntava se ela era pura. Apenas Unrat indignava-o em sua consciência moral.

— A minha não — declarou Lohmann. — Esse Unrat começa a me interessar: na realidade ele é uma exceção interessante. Considere em que circunstâncias ele age e tudo o que ele provoca contra si mesmo. Para isso é preciso ter muita autoconfiança, me parece — no que me diz respeito eu não teria nada parecido a oferecer. É preciso ser no fundo um pouco anarquista...

Isso tudo ultrapassava a capacidade de entendimento de Ertzum. Ele murmurou alguma coisa.

— Como? — perguntou Lohmann. — Está bem. A cena no cubículo foi repugnante. Mas ela possuía algo de repugnantemente grandioso. Ou, se você preferir, algo grandiosamente repugnante. Mas o grandioso estava presente.

Ertzum não se conteve mais.

— Lohmann, ela realmente não era pura?

— Bem, agora, de qualquer modo, está coberta de *lixo*. Melhor você ignorar também a vida pregressa dela.

— Eu a considerava pura. Isso tudo me parece um sonho. Você vai rir, Lohmann, mas eu poderia me matar.

— Se é o que deseja, vou rir.

— Como vou superar isso? Alguém já vivenciou algo assim? Eu a tinha em tão alta conta, na realidade, quando penso melhor, eu nunca esperei conquistá-la. Você se lembra do nervosismo em que me encontrava recentemente quando arrebentei o monumento? Não era excitação; quero apenas ser bem sincero. Era simplesmente medo de decidir. Eu teria me admirado — Deus é testemunha — se ela tivesse vindo comigo. Como pude imaginar uma coisa dessas: que ela tem muitíssima alma para mim... E quando então os dados foram lançados...

De lado, Lohmann percorreu-o com o olhar. Ertzum devia estar num estado inaudito para falar de dados lançados.

— ... eu já era, de fato, um homem desesperado, pode acreditar. Mas isso foi uma caridade, comparado com hoje. Você está entendendo mesmo, Lohmann, como ela caiu fundo agora?

— Até o *lixo*!

— Ora, imagine! Lá não é o lugar dela. Afinal, ela é pura. Ou então ela seria a última das mulheres.

Lohmann desistiu. Para Ertzum já havia sido muito importante que Rosa Fröhlich estivesse sentada num trono de nuvens inacessível. Evidentemente, ele precisava disso. Ele fazia sua alma imbecil acreditar que nunca se atrevera a nutrir verdadeiras esperanças por Rosa Fröhlich. O objetivo desse autoengano era que desse modo Unrat teria menos chances de sair de seu lamaçal e aproximar-se dela. A experiência de vida que trazia o rosto de uma vaqueira havia ficado para trás; e um sonhador muito ansioso apossou-se do aristocrata rural ruivo: pois isso acarretava vantagens para o amor-próprio de Ertzum... Assim era o ser humano, opinou Lohmann.

— E se agora me pergunto por quê — disse Ertzum ainda —, então, realmente, não encontro nenhuma explicação. Ofereci a ela tudo o que um homem pode oferecer... Que ela me amasse, eu de fato, com toda sinceridade, dificilmente poderia esperar. Ela não me tratava melhor que a você! Por que então justamente a mim?... Mas, em vez disso, Unrat? Você acredita numa coisa dessas, homem? O Unrat?

— As mulheres são incompreensíveis — explicou Lohmann e entregou-se aos seus pensamentos.

— Não posso acreditar. Acho que ele a enganou com mentiras; ele ainda vai causar a desgraça dela.

E Ertzum acrescentou:

— Talvez... então...

Nisso Kieselack ultrapassou os dois. Vinha andando sorrateiro havia algum tempo atrás deles. Anunciou com voz estridente:

— Na cara dura. Unrat pagou dez marcos, eu vi pelo buraco da fechadura.

— Você está mentindo, seu porco! — berrou Ertzum e investiu contra o amigo menor.

Mas Kieselack o tinha previsto e, num piscar de olhos, desapareceu dali.

XI

Kieselack havia mentido. Unrat estava muito longe de oferecer dinheiro à artista Fröhlich: não por delicadeza; tampouco por sovinice; mas sim — e ela sabia disso — porque tal coisa não lhe ocorria. Custaram a ela muitas insinuações até ele se lembrar novamente do apartamento que pretendia alugar para ela. Quando ele então falou em colocá-la num quarto mobiliado, ela perdeu a paciência e exigiu categoricamente uma mobília própria. Unrat ficou muitíssimo espantado.

— Pensei que como você está acostumada a morar com o casal Kiepert...

Seu espírito tendia para a conservação; primeiro, ele tinha de se adequar a reviravoltas tão drásticas. Trabalhava redobrado.

— Mas e se — seja agora realçado — o casal Kiepert deixar a cidade?

— E se eu não quiser ir junto? — completou ela. — O que faço então?

Ele ficou perplexo.

— E então, meu pequeno Unrat*? E então?

Ela saltitou em volta dele; e, triunfante:

---

* Unrat*chen* no original. Sufixo diminutivo e ao mesmo tempo carinhoso. (N.E.)

— Então eu fico aqui!

Um brilho surgiu no rosto dele. Uma novidade dessas jamais teria lhe ocorrido. — Então você fica... aqui — repetiu ele várias vezes, a fim de se acostumar com a idéia.

— Isso é sem dúvida muito sensato — acrescentou ele, aprovando.

Estava feliz; e apesar disso, alguns dias depois, ela precisou usar toda sua arte persuasória até ele entender que não devia mais fazê-la comer no Anjo Azul, mas sim pagar-lhe as refeições num bom hotel.

Quando entendeu, ele quis até mesmo fazer as refeições com ela. Ela recusou e ele ficou decepcionado. Em compensação deixou que ele lhe pagasse no Hotel Schwedischen Hof não somente as refeições, mas também um quarto, até que seu próprio apartamento ficasse pronto.

Ele se lançava com um zelo adolescente sobre qualquer possibilidade de tirá-la de seu meio, de aproximá-la de si firmemente, de se contrapor ao mundo da artista Fröhlich. Bastou-lhe ter reconhecido essa possibilidade. Apressou o tapeceiro, afinal tratava-se da artista Fröhlich. Ameaçou o comerciante de móveis com a insatisfação da artista Fröhlich; lembrou à loja de porcelanas e de roupas de cama o gosto mimado da artista Fröhlich. A cidade pertencia à artista Fröhlich; em toda parte, Unrat escolhia o que combinava com ela, em toda parte deixava ressoar o nome dela, indiferente aos olhares desaprovadores. Carregado de pacotes, estava sempre indo ou voltando para a casa dela. Estava sempre atolado em coisas de enorme importância, que para a artista Fröhlich eram igualmente importantes e deviam ser discutidas e consideradas junto com ela. Agora, em suas bochechas acinzentadas, apareciam muitas vezes, em virtude da alegre atividade, manchas vermelhas. Dormia bem à noite e vivia dias repletos.

Sua única aflição era que ela nunca saía com ele. Ele teria desejado guiá-la pela cidade, anunciá-la ao seu reino, apresentá-la a seus súditos, defendê-la contra os rebeldes: pois por esses tempos, Unrat não temia qualquer levante, era ele quem a incentivava a sair. Ela, porém, tinha justamente um ensaio, ou estava cansada, ou indisposta, ou a mulher gorda a havia aborrecido. Por conseguinte, certa vez ele aprontou uma cena com a Kiepert, e ela lhe revelou que não vira a artista Fröhlich durante o dia todo. Unrat não compreendeu isso. Ela sorriu sugestivamente. Desnorteado, ele retornou para a artista Fröhlich e ela teve de voltar a persuadi-lo.

Seu verdadeiro motivo era simplesmente que ela achava prematuro mostrar-se com ele. Se a vissem publicamente ao lado dele — assim previa ela —, tentariam jogá-lo contra ela. Ela ainda não tinha certeza de nenhuma grande influência sobre ele a ponto de frustrar todas as histórias que ele poderia ouvir a seu respeito. Na verdade, ela não se considerava uma pessoa indecente; mas realmente tinha passado por todo tipo de coisas — que no fundo não mereciam ser mencionadas, mas um homem que a levasse a sério não poderia vir a saber delas. Se os homens fossem mais sensatos, tudo teria sido tão mais fácil! As pessoas teriam segurado o pequeno Unrat pelo queixo e simplesmente contado a ele: foi assim e assado. Mas agora tinham de mentir. E o pior era que ele podia incorrer em pensamentos estúpidos e imaginar que ela procurava ficar sozinha em casa apenas para se divertir sem ele. E Deus sabe que isso não era verdade. Ela já estava farta disso e alegrava-se em descansar um pouco na companhia de seu velho e esquisito Unrat, que se ocupava tanto dela como ninguém jamais o fizera em toda sua vida, e que realmente — ela ficava observando-o por vezes longa e reflexivamente — era um bom sujeito.

A suspeita temida por ela era desconhecida de Unrat; ele não percebia nada.

Por outro lado, ela teria podido tranqüilamente desafiar o falatório das pessoas ao lado dele. Ele era mais forte do que ela imaginava. Chegavam até ele objeções que ele superava sem sequer falar com ela. A maioria delas ocorria na escola.

Ali, graças a Kieselack, todos sabiam da mudança na conduta extra-oficial de Unrat. Alguns professores mais jovens, ainda na dúvida sobre qual orientação seria de melhor serventia em suas carreiras, desviavam dele para não ter de cumprimentá-lo. Richter, um jovem professor secundário que dirigia seus olhares para uma moça de família rica normalmente inacessível a professores, cumprimentava-o com um sorriso zombeteiro. Outros, porém, rejeitavam expressamente a sua companhia. Um deles, diante da própria sala de Unrat, falou sobre o "Un... ou melhor, a bosta moral", contra a qual os alunos deveriam defender-se. Era Hübbenett, o mesmo professor que, na época, tinha se manifestado de maneira pejorativa sobre o filho de Unrat e seus deslizes morais: também diante da sala do pai.

Agora, quando Unrat entrava no pátio da escola, todos gritavam num repente enquanto o professor supervisor desviava o olhar enojado:

— Hummmm! Que fedor de lixo moral!

O velho professor aproximava-se, o barulho diminuía aos poucos sob o olhar vesgo e venenoso de Unrat; em seguida, Kieselack se colocava em seu caminho e, baixando o olhar, replicava devagar e enfático:

— Ou melhor, de bosta.

E Unrat continuava caminhando sorrateiro e trêmulo; não podia provar nada contra Kieselack.

Ele não podia provar mais nada contra ele, ele o sentia, nunca mais voltaria a apanhá-lo: tampouco von Ertzum e Lohmann. Ele e seus três alunos nutriam ali uma tolerância mútua. Desse modo, Unrat não possuía qualquer poder contra o fato de que Lohmann de modo algum participasse da aula e respondesse a um chamado com sua entonação teatral dizendo que estava ocupado. Unrat pouco podia fazer contra von Ertzum quando este, exasperado pela longa e infrutífera espera ali sentado, arrancava das mãos do colega ao lado o exercício, a fim de copiá-lo. Unrat tinha de olhar calado quando Kieselack, intrometendo-se em todas as perguntas, confundia os colegas, soltando respostas absurdas; quando ele ficava falando alto ou passeava sem motivo pela sala, ou mesmo quando provocava uma briga no meio da aula.

Certa vez quando Unrat deixou-se arrebatar pelo pânico do tirano ameaçado e colocou os rebeldes no cubículo, ocorreu algo ainda pior. A classe ouviu, então, os estalos e os ruídos de garrafas sendo abertas, os brindes barulhentos, as risadinhas suspeitas, o som de beijos... Atabalhoadamente, Unrat precipitou-se até a porta e deixou Kieselack entrar de novo na sala. Os outros dois vieram juntos, sem qualquer convite, com fisionomias ameaçadoras, cheias de desprezo...

No momento, Unrat sentira sem dúvida um enorme desgosto. Mas de que lhes adiantava isso? Afinal, eram eles os vencidos, os que não desfrutavam da artista Fröhlich. Não era Lohmann que ficava sentado junto à artista Fröhlich no cubículo... Unrat deixava para trás seu mau humor logo que atravessava o portão da escola, e dirigia seus pensamentos para a saia cinza da artista Fröhlich, que ele devia buscar na lavanderia, e para os bombons com os quais tencionava surpreendê-la.

O diretor do ginásio, por sua vez, não pôde deixar de intervir na situação da classe. Chamou Unrat até seu gabinete e repreendeu-lhe a dissolução moral que tomava conta a olhos vistos de sua classe. Ele não pretendia investigar qual era a origem do contágio. No caso de um professor mais jovem, contudo, o teria feito. O nobre colega, porém, envelhecera honradamente, podendo assim, por um lado, pensar em si mesmo, mas por outro, também não se esquecer do exemplo que devia dar à classe.

Ao que Unrat retrucou:

— Senhor diretor: o ateniense Péricles — creia-me deveras — tinha Aspásia como amante.

O diretor disse que isso não se ajustava bem ao caso. E Unrat:

— Eu não daria à minha vida — como sempre outra vez — nenhuma importância se eu narrasse aos meus alunos os ideais clássicos como contos de fadas inúteis. O indivíduo instruído de maneira humanística pode com razão prescindir das superstições moralistas das classes inferiores.

O diretor, que não sabia como continuar, dispensou Unrat e refletiu por algum tempo. Por fim resolveu guardar para si o que ouvira, por temor de que o leigo pudesse interpretar tal fato de maneira desvantajosa para a escola e o corpo docente.

Unrat obrigou sua empregada — ela havia se escandalizado com as visitas da artista Fröhlich — a deixar a casa, com uma tranqüilidade triunfal diante da qual a fúria dela se dissolveu impotente. Para o lugar dela veio uma moça do Anjo Azul. Tinha a aparência de um trapo e recebia em seu quarto o rapaz do açougue, o limpador de chaminés, o homem do gás e todos da rua.

Uma costureira de rosto amarelado, a quem Unrat visitava com freqüência a pedido da artista Fröhlich, havia se comportado sempre de maneira fria e reprobadora. Um dia, quando Unrat tinha acabado de pagar a conta de um serviço maior, ela deu com a língua nos dentes. É que o senhor professor devia se informar sobre o que as pessoas estavam dizendo. Se isso não era uma vergonha! Na idade dele — e de modo geral. Sem replicar, Unrat enfiou o troco dentro da carteira e saiu. Com a porta entreaberta, ele sorriu mais uma vez para dentro e disse condescendente:

— Pelo momento que escolheu para dizer essas palavras, minha boa senhora, deduzo que nutre a preocupação de que a franqueza excessiva de sua fala possa lhe trazer desvantagens pecuniárias. Não tema nada! Deve poder trabalhar para a artista Fröhlich por muito tempo ainda.

E retirou-se.

Numa manhã de domingo, finalmente, quando Unrat encobria o verso de uma folha de suas *Partículas em Homero* com o rascunho de uma carta para a artista Fröhlich, bateram à porta e, vestindo um paletó preto amarrotado e um chapéu de forma, entrou o mestre-sapateiro Rindfleisch. Ele fez um rapapé e disse sem jeito, para cima de sua barriga protuberante.

— Sinhô profissô, 'dia, sinhô profissô, eu gostaria de ter a permissão de poder dirigir uma pergunta ao sinhô profissô.

— Vamos, em frente, mestre — disse Unrat.

— Refleti durante muito tempo e também não é fácil para mim, não. Bem, seja o que Deus quiser.

— Adiante, então, homem!

— Principalmente porque de fato não posso acreditar numa coisa dessas do sinhô profissô. As pessoas falam muito do sinhô profissô, isso o próprio sinhô profissô deve saber muito bem. Mas o homem cristão não deve acreditar numa coisa dessas. Não. Realmente não.

— Se é assim — observou Unrat, e fez um gesto encerrando a conversa —, está portanto tudo em ordem.

Rindfleisch girou sua cartola, olhou para o chão.

— É. Mas Deus quer que eu lembre o sinhô profissô de que Ele não aceita isso.

— O que Ele não aceita? — perguntou Unrat e sorriu baixando o rosto. — A artista Fröhlich, por acaso?

O mestre-sapateiro respirou com dificuldade sob o peso de sua mensagem. Suas bochechas compridas e flácidas balançavam sua barba cuneiforme.

— Já lhe confidenciei certa vez, sinhô profissô — e sua voz obscureceu-se por causa do mistério —, que Deus só permite algo para que Ele...

— ... consiga mais anjos. Está bem, mestre. Por isso então vou ver o que é possível fazer.

E sem desfazer-se de seu sorriso pérfido, Unrat conduziu o Guardião do Senhor porta afora.

Unrat vivia tão desembaraçado e nas alturas — quando estouraram acontecimentos terríveis.

Um guarda-florestal havia feito a denúncia de que o monumento na floresta tinha sido danificado intencionalmente. No domingo, o dia em que na sua avaliação ocorrera o delito, ele havia encontrado um grupo de jovens na estrada. Depois da promotoria pública ter feito por um longo tempo uma investigação sem resultado, apareceu, numa segunda-feira de manhã, o guarda-florestal ao lado do diretor no salão nobre do ginásio. Enquanto ocorria a cerimônia religiosa — o diretor lia o capítulo da Bíblia ou a escola cantava em coral —, o homem do povo inspecionava a multidão do alto do pódio da diretoria. Ao mesmo tempo, esfregava várias vezes a testa com as costas da mão, e parecia não estar se sentindo bem. Por fim teve de descer do pódio e, conduzido pelo diretor, passar pelas fileiras de alunos. Comportava-se como uma pessoa que caiu numa sociedade demasiadamente elevada, não via ninguém e inclinou-se diante de Ertzum, que lhe havia pisado o pé.

Quando toda esperança de descobrir o criminoso na área do ginásio parecia perdida, o diretor fez uma tentativa extrema. Primeiro, leu um capítulo suplementar da Bíblia; depois manifestou a confiança de que isso tivesse tocado e comovido até o arrependimento ao menos um dos culpados, e de que sua consciência o impelisse a ir a sua sala denunciar seus comparsas e entregá-los à justiça. Então, como recompensa por sua confissão sincera, não só suspender-lhe-iam o castigo como também lhe concederiam um prêmio em dinheiro... Com isso encerrou-se a cerimônia.

Três dias depois aconteceu que, em sua aula sobre Tito Lívio, a classe desleixada preenchia os gabaritos com barulho e atividades paralelas, Unrat de súbito saltou de sua cátedra e começou a gritar:

— Lohmann, poderá exercer em breve suas leituras particulares em outro lugar. Kieselack, o senhor está entornando o caldo aqui há muito tempo. O senhor, von Ertzum, espalhará estrume — como sempre outra vez — em sua própria casa. Longe de expulsar esses três pilantras para o cubículo, que representaria uma estadia demasiado nobre para sua depravação, eu irei, ao contrário, empregar todos os meios para que suas carreiras encontrem o seu merecido fim na companhia de assaltantes e ladrões ignóbeis. Não farão mais parte da comunidade de pessoas decentes, e o ar que respiram junto a nós está com os dias contados!

Lohmann, por sua vez, levantou-se e, franzindo a testa, pediu uma explicação, mas a voz sepulcral de Unrat estava tão cheia de ódio satisfeito, sua fisionomia triunfava de maneira tão horripilante, que todos se sentiram derrotados. Lohmann sentou-se novamente, encolhendo os ombros, lastimoso.

No intervalo seguinte, ele foi chamado, juntamente com Kieselack e von Ertzum, à sala do diretor. Ao retornarem, eles explicaram com visível menosprezo que era por causa daquele monumento imbecil. Mas logo se formou espontaneamente um círculo em torno deles. Kieselack sussurrou:

— Puxa vida, quem será que nos denunciou?

Os outros dois se sentiram acusados e deram as costas a Kieselack.

Certa manhã, os três, liberados da aula, foram conduzidos à floresta na companhia de uma comissão judicial, e colocados diante do monumento, o objeto de seu ato de violência. Ali o guarda-florestal os reconheceu. A investigação do fato rendeu-lhes ainda vários dias de dispensa da escola. Finalmente, entraram no plenário do tribunal como réus. Foram recebidos pelo sorriso venenoso do Unrat, sentado no banco das testemunhas.

Na sala, encontravam-se também o cônsul Breetpoot e o cônsul Lohmann, e o promotor público substituto não pôde deixar de ofertar uma vênia aos dois influentes senhores. Ele esfregou as mãos às escondidas em razão da tolice do jovem Lohmann e de seu amigo por não terem se apresentado há mais tempo. O Ministério Público teria evitado que se fizesse tanto alvoroço. Naturalmente teriam acreditado que se tratava apenas de rapazes da espécie de Kieselack.

Depois de iniciada a audiência, o presidente perguntou aos três réus se eles se declaravam culpados. Kieselack imediatamente começou a negar. Mas ele próprio já tinha confessado ao seu diretor e admitido tudo também no decorrer da investigação preliminar. O diretor se apresentou e confirmou a coisa toda minuciosamente, sob juramento.

— O senhor diretor mentiu — afirmou Kieselack em seguida.

— Mas o senhor diretor prestou juramento.

— Ihhh! — fez Kieselack. — Então ele mentiu mais ainda.

Ele soltara as rédeas. Estava encurralado mesmo. E além disso estava exasperado e abalado em sua crença nos homens porque ele, em vez de receber a recompensa prometida, tinha sido levado ao tribunal.

Lohmann e o conde Ertzum admitiram o ato.

— Não fui eu — grasnava Kieselack em meio às respostas dos outros.

— Mas fomos nós! — decidiu Lohmann, sentindo-se constrangido por tamanha camaradagem.

— Perdão — observou Ertzum. — Eu fiz isso sozinho.

— Faça-me o favor — e Lohmann fez uma cara de severidade cansada. — Devo reivindicar categoricamente minha participação nesse estrago de uma propriedade pública, ou seja lá como a chamem.

Von Ertzum repetiu:

— Eu estraguei tudo sozinho. É a verdade.

— Meu caro, não fale bobagem — pediu Lohmann.

E o outro:

— Vá para o... mais uma vez. Você estava bem longe dali. Estava sentado com...

— Com quem? — perguntou o presidente.

— Com ninguém... acho eu. — E von Ertzum ficou bastante vermelho.

— Com Kieselack, provavelmente — opinou Lohmann.

O promotor público substituto achou conveniente repartir a culpa entre o maior número possível de pessoas de modo que recaísse pouca sobre o filho do cônsul Lohmann e o tutelado do cônsul Breetpoot. Ele chamou a atenção de Ertzum para a gravidade de seu suposto ato.

— Toda essa traquinice que o senhor afirma ter praticado sozinho, nem o mais forte dos homens seria capaz de praticá-la.

— Claro que seria — replicou Ertzum, orgulhoso e modesto.

O presidente intimou a ele e a Lohmann a dizer o nome dos outros.

— Deve ter sido um grupo grande e dos mais animados — supôs ele, benevolente. — Digam-nos então os nomes dos participantes, com isso farão um favor a si mesmos e a nós.

Os réus se calaram. A defesa enfatizou a atitude nobre presente no caso. Já durante toda a investigação preliminar, os dois jovens permaneceram firmes em seu propósito de não comprometer mais ninguém.

Kieselack também havia permanecido firme; mas ele não foi levado em conta. Aliás, ele tinha apenas adiado a sua travessura.

— Então não havia mais ninguém junto? — repetiu o presidente.

— Não — disse Ertzum.

— Não — disse Lohmann.

— Havia sim! — gritou Kieselack com a voz esganiçada de soprano do aluno aplicado que sabe a lição. — A artista Fröhlich também estava junto!

E ouviu-se, em meio a um silêncio geral:

— Foi ela quem quis que nós arruinássemos o monumento.

— Ele está mentindo — disse Ertzum e rangeu os dentes.

— Está mentindo do começo ao fim — completou Lohmann.

— É a mais pura verdade! — asseverou Kieselack. — Perguntem ao senhor professor! Ele a conhece melhor do que ninguém.

Ele sorriu malicioso para o banco das testemunhas.

— Não seria por acaso verdade que a artista Fröhlich escapou do senhor no domingo, senhor professor? Ela tomou o café da manhã conosco ao lado do monumento.

Todos olharam para Unrat, que parecia arrasado e cujo queixo batia.

— A dama estava junto? — perguntou um dos juízes, surpreso, aos outros dois réus, num tom de curiosidade meramente humano.

Eles ergueram os ombros. Mas Unrat proferiu, quase sufocado:

— Estão acabados, seus miseráveis! Podem se dar — como sempre outra vez — por mortos!

— Quem é a dama? — perguntou o substituto do promotor público, por mera formalidade. Pois todos os presentes sabiam dela e de Unrat.

— O senhor professor Raat poderá nos prestar informações — supôs o presidente.

Unrat declarou apenas que ela era uma artista. Em seguida, o substituto requereu a imediata intimação da referida senhora, já que existia interesse em averiguar até que ponto ela seria co-responsável pelo delito em questão, na qualidade de mentora intelectual. O tribunal tomou tal decisão, e o oficial de justiça foi posto a caminho.

Nesse ínterim, o jovem advogado encarregado de defender Lohmann e von Ertzum avaliou em silêncio o estado emocional de Unrat. Chegou à conclusão de que aquele era o momento de fazê-lo se expressar; e requereu o interrogatório do professor Raat acerca do estado geral, mental e moral dos três réus, seus alunos. O tribunal acolheu a proposta. O promotor público substituto, temendo um depoimento desfavorável ao protegido do cônsul Breetpoot e ao filho do cônsul Lohmann, tentou em vão evitá-lo.

Todos riram quando Unrat se apresentou diante do tribunal. Ele estava agitado e aflito, desfigurado por uma fúria dolorosa e parecia suado.

— Que não seja permitida qualquer dúvida — assim começou ele de imediato — quanto ao fato de que a artista Fröhlich não participou daquele ato torpe e criminoso, e menos ainda de todo aquele piquenique infame.

Tinha primeiro de prestar juramento. Depois quis repetir a mesma afirmação. O presidente interrompeu-o novamente; o que lhe era solicitado era seu testemunho sobre seus três alunos. Unrat, então, começou inesperadamente a gritar, levantando os braços, com sua voz sepulcral expressando o embaraço mais profundo, como se tivesse ido de encontro a uma parede sem achar mais qualquer saída.

— Esses moleques são a escória da espécie humana! Olhem para eles; esse é o rosto da nova geração da penitenciária! Desde sempre foram criados de tal modo que, suportando de má vontade o domínio do professor, não só praticavam a insubordinação contra ele, como também a pregavam. Graças à agitação deles, uma parte considerável da classe se constitui de miseráveis. Eles fizeram de tudo — seja por meio de maquinações revolucionárias, seja pelas tentativas de trapaças ou qualquer outra atividade com as mais torpes intenções — para se mostrarem dignos do futuro — creiam-me deveras — que aqui se descortina para eles. Este é o lugar que há muito os esperava!

E com o grito de vingança de alguém terrivelmente ferido, virou-se para os três sedutores da artista Fröhlich:

— Olho no olho, Lohmann...

Ele começou a desvelar cada um dos três para o tribunal e o público ali reunidos. Os poemas de amor de Lohmann, os passeios noturnos de von Ertzum pela pilastra da sacada do pastor Thelander, a conduta insolente de Kieselack num local proibido aos alunos; proferiu tudo, tremendo ante tanta brutalidade. O tio fracassado de Ertzum foi execrado, juntamente com a riqueza arrogante desprovida de ideais dos patrícios citadinos e com o portuário entregue ao alcoolismo na figura do pai de Kieselack.

O tribunal sentiu-se constrangido por todo esse extravasamento fanático. O promotor público substituto dirigiu educados olhares de desculpas ao cônsul Lohmann e ao cônsul Breetpoot. O jovem defensor observou sarcástico e satisfeito o estado de ânimo da sala. Unrat divertia e indignava.

Por fim, o presidente lhe deu a entender que o tribunal já estava devidamente esclarecido a respeito da relação do professor com seus alunos. Sem ouvir, Unrat trovejou:

— Por quanto tempo ainda essas existências catilinárias irão ofender o solo que pisam com o peso de sua ignomínia? Esses aí agora afirmam que a artista Fröhlich participou de suas orgias criminosas. Na verdade não faltava mais nada para eles, a não ser atingir a artista Fröhlich em sua honra!

Em meio ao escárnio provocado por suas palavras, Unrat ficou quase paralisado. Pois o que ele estava dizendo não correspondia ao seu íntimo. Ele estava certo àquela altura de que a artista Fröhlich, que ele perdera de vista naquele domingo de eleição, estivera no monumento. E mais ainda. Uma olhada de relance em circunstâncias não avaliadas até então deixou-o sem fôlego. A artista Fröhlich sempre havia se recusado a sair com ele. Todos os seus pretextos para ficar em casa sozinha — o que estava escondendo?... Lohmann?...

Novamente ele se lançou sobre Lohmann e gritou-lhe que o poder de sua casta tinha de ser quebrado! Mas o presidente intimou-o a retornar ao seu lugar e ordenou que chamassem a testemunha Fröhlich.

Seu aparecimento agitou o local; o presidente ameaçou mandar evacuar a sala. Todos se acalmaram, pois ela agradava. Usava o seu conjunto cinza de uma elegância simpática e tranqüila, penteara-se de maneira simples e colocara um chapéu de tamanho moderado com uma única pluma de avestruz. Uma garota exclamou em voz alta para sua mãe sobre como a senhorita era bonita.

Desembaraçada, ela caminhou até aos juízes; o presidente recebeu-a com uma vênia suave. A pedido do procurador público substituto, ela foi ouvida sem prestar juramento e, com um sorriso cativante, declarou com sinceridade que de fato havia participado daquele piquenique. O defensor de Kieselack por fim achou que poderia se impor.

— Chamo a atenção para o fato de que entre os três réus apenas o meu cliente honrou a verdade.

Mas ninguém se interessava por Kieselack.

O substituto afirmou que a influência estava então comprovada, e a autoria intelectual do delito, que os dois jovens tentaram assumir por um puro e compreensível galanteio, recaía inteiramente sobre a testemunha Fröhlich. O defensor de Kieselack aproveitou a oportunidade para ressaltar o quanto — ele havia de confessar — a conduta antipática de seu cliente estava fundamentada na corrupção que o relacionamento com uma mulher pertencente à classe da testemunha seria capaz de motivar nos jovens.

— O que eles fizeram com aquele velho monumento — disse em seguida a testemunha Fröhlich, sem pensar — para mim é obscuro e pode continuar a sê-lo. Só sei, no que se refere à corrupção da qual falou o senhor, que na referida tarde de domingo um desses jovens senhores me fez um pedido formal de casamento, e que lamentei não poder aceitar.

As pessoas riam e sacudiam a cabeça. A testemunha Fröhlich ergueu os ombros, mas não olhou para nenhum dos três réus. De repente, Ertzum disse, inundando-se de vermelho:

— A dama disse a verdade.

— Naturalmente — acrescentou ela — entre mim e os três alunos tudo foi sempre rigorosamente decente e não passou, se é que posso dizer assim, de infantilidades.

Ela havia destinado essa explicação a Unrat e procurou-o veloz com o rabo do olho. Mas ele mantinha a cabeça baixa.

— A testemunha pretende — perguntou o substituto — afirmar com isso que sua relação com os réus de modo algum ultrapassou as barreiras do que é moralmente admissível?

— "De modo algum" é exagero — e ela tomou a decisão de confessar a verdade a seu velho Unrat pela via indireta do tribunal. Enganar muito leva cada vez mais a pormenores excessivos. — Não diria exatamente "de modo algum". Mas, por assim dizer, de uma maneira bastante paralela.

— O que a testemunha chama de "paralela"? — perguntou o presidente.

— Aquele ali — replicou ela apontando para Kieselack, que, sob a atenção de toda a sala, começou a olhar de esguelha para a ponta do seu nariz. Ele suscitava uma antipatia cada vez maior: agora também por causa da felicidade que tivera.

Depois disso, ele ainda tentou afirmar:

— Ela está mentindo.

Mas o presidente deixou-o de lado. Como todos os presentes, ele estava bastante animado e aberto às questões humanas. Lohmann, amargamente magoado pela revelação de Rosa acerca do infeliz pedido de casamento feito por seu amigo von Ertzum, aproveitou o momento para lançar num tom de anedota elegante:

— O que há de se querer, a dama tem lá os seus gostos. Ela atendeu ao Kieselack... por sinal, só o soube agora. Mas estamos melhor informados sobre um outro objeto de seus favores... Por outro lado, ela se nega firmemente a tornar-se uma condessa. E a mim, que nunca nutri tais pretensões, ela não parava de dizer que para ela eu seria sempre o último.

— É verdade — disse a testemunha Fröhlich, com a esperança de que Unrat ouvisse e levasse isso em consideração.

Ouviram-se risos. Dessa vez, o presidente agitou-se com maior veemência, um dos juízes fez de seu nariz um trombone e segurou a barriga. O representante da promotoria pública torceu os lábios zangado, o advogado de defesa comprimiu os seus, traindo seu ceticismo. Ertzum cochichou para Lohmann:

— Então também com Kieselack — é o fim. Para mim agora ela está acabada.

— Até que enfim... Aliás saímos dessa numa boa. Quem vai se dar mal é o Unrat.

— Mas, por favor, não se intrometa — murmurou ainda Ertzum rapidamente — quando eu assumir sozinho a culpa pelo monumento. De qualquer modo, vou precisar sair da escola e ter aulas particulares.

Nisso o presidente, já refeito, prometeu mais uma vez, com voz paternal, evacuar a sala. Depois deu por terminado o interrogatório da testemunha Fröhlich, dizendo que ela podia sair. Em vez disso, ela encaminhou-se para a platéia. Ela não entendia onde Unrat tinha ido parar.

Unrat escapulira dali sorrateiro e a passos largos durante a euforia geral. Fugiu como que passando por diques desabando, debaixo de um aguaceiro, ou por vulcões em erupção. Tudo ruía à sua volta, arrastando-o para abismos... pois a artista Fröhlich dedicava-se a atividades paralelas! Lohmann e os outros, que Unrat julgava vencidos e acabados para sempre, emergiam do nada mal ele desviava o olhar. A artista Fröhlich não fez a menor cerimônia em deixá-los desfrutar dela. No caso de Kieselack, ela já admitia; quanto a Lohmann, ainda negava. Mas Unrat não acreditava mais nela! E estava desamparadamente espantado com o fato de a artista Fröhlich ter se revelado uma pessoa tão pouco fidedigna. Até aquele dia, até aquele momento terrível, ela havia feito parte dele; e de súbito se desprendeu: Unrat observou como isso sangrava, e não o compreendia. Já que ele nunca havia se aproximado de ninguém, nunca havia sido traído. Agora sofria como um menino — como seu aluno Ertzum tinha sofrido exatamente pela mesma mulher. Sofria de maneira desajeitada, desenfreada e perplexa.

Ele foi para casa. Na primeira palavra dirigida por sua empregada, enfureceu-se e mandou-a para o olho da rua. Depois se refugiou no seu quarto, trancou-se, jogou-se no sofá e choramingou. Tomado de vergonha, recobrou o ânimo e apanhou o manuscrito sobre as partículas em Homero. Apoiou-se novamente na escrivaninha que havia trinta anos empurrava seu ombro direito para o alto. Mas o verso da maior parte das páginas estava coberto de linhas dedicadas à artista Fröhlich, às vezes apenas um apontamento referindo-se a ela. Até faltavam folhas: ele inadvertidamente as havia enviado para ela. De repente, viu toda a sua força de trabalho submetida a ela, sua vontade, já havia muito, voltada somente a ela, e todos os seus objetivos de vida convergindo para ela. Depois dessa descoberta, retornou ao seu canto no sofá.

Era noite e na escuridão apareceu-lhe seu rosto, suave, pintado, temperamental; e Unrat olhou para dentro dele com medo. Pois reconhecia que havia nele um indício para toda e qualquer suspeita. A artista Fröhlich pertencia a todos. Unrat apertou as mãos diante de seu rosto fustigado pelo sangue. Sua volúpia tardia — essa volúpia arrancada de um corpo ressequido por força de uma lenta sedução tácita que, tremulando de maneira violenta e pouco natural, havia mudado sua vida, impulsionado seu espírito a extremos — atormentava-o agora à força de imagens. Ele viu a artista Fröhlich em seu pequeno quarto no Anjo Azul e seus gestos reveladores, os primeiros gestos de outrora, e seu olhar cutucador. Agora, seu olhar e seus gestos, ignorando Unrat, dirigiam-se a um outro... a Lohmann... Unrat viu a cena até o fim, até o seu desenlace total, e ela dançava para lá e para cá, pois ele soluçava.

XII

Ele ainda cumpria sua função, por força de um resquício de hábito ordeiro e conservador, embora previsse que uma dessas idas à escola seria a sua última. Os professores, sem exceção, tinham decidido ignorá-lo a partir de então. Na sala dos professores escondiam-se atrás de jornais, evitavam a mesa, cuspiam pelos cantos logo que Unrat se acomodava para corrigir seus cadernos. Lohmann, von Ertzum e Kieselack estavam ausentes da classe, todos os três. Unrat desprezava os demais e os deixava agir à vontade. Às vezes, soltando um chiado, presenteava um deles com metade de um dia no cárcere. Mais tarde, porém, esquecia-se de encarregar o bedel de executar a sentença.

Lá fora ele caminhava sorrateiro sem ver ninguém, sem ouvir insultos nem elogios, tampouco notava quando os cocheiros paravam seus cavalos a fim de chamar a atenção de seus clientes de fora para Unrat, como uma atração turística da cidade. Onde quer que ele fosse, falavam de seu processo. Para as pessoas, Unrat era o verdadeiro réu e seu comportamento no tribunal suscitava pesar e ira. Senhores mais velhos, ex-alunos dos primeiros anos de escola para os quais Unrat trazia alegres recordações dos tempos ternamente dourados da juventude, ficavam quietos ao vê-lo e balançavam a cabeça.

— Puxa, onde foi parar o nosso velho Unrat? É realmente uma lástima o que ele tem feito ultimamente.

— Um professor não se comporta assim com jovens como esses. É isso que chamam de educador? E as suas ofensas contra os comerciantes e contra as principais famílias da cidade? Que seja julgado, sim, por favor.

— Justamente ele, que na sua idade ainda tem de ser repreendido por suas escapadas galãs, acaba flagrado em público. Ele está mesmo numa casa com telhado de vidro. A sociedade vai comentar toda essa história, e fiquei sabendo por Breetpoot que não o querem mais na escola. Por mim, ele bem que podia se mudar daqui com sua amiga.

— Isso que é uma moça fina, hein?

— Ah, isso ela é.

E os dois senhores riram sozinhos, cada um com um pequeno brilho no olhar.

— Como será que Unrat foi cair nessa?

— Pois é, eu não cansei de lhe dizer isso? Com o tempo, ninguém pode fazer nada contra um nome desses: agora sim ele é um verdadeiro lixo.

Outros se lembraram do filho de Unrat, que certa vez tinha sido visto na feira livre com uma dona mal-afamada. Reportaramse ao provérbio "a maçã não cai longe da macieira" e, seguindo o exemplo do professor Hübbenett, afirmaram que a ruína moral do pai sempre fora previsível. Disseram também que desde sempre haviam percebido algo de taciturno, insólito, intrinsecamente suspeito em Unrat, e declararam não terem se surpreendido nada com o seu discurso no tribunal dirigido contra a elite da cidade.

— Um velho nojento desses já devia ter sido morto há muito tempo — expressou Meyer, o comerciante de charutos, encostado na porta de sua loja, ao ver Unrat se aproximando e cujas faturas emitidas para o professor Raat sempre começavam com uma rasura no sobrenome.

Certa manhã, quando Unrat passou furtivamente rente ao estabelecimento, o arrendatário do Café Central disse para seus garçons que limpavam o local:

— Lixo moral também deve ser jogado fora.

Por outro lado, havia cidadãos insatisfeitos que saudavam com alegria a emancipação de Unrat, reivindicavam-no como aliado para a sua propaganda hostil à situação existente e convocavam comícios onde se debatia sua atitude corajosa contra os privilegiados da cidade, e nos quais ele deveria discursar. Em suas conclamações públicas diziam: "Tirem o chapéu diante de um homem desses!"

Unrat deixava sem resposta esses convites feitos por escrito. Dispensava as delegações sem sequer abrir a porta da casa. Ficava sentado pensando na artista Fröhlich imbuído de ódio, anseio e crueldade, e em como poderia forçá-la a sair da cidade e partir numa viagem de vários dias. Ocorreu-lhe novamente que, no primeiro encontro deles, havia-lhe pedido isso com rigor. Se naquela época ela não tivesse se oposto ao professor! Agora ela tinha feito muita travessura, provocado infortúnios, e Unrat, numa ânsia desconsolada e martirizante de vingança, não conseguia imaginar nada mais desejável do que ver a artista Fröhlich terminar sua vida num cubículo profundo e sombrio.

Durante o dia, evitava, constrangido, as ruas nas quais pudesse encontrá-la. Somente de madrugada acontecia de ele caminhar sorrateiro por aqueles bairros numa hora em que, por trás das vidraças encortinadas dos estabelecimentos, as sombras das cabeças de professores não matraqueavam mais suas respectivas dentaduras. Unrat, então, tímido, hostil e repleto de um desejo amargo, dava uma grande volta ao redor do Hotel zum Schwedischen Hof.

Certa vez, uma pessoa saiu do escuro vindo ao seu encontro e cumprimentou-o: era Lohmann. Num primeiro momento, Unrat deu um salto para trás e procurou tomar fôlego. Depois estendeu ambas as mãos para cumprimentar Lohmann, que gentilmente esquivou-se. Ao firmar-se de novo sobre as próprias pernas, Unrat passou a bufar:

— Então, seu miserável, ainda se atreve a aparecer diante dos meus olhos! Tinha de apanhá-lo justamente do lado do apartamento da artista Fröhlich! Com certeza outra vez estava no exercício de atividades paralelas!

— Eu lhe asseguro — replicou Lohmann suavemente —, está equivocado, senhor professor. Está completamente equivocado.

— O que andou fazendo por aqui então, moleque desgraçado?

— Lamento não poder me manifestar a esse respeito. Apenas que isso absolutamente não lhe diz respeito, senhor professor.

— Vou esmagá-lo completamente! — sentenciou Unrat, com olhos de gato furioso. — Prepare-se para ser expulso da escola com ignomínia e desonra...

— Ficaria muito alegre se isso o deixasse satisfeito, senhor professor — disse Lohmann, sem a intenção de fazer troça, ao contrário, mais para o melancólico, e afastou-se devagar, perseguido pelas ameaças de Unrat.

Ele não estava mais disposto a injuriar Unrat. Agora que todos se lançavam contra ele, Lohmann teria se envergonhado. Sentia pena do velho que ainda falava em expulsá-lo da escola no momento em que sua própria demissão já estava decidida — pena, e também uma contida simpatia por esse inimigo solitário de todo mundo, que irrefletidamente fazia tanta coisa levantar-se contra si; pelo anarquista interessante que estava irrompendo ali...

Sua eterna suspeita contra Lohmann por causa dessa Fröhlich era lamentável e comovente; estava até mesmo repleta de uma ironia trágica se a relacionássemos com o que realmente tinha levado Lohmann a sair essa noite. Lohmann estava vindo da rua Kaiser. A senhora Dora Breetpoot havia dado à luz naquela noite. E a desconhecida ternura de Lohmann inclinou-se sobre o seu leito de dor. O coração dele, uma pequena labareda que crescia de maneira estéril e humilde, ansiava por aquecer o diminuto corpo trêmulo da criança cuja concepção se devia talvez ao assessor Knust, ou ao tenente von Gierschke, ou então ao cônsul Breetpoot... Lohmann havia ido nessa noite até a casa dos Breetpoots e beijado a porta trancada.

Poucos dias depois, os destinos pendentes haviam se definido. Lohmann, a quem nada importava, pôde permanecer na escola até partir para a Inglaterra; seus parentes eram demasiadamente poderosos para que se chegasse a pensar em seu afastamento. A expulsão de Kieselack não se deveu ao incidente com o monumento, antes à sua conduta inconveniente no tribunal; mas sobretudo ao seu relacionamento com a artista Fröhlich, por ela revelado, considerado inadmissível para um secundarista. Von Ertzum saiu voluntariamente e entregou-se às aulas particulares. Unrat foi demitido.

Manteve o direito de continuar as suas atividades didáticas até o outono. No entanto, ele as interrompera imediatamente, em comum acordo com a autoridade superior. Numa de suas primeiras manhãs livre da escola, Unrat estava sentado no sofá, desocupado e sem planos de uma vez por todas, quando apareceu o pastor Quittjens. Disse que estava vendo como alguém ali mergulhava cada vez mais fundo no pecado e no desespero. Agora que esse homem estava caído, ele achava que era necessário fazer algo pela cristandade.

E fumando um charuto como qualquer pessoa, começou de imediato a manifestar pesar pela triste situação de Unrat, pelo seu isolamento, pelas inimizades às quais se expôs, justamente por parte da gente de bem. Ninguém gostava de uma coisa dessas e era preciso fazer algo. Se Unrat ao menos ainda mantivesse sua atividade habitual... Sua demissão completava o infortúnio, entregando-o irremediavelmente aos seus amargos pensamentos. Bem, irremediavelmente talvez fosse exagero. O pastor Quittjens ofereceu-se para cuidar da readmissão de Unrat entre as pessoas de bem, convencê-lo a entrar numa associação política, num clube de boliche. Entretanto, com a condição — o pastor parecia lamentar tal fato, encarando-o como um mal necessário — de que Unrat deveria se arrepender de sua perdição perante Deus e os homens, dando-lhe um fim.

A isso Unrat não respondeu praticamente nada. A proposta não lhe interessava. Se já havia perdido a artista Fröhlich, achava um contra-senso trocá-la por uma partida de boliche.

Em seguida, o pastor Quittjens recorreu a pontos de vista mais amplos. Lamentou os alunos contaminados no desabrochar da adolescência por uma pessoa encarregada de protegê-los, por meio de tal sorte de exemplo. E não só aqueles alunos do primeiro grau, não, todos os outros também; e não só todos os outros dentro da escola, mas para além dos muros da escola, todos os antigos alunos — portanto, a cidade em sua totalidade. Todos esses, e o pastor Quittjens deixou o charuto se apagar, deveriam estar duvidando dos ensinamentos de sua juventude e vacilando em suas crenças mais fundamentais. Será que Unrat iria assumir a responsabilidade por coisas tão graves? O rapaz Kieselack já havia caído em desgraça, e Unrat provavelmente não desconheceria que, no caso dessa criança, ele próprio era co-responsável. Mas certamente esse não era o único dano que a queda da fé e da moral de um homem como Unrat iria sem dúvida produzir...

Unrat ficou perplexo. Só então ficou sabendo da aniquilação de Kieselack; e ardeu de súbita alegria por ter sido o causador. Que o seu exemplo pudesse tornar-se perigoso para os outros e semear a depravação na cidade, isso ainda não lhe tinha ocorrido. Abriram-se ali perspectivas de vingança que o estimularam. Encheu-se de manchas vermelhas e, sem fôlego e ensimesmado, ficou puxando os parcos fios de sua barba.

O pastor Quittjens entendeu-o mal e disse que sabia que Unrat iria se sensibilizar. Sobretudo quando se considerava a criatura por causa da qual expôs a si e aos outros aos maiores transtornos, aí sim vinha claramente à luz o passo em falso.

Unrat perguntou se o pastor estava falando da artista Fröhlich.

Naturalmente. Agora, depois das confissões dela feitas na audiência pública do tribunal, os olhos do Unrat deveriam estar bem abertos. O amor cega, isso — e o pastor Quittjens acendeu novamente o charuto — era preciso admitir. Por outro lado, bastava Unrat se lembrar de seus anos de estudo e de inúmeras coisas que se aprendia naquela época em Berlim. E também ninguém era tão bobo assim, não, não, e já se sabia o bastante sobre essas mulherzinhas. E elas também não mereciam que se colocasse a própria existência e a de outras pessoas de pernas para o ar. É claro, se ele pensasse em Berlim...

O pastor Quittjens sorriu venturoso e dispôs-se a ser o confidente. Unrat comportou-se de maneira cada vez mais inquieta e, de repente, interrompeu-o. Será que aquilo tudo se referia à artista Fröhlich? O pastor ficou admirado e assentiu. Unrat, então, pulou do sofá, bufou e num tom surdo e ameaçador, soltou as seguintes palavras, respingando a saliva de sua boca em cima do pastor:

— O senhor ofendeu a artista Fröhlich. A dama está sob a minha proteção. Saia de minha casa — adiante, então!

O pastor, assustado, encolheu-se em sua cadeira. Unrat precipitou-se até a porta e abriu-a. Quando ele, então, mais uma vez, tremendo de raiva, partiu para cima do pastor Quittjens, este, fazendo uma curva covarde, esgueirou-se com sua cadeira porta afora. Unrat fechou-a.

Ele ficou andando ofegante pelo quarto durante muito tempo. Teve de admitir ter desejado tudo de ruim à artista Fröhlich ainda havia pouco. Nutriu os piores pensamentos em relação a ela. Mas sobre os direitos de Unrat, o pastor Quittjens estava longe de possuir qualquer prerrogativa. A artista Fröhlich estava acima do pastor Quittjens. Estava acima de todos — sozinha e sagrada perante a humanidade. Foi bom para Unrat ter colocado dessa forma as coisas em seus devidos lugares. A artista Fröhlich era um assunto particular dele, sim! Ultrajavam-no, a ele próprio, quando se atreviam a desmerecê-la. Sua fúria de tirano acuado pelo medo dominou-o, e ele precisou fincar pé, como naquela vez quando o público do Anjo Azul havia rido dela. Riram daquela a quem ele tinha maquiado com suas próprias mãos! Criticaram o desempenho daquela que, de certo modo, ele mesmo apresentara! Não foram — tenha-se toda certeza — os desempenhos mais alvissareiros aqueles havidos junto ao monumento, e que tanta dor causaram em Unrat. Isso, porém, eles próprios tinham de resolver sozinhos, Unrat e a artista Fröhlich. Ele quis procurá-la, não estava disposto a protelar isso por mais tempo! Apanhou o chapéu e pendurou-o de volta.

Ela o traíra — ainda que certamente. Por outro lado, ela havia se tornado o caminho que conduzira o aluno Kieselack à perdição. Desse modo, ela não estaria justificada? Ainda não? Mas e se ela conduzisse outros alunos — à perdição?

Unrat ficou parado, com a cabeça abaixada, sobre a qual passou uma nuvem vermelha. Sua ânsia de vingança e seu ciúme lutavam enquanto ele permanecia imóvel. Por fim, a ânsia de vingança venceu. A artista Fröhlich estava justificada.

E Unrat começou a sonhar com alunos que ela iria levar à perdição. Que pena que o comerciante de charutos do mercado não estava mais na escola; e aquele aprendiz que não o cumprimentava, mas sim sorria maliciosamente; e todos os outros na cidade. A todos eles, a artista Fröhlich iria levar à perdição. Por causa dela todos eles deveriam ser expulsos da escola com ignomínia e desonra. Unrat não conseguia imaginar qualquer outro tipo de perdição. Não lhe ocorria uma derrocada que não consistisse na expulsão de um aluno da escola...

Quando bateu à porta da artista Fröhlich, ela já estava quase a abrindo, pronta para sair.

— Ei! Olha ele aí! E não é que eu mesma ia procurá-lo! Naturalmente, você não vai acreditar, mas que eu caia dura aqui se não for verdade.

— Então que seja — disse Unrat. E era verdade.

A princípio, quando Unrat deixou de aparecer de vez, a artista Fröhlich disse simplesmente: "É, então não", e ficou preparada para não se mudar mais para seu próprio apartamento, mas sim viver durante algum tempo da renda obtida com os móveis ganhos de presente, a fim de então procurar um novo trabalho, uma vez que o casal Kiepert se resolvera de outro modo e já havia partido. Ela havia manifestado ao seu velho Unrat, só Deus sabe, os sentimentos mais amistosos; mas não se podia mostrá-los como alguém que faz exercícios na barra fixa, e caso ele se negasse a acreditar, que esquecesse do assunto. Ela tinha a sua filosofia. Era muito mais fácil enganar alguém depois de ter feito algo errado do que provar algo a alguém no caso de se estar realmente inocente. Seria impossível sempre sair do jogo de esconde-esconde com coisas passadas, quando um homem acredita em criancices tão óbvias, como na história do monumento, imaginando que ela, mesmo depois de tê-lo conhecido, saía com todo mundo. E depois o velho não fazia mesmo o tipo dela. Acontece às vezes de alguém se enganar; então era só se resignar. Na rua, uma pessoa persegue uma outra durante meia hora até que finalmente se arrisca a ultrapassá-la olhando-a com o rabo do olho. Aí, de repente, ela muda de direção como se nada tivesse acontecido. Até agora, Unrat a tinha conhecido pelas costas, e logo que conseguisse olhá-la no rosto, estaria tudo acabado. Ah! esqueça-o.

Então, como via o tempo passar, ficava entediada e sentia total falta de dinheiro, ela refletiu que seria demasiado estúpido deixar a coisa simplesmente ir água abaixo. Afinal, o velho só estava envergonhado, amuado, esperando que ela erguesse um dedinho para ele. Era possível fazê-lo. Ele era uma criança velha, um pouquinho esquisito e teimoso. Ela lembrou-se de como ele havia colocado o capitão para fora do camarim, chegando até mesmo a enfrentar Kiepert por causa disso; e riu.

Mas logo em seguida, seus olhos ficaram fixos, pensativos, como quando, às vezes, observava Unrat. Ele era ciumento, isso devia ser verdade, o que inspirava nela um enorme respeito. Talvez ele estivesse, naquele momento, sentado e se remoendo, com uma raiva mortal dela, sem conseguir almoçar por causa da bílis. Era algo realmente terrível. Seu bom coração agitou-se. E ela pôs-se a caminho não só por estar em vantagem, não, também por compaixão e por respeito.

— Faz tempo que não nos vemos — disse ela, tímida e irreverente.

— Isso tem lá suas razões — proferiu Unrat. — Eu — como sempre outra vez — estive ocupado.

— Ah, sim. E com o quê?

— Com minha demissão do corpo docente do ginásio local.

— Entendo. Devo interpretar isso como uma acusação.

— Você está justificada. Afinal, o aluno Kieselack foi mesmo excluído e se viu negadas para sempre as carreiras acessíveis a uma pessoa instruída.

— Aquele nojento teve o que merecia.

— Sem dúvida, é de se desejar que esse destino atinja muitos outros alunos.

— E como será que poderíamos fazer isso? — Ela sorriu, olhando-o com a cabeça abaixada. Unrat ficou vermelho. Houve uma pausa durante a qual ela o levou para dentro e o fez sentar-se. Ela escorregou pelos joelhos dele, escondeu o rosto atrás do seu ombro e perguntou, gracejando humildemente:

— Será que o pequeno Unrat não está mesmo mais zangado com a sua pequenina artista Fröhlich? Você sabe, o que eu contei no tribunal foi realmente tudo o que aconteceu. Deus é minha testemunha, eu quase ia dizer, embora isso também não ajude em nada. Mas você pode acreditar em mim.

— Então que seja — repetiu ele. E, no afã de aproximar-se dela, passou a esclarecer e resumir os acontecimentos:

— Sei muito bem — creia-me deveras — que a chamada moralidade, na maioria dos casos, está intimamente ligada à estupidez. Somente uma pessoa sem formação humanista pode duvidar disso. De qualquer modo, a moralidade é vantajosa para aquele que, não a possuindo, passa a dominar aqueles que dela não podem prescindir. Pode-se até mesmo afirmar e comprovar que seria preciso exigir com rigor a chamada moralidade das almas submissas. Essa exigência, todavia — creia-me deveras — nunca me induziu a desconhecer que possa haver outros modos de vida com mandamentos morais substancialmente diferentes daqueles do filisteu comum.

Ela escutava atenta e admirada.

— Ah, não. Então onde estão eles? Isso não é um embuste, por acaso?

— Eu mesmo — continuou Unrat — sempre compartilhei pessoalmente da conduta moral do filisteu; não porque lhe atribuísse algum valor ou me julgasse vinculado a ela, mas sim porque — adiante, como sempre outra vez — nunca tive motivo para me separar dela.

Ele precisou inflamar a si mesmo enquanto falava, de tão titubeante e acometido pela dor e impotência do mais veemente sentimento de vergonha ao manifestar sua ousada concepção de vida.

Ela admirou-se com seu discurso e sentiu-se lisonjeada por ser dirigido a ela, somente a ela. Ele ainda acrescentou:

— De você, ao contrário, não posso fazê-lo de outra forma a não ser constatá-lo, em nenhum momento esperei uma conduta análoga à minha.

Neste momento ela fez uma careta de surpresa e emoção e beijou-o. Ela mal largou a sua boca e ele já recomeçava a explicar:

— O que, contudo, não impediu...

— Então, o quê? O que não impediu o quê, meu pequeno Unrat?

— ... que a minha afeição por você, nesse caso, concreto acabasse dificultando consideravelmente suportar as coisas a serem aprovadas segundo o princípio, sim, que essas coisas tenham me causado tanta dor...

Ela como que adivinhou e ofereceu-lhe uma lisonjeadora cabecinha inclinada.

— Pois eu a considero uma mulher que ninguém merece desfrutar com facilidade.

Ela ficou séria e pensativa.

Unrat resignou-se.

— Então que seja.

Mas depois, lançando-se para a frente, sob a investida de uma terrível recordação:

— Só há uma coisa pela qual jamais poderei perdoar-lhe. Desse você tem de se privar — creia-me deveras —, esse nunca permitirei que você volte a ver. É o Lohmann!

Ela o viu esgotado, coberto de gotas de suor, e ficou sem entender, porque nada sabia da imagem lancinante que certa vez o dominara — a imagem de Lohmann com ela.

— Ah, sim — expressou ela. — Você sempre teve tanta raiva dele. Queria fazer picadinho do rapaz. E devia mesmo fazê-lo, meu pequeno Unrat, mas fique bonzinho de novo, vai. Um jovem estúpido como esse não me diz nada, graças a Deus. Se ao menos eu pudesse deixar isso claro para você. Mas aí também não há nada que ajude. Dá vontade de chorar.

E de fato ela sentiu essa vontade porque absolutamente não acreditava na frieza de seu sentimento em relação a Lohmann; e porque, lá no fundo de seu coração, pressentia algo ligado a Lohmann que realmente lhe teria solapado a credibilidade; e porque Unrat, a velha criança estúpida, tocava nesse assunto com tanta freqüência e de maneira tão desastrada; e porque na vida, sem dúvida, não havia a paz que ardorosamente desejava.

Mas porque Unrat não teria entendido a causa de suas lágrimas, e como não queria complicar a situação desnecessariamente, ela desistiu de chorar.

Aliás, começaram então belos tempos. Eles saíam juntos e completavam a mobília e o enxoval da artista Fröhlich. Em trajes de Hamburgo, ela era vista quase todas as noites num camarote no Teatro Municipal, e Unrat, a seu lado, recebia com uma satisfação pérfida todos os olhares invejosos e indignados, malévolos e cobiçosos, lançados a eles. A temporada de verão também começara, e podia-se sentar no jardim no meio da sociedade abastada e honrada, comer pãozinho com manteiga e salmão e alegrar-se, despertando assim inveja nos outros.

A artista Fröhlich não tinha mais receio de expor Unrat a influências hostis. O perigo passara; por causa dela, ele havia assumido a sua demissão juntamente com a proscrição geral.

No início, sentiu-se um pouco inquieta. Como foi acontecer justo com ela, pensava consigo, de alguém carregar sobre as costas tanta coisa por sua causa? A princípio, ela deu de ombros: "Os homens são assim mesmo."

Aos poucos foi percebendo que ele tivera razão, e que ela era digna disso e de muito mais. Unrat lhe repetia com tanta firmeza em quão alta conta ele a tinha e quão pouco a humanidade merecia o seu olhar que ela, por fim, começou a levar-se muito a sério. Ninguém ainda a levara tão a sério e, por conseguinte, ela menos ainda. Era grata àquele que a fizera vê-lo. Sentia, por seu lado, que tinha de se empenhar para valorizar corretamente o homem que a colocara em tal posição. Ela fez mais: esforçou-se para amá-lo.

De repente, declarou-lhe que queria aprender latim. Ele consentiu imediatamente. Ela então deixava-o falar, respondia errado ou não prestava atenção na pergunta, e só ficava olhando para ele, cheia de outras perguntas para si mesma. Na terceira aula, ela indagou:

— Bem, pequeno Unrat, me diga uma coisa: o que será que é mais difícil de aprender, latim ou grego?

— Na maioria das vezes, o grego — decidiu ele, e ela, logo de pronto:

— Então quero aprender grego.

Ele ficou encantado; perguntou:

— Mas por quê?

Ela o beijou, e parecia a paródia de um carinho. Embora fosse autêntico. Ele a tornara ambiciosa, e ela, para honrá-lo, pedia grego em vez de latim, porque era mais difícil. Sua exigência era uma declaração de amor — declaração antecipada de um amor ao qual ela queria se forçar.

Pois ela achava mesmo bastante difícil amar o seu velho pequeno Unrat. Nem o grego era mais difícil. Ela sempre passava, como se dele quisesse se apropriar, os dedos no contorno de sua máscara de madeira, nos maxilares tiritando, nas covinhas angulosas de cujos cantos seus olhos vesgos se salientavam, venenosos a torto e a direito, e para ela cheios de uma solicitude infantil. Isso lhe inspirava compaixão e uma suave ternura. Os gestos e as palavras dele, a comicidade desamparada de um e o intelectualismo pedante de outro: tudo a comovia. Ela se recordava também, amiúde, do respeito que ele merecia. Mas não conseguia passar disso.

A fim de reparar o fracasso de seus sentimentos, ela concentrava de quando em vez toda a sua capacidade intelectual no grego. Unrat se ruborizava, enchendo-se de manchas e, extasiado, saía correndo atrás das partículas. Quando abriu o Homero e a mandou ler pela primeira vez um μέν... δέ νῦν — quando estes sons amados saíram dos lábios graciosamente pintados no rosto maquiado da artista Fröhlich, seu coração passou a palpitar. Ele precisou afastar o livro e recompor o fôlego. Sua respiração ainda estava bem transtornada; apanhou sobre a mesa a mãozinha macia e sempre um pouco engordurada da artista Fröhlich e disse que não estava disposto a se separar dela sequer por uma hora no que lhe restava de vida. Queria casar com ela.

A princípio, ela torceu a boca como se fosse chorar. Em seguida sorriu pronunciadamente, apoiou a sua face sobre o ombro dele e assim deixou-se embalar. O balanço transformou-se em tremor; seu júbilo explodiu, ela puxou Unrat da cadeira e girou ao redor dele.

— Então serei a senhora Unrat! Vou morrer de rir! Senhora professor Unrat — não, não, Raat, por favor, meus senhores.

E ela imediatamente se sentou na poltrona representando uma dama respeitável. Por um momento ela falou com sensatez: não queria mais seu apartamento novo; a maioria das coisas de qualquer forma já estava vendida. Agora ela queria ir com Unrat para o casarão defronte à porta da cidade, e redecorá-lo por inteiro! Depois teve novo acesso. Por fim, acalmou-se, ficou pensativa e disse apenas:

— O que a vida não faz das pessoas!

Quando ele perguntou se estava contente, e disse que as coisas estavam tomando rumo, ela apenas sorriu distraída.

Nos dias seguintes, ela nunca lhe pareceu tão dispersa. Às vezes aparentava estar preocupada, mas negava-o com firmeza. Saía com freqüência e ficava impaciente quando ele queria ir junto. Ele estava desconcertado e intuía vagamente algum desagradável enigma. Um dia, ele vinha caminhando quando a viu sair de uma hospedaria vulgar. Depois de alguns instantes caminhando calados um ao lado do outro, ela disse cheia de mistério:

— Nem tudo é sempre do jeito que a gente pensa que é.

Isso o deixou completamente intranqüilo, mas ela não quis se explicar.

Um outro dia finalmente, quando Unrat caminhava sozinho e abatido pela rua Siebenberg, deserta ao meio-dia, uma criança vestida de branco aproximou-se dele aos tropeços e disse, com uma vozinha simplória e estridente:

— Venha pra casa, papai.

Unrat parou espantado e viu a mãozinha com luva branca que a criança lhe estendia.

— Venha pra casa, papai — repetiu ela.

— Mas o que significa isso? — perguntou Unrat. — Onde você mora?

— Lá. — E apontou para trás de si.

Unrat ergueu a vista e enxergou, na esquina mais próxima, a artista Fröhlich com a cabecinha graciosamente inclinada, fazendo meio gesto com a mão, a qual, tímida, se afastava, um pouquinho da cintura como se pedisse desculpas, e como se pedisse algo.

Unrat rangeu os maxilares desnorteado. De repente compreendeu; e simplesmente pegou na mãozinha vestida de branco que continuava oferecendo-se a ele.

XIII

A família foi visitar o balneário localizado nas proximidades. Hospedou-se no hotel das termas e ocupou na praia um dos chalés de madeira. A artista Fröhlich usava sapatos brancos e boás de plumas brancas com roupas de linho branco. Parecia descansada e volátil com os esvoaçantes véus brancos no chapéu de *crêpelisse*, levando pela mão sua criança branca. Unrat também vestia um terno branco de praia. No passeio de tábuas, ao longo das compridas dunas, eles eram acompanhados pelos binóculos de todas as barracas de madeira; e alguém da cidade contava a estranhos a história deles.

Quando a filha da artista Fröhlich brincava de fazer comida com areia úmida, tinha de segurar bem firme as formas de bolo, pois mal surgia o menor perigo de uma delas se perder na areia ou na água, um elegante cavalheiro já se precipitava até lá e a trazia — não à criança, mas à artista Fröhlich. Depois, declinava o seu nome fazendo uma reverência diante de Unrat. Em conseqüência disso, a família acabou sentando-se, para o café em sua barraca de praia, com dois comerciantes de Hamburgo, um jovem brasileiro e um industrial saxônio.

O grupo formado ao acaso fazia passeios de veleiro nos quais todos os cavalheiros passavam mal, menos Unrat. Ele e a artista Fröhlich riam um para o outro. A criança recebia diariamente quilos de bombons de chocolate, além de naviozinhos equipados, pazinhas de madeira e bonecas de praia. Estavam sempre bem-humorados. Cavalgavam em burros — Unrat passou a galope pela banda de música, perdendo os estribos e se agarrando à crina justamente durante o concerto. A artista Fröhlich berrava, a criança soltava gritos de alegria e nas mesas faziam-se observações mordazes.

Quando se juntaram a eles um banqueiro berlinense em companhia de uma dançarina húngara, o "Bando de Unrat" preencheu todos os espaços, fazendo barulho na *table d'hôte*, exigindo do maestro que tocassem as peças musicais relacionadas com a carreira da artista Fröhlich; mandava queimar fogos de artifício por iniciativa própria, punha tudo de pernas para o ar causando divertimento e indignação.

Unrat era um enigma para aqueles que conviviam com ele por causa de sua mulher. Ele chamava atenção ao consumir pratos exóticos, fazia-se notar numa reunião, usava seus ternos ingleses como se fossem fantasias e, se considerado assim, parecia não representar qualquer obstáculo sério nem produzir outra coisa a não ser um efeito engraçado de tão lastimável. Passava uma imagem natural de perdedor. Apesar disso, porém, enquanto flertava-se à vontade com sua mulher, captava-se de súbito um olhar secamente sarcástico que ele lhes dirigia pelas costas. Quando ele admirava a pulseira dada de presente a sua mulher, tinha de repente a sensação de ter sido enganado. E mesmo depois de se obter vantagens quase decisivas — como num passeio à tarde em direção ao mar, sozinho com a mulher enquanto o marido ficava bebendo ponche com os outros —, com seu aperto de mão de boa noite tinha-se a impressão de estar sendo ridicularizado e duvidava-se categoricamente quanto às chances de se chegar ao objetivo.

E nunca se chegava, pois Unrat sabia muito bem repelir e menosprezar alguém diante da artista Fröhlich. Mal ficava sozinho com ela, ele escarnecia das expressões idiomáticas inglesas dos dois hamburgueses, dava de ombros para o brasileiro que, em vez de jogar os seixos lisos para fazerem-nos saltar sobre a água escorregadia, usava a esse efeito moedas de um marco e imitava os movimentos de mão e de cabeça do homem de Leipzig, ao acender um cigarro e ao abrir uma garrafa. Nesses momentos a artista Fröhlich ria. Ela ria sem que os motivos de Unrat para desdenhar tudo e todos a tivessem de fato convencido. Na realidade, ele também não alegava nada, a não ser que os gregos não teriam feito tal coisa de tal forma. Mas ela era sempre grata a quem a fazia dar uma gargalhada. E além disso estava ela assoberbada pela teimosa — e quase majestosa em sua intocabilidade — convicção de Unrat, de que não haveria lugar entre eles para qualquer ser humano que fosse. Fascinada por alguém tão sólido, ela também adquiria autoconfiança e compostura. Para o brasileiro que num recife isolado se ajoelhou na areia diante dela e segurou-lhe a mão, ela disse, como se finalmente estivesse abrindo os olhos, num tom de espontânea contemplação:

— O senhor é *mesmo* um palerma!

Simultaneamente, ela se sentiu lisonjeada por esse jovem, hospedado por uma família da cidade, deixar de lado todos os seus conhecidos para perambular com ela e gastar seu dinheiro. Mas ele era um palerma em virtude da determinação de Unrat.

Ele nunca a interrogava acerca de tais ausências. Nem se mostrava intranqüilo quando ela se vestia de maneira exuberante, quando seus vestidos de verão de renda e linho leve deixavam com toda esperteza os pretendentes estupefatos. Ao contrário, enquanto os cavalheiros esperavam lá fora, Unrat ajudava a artista Fröhlich a se embelezar, maquiando-a como antigamente no camarim. Ele comentava com seu sorriso venenoso:

— O povo está ficando impaciente. Deviam mandar alguém tocar piano para que possam pacientar.

Ou:

— Se você agora enfiasse a cabeça porta afora, meio maquiada e pegando-os de surpresa, ah, aí sim eles sem dúvida iriam fazer de novo ôôôôôô.

A partida do balneário não decorreu sem um animado incidente. Na estação ferroviária estava presente todo o "Bando de Unrat", e mal o brasileiro conseguira trocar reservadamente algumas palavras com a artista Fröhlich, quando um velho senhor manco se aproximou ofegante — era o corretor Vermöhlen — a cuja família o jovem estrangeiro pertencia, e tentou colocar a mão sobre o estojo nas mãos da artista Fröhlich.

Ela acabara de ter sido formalmente presenteada com a caixa pelo brasileiro. Unrat teve de acorrer às pressas e defender os direitos de sua mulher. Enquanto o rapaz, cheio de vergonha, negava qualquer parentesco, o velho Vermöhlen repreendia com grande irritação o casal Unrat por seu sobrinho ter esbanjado muito além das possibilidades seus recursos em companhia deles. Ele não teria podido comprar um broche daqueles; infelizmente, sua fraca tia tinha lhe dado o dinheiro necessário, mas era dinheiro dos Vermöhlens e por isso o negócio não valia.

Unrat, por sua vez, com uma tranqüilidade repreensiva, retrucou que o dinheiro do senhor e da senhora Vermöhlen era com toda certeza um só e o mesmo; que ele não estava disposto a levar em consideração assuntos internos da família Vermöhlen; e que, aliás, a sineta já tocara pela terceira vez. E com seus dedos acinzentados firmes em volta do estojo, empurrou a artista Fröhlich para dentro do vagão. Todos acenaram com os chapéus, excetuando Vermöhlen, que o ameaçava com a bengala.

Primeiramente, a artista Fröhlich fez um comentário desanimado sobre a situação constrangedora e sobre as possíveis conseqüências. Unrat esclareceu-lhe que seus temores eram infundados. Acrescentou que o corretor Vermöhlen tinha filhos que eram ex-alunos seus, e Unrat nunca conseguira "apanhá-los". E os Vermöhlens tinham parentesco com muitas famílias na cidade.

A artista Fröhlich tinha se acalmado. Ela mostrou os pequenos brilhantes a sua filha, riu com ela e prometeu:

— Olha, esses velhos pingentes e prendedores são todos pra Mimi, quando a Mimi algum dia precisar de um dote.

Unrat exultou porque os alunos Vermöhlen agora haviam sido "apanhados". Aos poucos ele foi ficando pensativo, pois ali estavam sendo prejudicados alunos com extensas ramificações familiares, e isto agora não advinha do trancafiamento no cubículo nem da expulsão da escola. Prejuízos e — creia-me deveras — a mais extrema perdição podiam ser causados de outra maneira que não a expulsão da escola. De uma maneira nova, inédita...

Na cidade e no casarão, a vida voltou ao que sempre foi. Faltava convívio. Até à noite, quando sempre se devia ir ao teatro e ao restaurante, a artista Fröhlich ficava esparramada pelos móveis com seu roupão. Unrat sugeriu distraí-la um pouco com aulas de grego. Ela recusou, indisposta. Uma noite, assistindo a uma comédia, ela descobriu na pessoa da cozinheira que entrou em cena uma velha conhecida.

— Meu Deus, aquela é a Hedwig Pielemann, como é que a contrataram aqui, ela nunca foi capaz de nada.

Logo em seguida ela arrolou uma série de insinuações sobre a vida de sua ex-colega. E por fim:

— Puxa, ela tem de nos visitar.

A Pielemann veio, e a fim de deslumbrá-la a artista Fröhlich servia-lhe pequenas e finas ceias e cafés-da-manhã. A partir de então duas damas, em vez de uma, esparramavam-se pelos móveis, fumavam e rememoravam repetidas vezes episódios antigos. Unrat observava com a consciência pesada como elas se entediavam. Sentiu-se na obrigação de intervir, mas estava desnorteado, aflito por causa de preocupações secretas. Sempre que tocavam a campainha, pulava da cadeira e precipitava-se furtivo até o vestíbulo. Chamou a atenção das damas ele nunca permitir que a empregada abrisse a porta.

— Ou está querendo me surpreender — disse a artista Fröhlich — ou está me enganando. Meu velho Unrat é mesmo muito esperto.

Um dia chegou uma carta de Hamburgo dos dois bons amigos. Eles queriam fazer no outono uma viagem de navio pelo litoral espanhol e até a Tunísia. Queriam que Unrat e a mulher fossem juntos.

— Vejam só! — retrucou a artista Fröhlich. — Finalmente acontece algo de bom! Vamos visitar os selvagens. Você tem de vir junto, Pielemann, arranje umas férias. Vamos todos nos pintar de marrom, nos enrolar em lençóis e vou colocar o diadema de quando eu era artista.

A artista Pielemann logo se convenceu. Não perguntaram nada a Unrat. Só era de se admirar que ele demonstrasse tão pouco entusiasmo. Ele ficou se segurando até Pielemann ir embora; então finalmente vieram as confissões libertadoras. Não havia mais dinheiro.

— Mas não é possível! Um professor tem de ter dinheiro! — exclamou ela.

Unrat sorriu embaraçado. De fato, ele havia poupado trinta mil marcos. Tinham acabado: mobília, toalete, diversão. As despesas correntes não acompanhavam a aposentadoria de Unrat; elas a ultrapassavam de longe. Unrat desenterrou cartas de intimação que ele havia interceptado na porta, de toda espécie de fornecedores, restaurantes, costureiras. Humilhado e cheio de ódio, ele lhe narrou as artimanhas que precisou aprender para adiar a vinda do oficial de justiça: mas agora o tempo se esgotara.

A artista Fröhlich mostrou estar assustada e sentiu-se arrependida. Com toda certeza não tinha imaginado uma coisa dessas. Mas agora tinha entendido, e os dois almofadinhas que fossem sozinhos visitar os selvagens. Hoje no almoço haveria apenas carne ensopada, embora um ganso já estivesse no fogo;

e no jantar, salsichão, e agora ela queria aprender grego de novo, pois ainda era o mais barato. Unrat comoveu-se, e assegurou que tinha plena consciência — sem a sombra de uma dúvida — de seu dever de proporcionar à artista Fröhlich tudo que ela necessitasse.

— Ah, sim — disse ela —, o escaravelho de ouro por sessenta marcos.

Imediatamente, ela comunicou a Pielemann por escrito: "Não temos dinheiro." De qualquer modo, essa circunstância trouxe movimento à sua existência.

Pielemann decidiu que Unrat deveria dar aula.

— Se meu marido não fosse tão terrivelmente malquisto aqui... — disse a artista Fröhlich.

Pielemann, orgulhosa por poder tornar-se útil:

— Vou mandar meu namorado procurá-lo. Por mim, ele pode esfolá-lo, vou fechar o olho.

— Lorenzen, o comerciante de vinhos? Deixa pra lá, é um antigo aluno de Unrat, ele já mexeu comigo também. Você ele aceita, disse ele, mas seu namorado não entra nessa casa... E mesmo que o convença, Lorenzen vai querer evitar as garras dele.

— Você me conhece mal — replicou Pielemann. — Proponho um voto de confiança: ou vai ou racha.

Comunicaram a Unrat que Lorenzen, o comerciante de vinhos, precisava aprender grego porque vendia vinhos gregos e Unrat deveria lhe dar aulas. A princípio, Unrat caiu numa inquietação fugaz, mas não manifestou qualquer recusa. Exaltado e com um sorriso pérfido, narrou os inúmeros delitos e tentativas de insubordinação do aluno Lorenzen, as ocasiões em que Lorenzen tinha-lhe chamado pelo apelido sem que Unrat jamais pudesse "apanhá-lo".

— Ora, ora — observou ele nesse ínterim —, por enquanto nada está perdido. — E em seguida: — Você ainda deve se lembrar, minha querida, da bagunça que fizeram em nosso casamento, da multidão que acompanhou o nosso carro...

— Sim, sim, deixa pra lá — fez a artista Fröhlich, porque a menção desses fatos na presença de Pielemann a envergonhava.

Unrat, sem se deixar perturbar:

— ... do bando, que na frente do cartório — como sempre outra vez — berrava e exercia atividades paralelas, e sobretudo do cascalho que sujou o seu vestido de cetim branco ao entrarmos no carro. Pois bem! Tem-se a firme certeza de que, misturado entre os jovens subversivos e esbravejando meu apelido, o aluno Lorenzen também se cobriu de ultraje naquela ocasião!

— Vou fazê-lo lembrar disso! — declarou a Pielemann.

— Infelizmente não pude apanhá-lo — continuou Unrat. — Não logrei provar nada contra ele. Mas agora ele quer aprender grego. Muitos deles, de fato, ainda não pude apanhar. Que eles todos então aprendam grego!

Em seguida, Lorenzen apareceu e foi tratado com indulgência. Por qualquer caderno ou lápis que faltasse, Unrat chamava a artista Fröhlich e punha-se a conversar com ela. Primeiro, ela tinha de mostrar ao aluno Lorenzen seus conhecimentos de grego, depois a conversa resvalava para coisas modernas. O aluno Lorenzen apareceu pretendendo ostentar uma ironia superior. Abandonou muito cedo essa idéia, ao ver a artista Fröhlich mover-se com uma graciosidade tão livre e comedida entre seus móveis de estilo burguês; ao achá-la mais bem vestida que sua própria esposa, que no teatro sempre se indignara com a artista Fröhlich; ao perceber que uma maquiagem leve, vestígios de gíria de puta e várias pitadas de deboche temperavam de modo singular a mediocridade familiar. Que sujeito espertinho, esse Unrat! Dessa maneira não era necessário mesmo ir ao clube ou aonde quer que fosse. E em vez de sua altivez inicial, Lorenzen foi tratado pelo casal Unrat de modo algo pegajoso e suplicante.

Obteve a permissão de trazer um pouco de seu vinho da próxima vez. Além disso trouxe um empadão, e um pequeno lanche substituiu a aula de grego. Quando era preciso buscar algo fora, era sempre Unrat quem ia. Ele foi buscar primeiro um saca-rolha e mais tarde, depois de terem bebido e o aluno Lorenzen ter ficado um tanto alegre, ele foi atrás de muitas outras coisas.

Como esses encontros se repetiam, a artista Fröhlich manifestou a opinião de que seriam bem mais simpáticos com várias pessoas. O aluno Lorenzen preferia algo mais íntimo; mas Unrat deu razão à esposa. Lorenzen teve então de convidar amigos. Pielemann trouxe uma colega. Era coisa dos cavalheiros providenciar bolos, frios e frutas. Em troca, a dona da casa oferecia o chá. Sentiam regularmente vontade de beber champanhe, e regularmente Unrat, com seu sorriso pérfido, comentava:

— Minhas senhoras e meus senhores, todos estão cientes de que fui desligado do corpo docente do ginásio local — e será sempre uma questão em aberto se foi algo merecido ou imerecido.

Deixavam-no todas as vezes falar até o fim e se alegravam. Depois, os cavalheiros se juntavam e mandavam buscar champanhe. Às vezes, o próprio Unrat ia e fazia o pedido. Viam-no voltando rua acima, atrás do carregador, inteiramente empenhado em proteger o transporte da bebida, tal como havia feito em outros tempos no Anjo Azul.

Quando os humores estavam suficientemente alterados, a artista Fröhlich atendia aos pedidos e apresentava suas queridas canções: certa vez, por ter sido imprudente na bebida, cantou também a da lua cheia. Imediatamente, Unrat a interrompeu e mandou que todos fossem para casa. Eles ficaram pasmos, protestaram, disseram desaforos. Mas quando viram Unrat pestiferando e constataram que realmente não iria tolerar aquilo, bateram em retirada. A artista Fröhlich pediu modestamente perdão ao seu marido. Disse que não sabia o que havia dado nela.

Todos eram jovens e a maioria havia feito parte do público cativo no Anjo Azul. Enquanto eram poucos, comportavam-se de modo ao mesmo tempo acanhado e atrevido, incapazes de estabelecerem com Unrat uma relação puramente humana; caçoavam dele pelas costas e, no momento de assumirem suas piadas, retraíam-se numa humildade toda escolar. Depois se multiplicaram, e cada um deles acabou se tornando um espectador sem qualquer responsabilidade. Nenhum sentimento de familiaridade poderia falsificar mais ainda os ânimos. Era como se Unrat simplesmente tivesse se mudado com sua turma para um pequeno bar onde era possível relacionar-se com as damas de maneira mais aconchegante. Para isso, fechavam tarde e apenas após o último a sair. Certa vez, quando já eram poucos os presentes ali, Lorenzen convidou-as para jogarem bacará. Unrat mostrou-se curioso, pediu que lhe explicassem o jogo e, depois de entendê-lo, assumiu a banca. Ganhou a partida. Logo que terminou, ele entregou a banca. Por ter sugerido a partida, Lorenzen sentiu-se impelido a abrir os bolsos. Rapidamente, tirou de sua carteira uma série de notas de cem marcos. Muitos enrubesceram e lamentaram sobretudo não terem trazido mais dinheiro consigo. O banqueiro estava novamente com sorte. A artista Fröhlich deslizou por trás de seu marido e sussurrou:

— Está vendo só? Por que você não ficou com a banca, seu velho trouxa!

Unrat replicou:

— Aquele chapéu de oitenta marcos é seu, minha querida. Por enquanto, também estou em condições de calar a boca do Zebellin, o dono do restaurante. Por enquanto será o suficiente.

Ele observou com desprendimento as notas de Lorenzen, que ele próprio não chegara a embolsar. O importante mesmo foi que o aluno Lorenzen as perdera; e Unrat, com a respiração acelerada, sentiu-se a caminho do triunfo, levemente abalado por um tremor subterrâneo. Quando Lorenzen, finalmente sóbrio e com um ar perplexo, arregalou os olhos para sua carteira vazia, Unrat aproximou-se dele e afirmou:

— Está bem por hoje, Lorenzen, vamos ficar por aqui com nossa aula de grego.

Logo propagou-se pela cidade a notícia de que se celebravam orgias na casa dos Unrats. Os cavalheiros na bolsa de valores e no clube, nas mesas dos bares e nos escritórios, recebiam de algumas pessoas solteiras descrições caudalosamente exageradas. Levavam a suas famílias alguns ecos distantes, e as esposas cochichavam e queriam saber mais. E o que seria esse cancã, diziam, que Unrat tinha dançado. O esposo não conseguia explicar a contento; e desse modo imaginavam por detrás disso libertinagens que ultrapassavam qualquer força humana. E depois, o jogo que se dizia ser corriqueiro na casa de Unrat: o jogo das prendas. Vários casais tinham de se deitar no chão debaixo de um grande cobertor, todos em fila, e sempre um cavalheiro ao lado de uma dama. Ficavam deitados cobertos até o pescoço e enquanto o cobertor não se mexesse, não era da conta de ninguém o que acontecia embaixo dele. Mas se ele se movesse, o homem ou a mulher devia pagar uma prenda. Esse jogo exercia na cidade um fascínio fantástico. Relatos obscuros a esse respeito infiltraram-se no círculo das moças e durante horas elas ficavam conversando sobre isso, os olhos traindo uma assustada curiosidade. Além disso, elas afirmavam saber que na casa de Unrat as damas apareciam às vezes totalmente nuas da cintura para cima.

— Que coisa incrivelmente imprópria! — Mas que devia ser engraçado, isso devia.

Lorenzen trouxe também alguns oficiais que compravam dele o vinho para suas reuniões; entre eles o tenente von Gierschke. O assessor Knust foi um dos primeiros da fina sociedade burguesa a aparecer. Entrou em concorrência ostensiva com o jovem professor Richter pela artista Fröhlich. Richter afinal era noivo de uma moça de família rica, geralmente inacessível a professores; e a condição de noivo não lhe ia bem. Ficou suscetível, lascivo, perdia facilmente sua índole de funcionário público, quase sempre tão serena. Arrebatado pelo exemplo de Lorenzen, esbanjava no jogo vários meses de salário numa só noite na casa de Unrat, deixava-se levar a apostas estúpidas, esquecia toda e qualquer discrição em seu afã de conquistar a dona da casa. Na sala dos professores faziam-se insinuações maldosas sobre suas relações na casa daquela desonra para a profissão que Unrat personificava.

Unrat tinha altos e baixos que iam de par com sua sorte no jogo. Certa vez, a artista Fröhlich ganhou uma estola de chinchila de mil marcos e seu rosto maquiado destacou-se ardente em meio àqueles longos pêlos acinzentados. Unrat, então, teve outra vez de se enfiar na cama quando chegaram os convidados e mandar dizer que estava doente, pois nenhum dono de restaurante queria enviar mais nada para comerem. No dia seguinte, ele os procurou e os repreendeu dizendo que não havia razão para esperarem uma catástrofe. Do que eles não tinham motivos para discordar, e prorrogaram o crédito até que Unrat ganhasse outra vez.

Só muito raramente a artista Fröhlich jogava, mas nesses casos ela não parava antes de pôr tudo a perder. Noite dessas, porém, uma sorte tão desanuviada abateu-se sobre ela que seu adversário, Lorenzen, teve de se retirar... Ele ficou muito pálido e desapareceu, proferindo ameaças. A artista Fröhlich permaneceu sentada, extasiada como uma criança depois de receber seu presente, segurando nas mãos cansadas notas e ouro. As pessoas se ofereceram, agora muito prestativas, para fazerem as contas para ela; eram mais de doze mil marcos. Ela disse apenas que queria ir dormir. E sozinha com Unrat, os olhos bastante febris e com uma vozinha doce, quase inaudível:

— Agora a Mimi tem um dote de novo. Os pingentes e os prendedores tivemos de sacrificar todos, mas agora ela tem um dote de novo e não precisa fazer como eu.

Mas já de manhã cedo a casa foi invadida por credores que farejaram dinheiro; e mesmo a artista Fröhlich protegendo o dote de sua filha com o próprio corpo, eles o arrancaram dela.

Por outro lado, espalhou-se o boato de que o comerciante de vinhos Lorenzen suspendera seus pagamentos. Imediatamente Unrat foi atrás de informações e, ao retornar, estava pálido, suado e não conseguia proferir qualquer palavra. Por fim, ofegante, com os maxilares trêmulos:

— Ele foi à falência. O aluno Lorenzen foi à falência!

— E o que eu tenho a ver com isso? — replicou a artista Fröhlich, afundada no divã estilo otomano e balançando as mãos entre os joelhos.

— O aluno Lorenzen foi à falência — repetiu Unrat. — O aluno Lorenzen está esmagado no chão e não vai mais se reerguer. Sua carreira — creia-me deveras — terminou de vez.

Ele falava bem baixinho como se temesse estourar de tanto júbilo.

— O que você ganha com isso? Perdemos o dote da Mimi.

— O aluno Lorenzen foi enfim apanhado. Dessa vez consegui apanhá-lo e entregá-lo a seu destino mais que merecido.

Ela o observou andando de um lado para o outro como se estivesse perturbado. As mãos dele tremiam junto aos objetos que ele não tinha consciência de estar tocando. Ela ainda disse várias coisas e ouviu-o murmurando trêmulo:

— O aluno Lorenzen jaz esmagado no chão.

Aos poucos, o comportamento dele a atraiu. Seu estado de espírito bem mais forte avançou sobre o dela e o apagou. As preocupações sumiram de sua cabeça e ela fitou seu marido incompreensivelmente assustada com esse atiramento, como se ela mesma fosse um delírio sempre a tudo disposto por causa de Unrat; e ao mesmo tempo dominada e ligada com maior firmeza e um doce calafrio ao seu velho Unrat, justamente por causa dela, desse atiramento, dessa coisa violenta e perigosa.

XIV

Até mesmo alguns alunos vivendo ainda sob o jugo escolar misturavam-se entre os convidados de Unrat. Um deles, alto e louro-claro, perdia somas vultosas. No final da estação, já na primavera, num sábado, Unrat viu parado no umbral da porta o professor Hübbenett, seu inimigo, que havia manifestado ódio pelo seu filho e falado diante da própria classe sobre o "Un..., ou melhor, a bosta moral". Agora ele estava ali, virilmente esticado, e Unrat sorriu-lhe venenoso. Ele estava aguardando o colega, pois o aluno Hübbenett jogava quantias demasiado altas; algo não estava funcionando como devia na casa desse professor.

Vermelho como um caranguejo, Hübbenett caminhou até seu filho exigindo que aquele indivíduo completamente arrasado o seguisse. Acrescentou, em voz alta e sem se dirigir a ninguém em particular, que tomaria providências para acabar com uma determinada situação criada ali por aventureiros inescrupulosos; situação direcionada à tentação e à sedução de jovens fracos; situação que se mantinha mediante o roubo de economias paternas bem como por outros meios, provenientes da fusão de sangue e bosta.

Um oficial escapuliu dali apressado. Um participante assíduo muito intranqüilo aproximou-se do exasperado professor e demonstrou-lhe insistentemente como seria pouco inteligente fazer barulho em torno do assunto. Será que ele achava a reunião ali ilícita? Ele devia então considerar primeiro seus integrantes. Sem dúvida, ele não devia saber quem era o cavalheiro grisalho sentado à mesa de jogo, bem junto à janela. Ora, era o cônsul Breetpoot. E aquele ali franzindo a testa, que acabava de se dirigir a Hübbenett? Ninguém menos que o comissário de polícia Flad. E será que Hübbenett realmente esperava se sair bem ao investir contra coisas estabelecidas nas quais esses cavalheiros estavam tão interessados?

Hübbenett não tinha tal esperança: via-se isso em seu rosto. Na verdade, ele ainda disse algo à maneira severa de Catão, mas baixando a voz cada vez mais; e depois bateu em retirada. Já ninguém mais prestava atenção a ele. Apenas Unrat, radiante de triunfo, seguiu o colega furtivo e ligeiro, e lhe ofereceu um refresco, depois que o outro manteve a distância moral graças a uma sacudida dos ombros, e gritou-lhe cordialmente que a casa continuaria sempre aberta ao pai e ao filho Hübbenett.

Chegara então novamente a temporada de praia. Dessa vez todo um turbilhão de vida mundana deslocou-se na esteira de Unrat até o pequeno balneário. Os Unrats alugaram uma mansão mobiliada. Sobre sofás humildemente simples, colocaram cobertas japonesas de seda bordada; na mesa defronte mandaram pôr uma roleta e enchiam de champanhe taças inscritas com "Saudações do Litoral". Depois de passar a noite jogando e se entregar a todas as travessuras, o novo "Bando de Unrat" dirigia-se à praia para ver o sol nascer; ou, se era domingo, tomavam o café-da-manhã junto ao coral matutino da banda de música local. Outras noites, passavam fora de casa. Graças ao prestígio de seus acompanhantes endinheirados, a artista Fröhlich exigia que os restaurantes da praia e o café, fechados havia muito, reabrissem na hora em que ela bem entendesse.

Ela era incansável. Conduzia dia e noite em todas as direções a matilha de admiradores, a um jogava um bastão para que buscasse, a outro atirava na direção contrária um osso prometedor: tudo dando uma piscada astuta para Unrat, que esfregava as mãos. Ela pretendia colocar todos à prova. A um deles — um homem rosado e gordo — impôs que nadasse até o banco de areia logo depois do jantar composto de seis pratos.

— Homem de Deus, o senhor vai ter um derrame — disse um outro relativamente sóbrio. E a artista Fröhlich:

— Aquele que quiser ter um derrame, pode sair de fininho, desse realmente não preciso por aqui. O que você acha, pequeno Unrat?

— Ah, com certeza — disse Unrat —, ele deve sair de fininho. — E acrescentou: — O aluno Jakobi sempre foi bem ágil nos exercícios físicos. Certa vez, mesmo depois de ter saído da escola, ele subiu no muro do pátio para jogar com uma mangueira leite de ovelha azedo pela janela de uma sala de aula no andar de baixo, onde eu estava dando aula. Durante vários dias foi impossível desinfetar o ar do local. Realmente, é de se esperar que um indivíduo desses seja também um ótimo nadador.

Essa fala recebeu muitos aplausos, e o jovem se decidiu então, em meio às gargalhadas.

Quando ele saiu de sua cabine, todos estavam na praia apostando nele. Como era rosado e gordo! Na metade do caminho, ele teve de ser pescado para o barco que o acompanhava, e já em terra ficou esparramado ainda inconsciente pelo chão.

As tentativas para reanimá-lo despertaram o interesse geral. Alguns, que tinham perdido sua primeira aposta, queriam recuperar a perda apostando pela segunda vez na ressurreição ou na morte de Jakobi. As damas se sentiram terrivelmente abaladas pela tensão; seguiu-se um ataque histérico. Depois de quinze minutos, mesmo com a vítima continuando sem se mexer, muitos se acalmaram e se afastaram. Unrat ficou.

Ele olhou para o rosto flácido, exangue, do aluno Jakobi, e veio-lhe à memória como ele havia sido sarcástico e rebelde. É o que eles eram. Ali estavam eles e foram vencidos: radicalmente vencidos. Fora isso, não havia mais qualquer vitória, nem qualquer castigo. Ao mesmo tempo, ele sentiu um leve aperto na barriga. O caminho do triunfo oscilava novamente sob seus pés. Em seu desvairado cume, o tirano sentiu vertigens...

Mas Jakobi abriu os olhos.

Os dois cavalheiros de Hamburgo, o brasileiro e o de Leipzig, mostraram-se muito irritados com o fato. Na verdade, sentiram isso como uma ofensa pessoal, pois não significavam mais nada. Não compreenderam o que tinha acontecido. Em vez da moça bondosa do ano anterior, encontraram uma artista Fröhlich que havia assumido o despotismo atrevido de uma beleza verdadeira, e à qual todos eram obrigados a servir, como se isso fosse de fato verdade: os amigos do verão passado acharam o embuste ridículo. Mas a cada dia que passava sucumbiam a ele um pouco mais. No início, o brasileiro ainda tentou reatar a intimidade de outrora; depois, desanimado, aprendeu a desejar de longe.

Os mais próximos do objetivo eram o assessor Knust e o professor Richter; pois tinham mais a oferecer. Um era o solteiro mais assediado da cidade; o outro era noivo. A artista Fröhlich hesitou por muito tempo. Knust era o mais conceituado, mas com Richter as conseqüências do acontecimento seriam mais significativas. Sua noiva a provocava, tanto assim que fora a única ali no balneário atrevendo-se a fazer sombra ao vestuário da grande artista Fröhlich.

Ela exigiu de Knust que se dirigisse ao primeiro cavalheiro cujo nome ela pronunciasse casualmente, na quarta-feira seguinte, e lhe desse uma bofetada. A pachorrenta cara de vinho de Knust sorriu de leve e ele disse que não era louco. De imediato ela disse que o assunto com ele estava encerrado; alguém que tivesse certas pretensões em relação a ela deveria estar disposto a tudo, isto é, a tudo mesmo.

Então era Richter: a esse ponto já o tinha levado sua condição de noivo. Uma tarde, durante o concerto local, assistiu-se, em meio a uma barulhenta cavalgada, ele passar a galope num burro em companhia da artista Fröhlich, montado atrás dela na sela, agarrando-se a ela em estado de embriaguez e margeando as fileiras de pessoas tomando café, entre as quais, numa das primeiras, estava sua noiva.

Logo depois do jantar, a artista Fröhlich levantou-se, colocou-se entre Unrat e Richter e anunciou com uma vozinha fina e aveludada que naquele dia iria dormir mais cedo. Acompanharam-na até sua casa em procissão, com lanternas de papel colorido; e sob a sacada alguns cavalheiros entoaram uma serenata. Quando voltou o silêncio, Unrat chamou por sua mulher, já seminu. Ele achou que ela estivesse na sacada. Não. Ele procurava e chamava; queria se regozijar com ela, porque agora o destino de seu colega Richter também havia-se cumprido, ameaçando da maneira mais deliciosa sua futura carreira. Mas seu júbilo se dissipou nos quartos vazios. Ele ficou aflito.

Conhecia os caprichos dela e naturalmente ela havia ido até o mar. Unrat sentou-se junto à caminha gradeada da criança e espantou os mosquitos.

Era mais uma pessoa ingênua que a essa hora se deixava fazer de bobo pela artista Fröhlich; que por sua vez trocava um pouco de luar por pulseiras e estojos de prata. Enquanto isso, Unrat ia para a cama... Mas nas profundezas de seus pensamentos, que ele preferia deixar insondáveis, já se sabia que o acompanhante da artista Fröhlich era Richter; e nessa hora Richter não era nenhum bobo.

Unrat ficou revirando-se até dar meia-noite. Depois levantou-se, saindo dos lençóis e enfiando-se nas roupas; disse em voz alta para si mesmo que era preciso acordar a empregada e mandá-la procurar gente com lanternas; podia ter acontecido algo com a artista Fröhlich. Chegou a pegar uma vela e dirigir-se ao quarto da moça. Somente lá em cima, na escada para o sótão, livrou-se de seu auto-engano, apagou a vela amedrontado de modo que não revelasse nada e voltou tateando para seu quarto.

A lua mostrou-lhe a pálida cama vazia da artista Fröhlich. Unrat precisou olhá-la por um longo tempo. Sua respiração ficou cada vez mais acelerada. Por fim se contorceu e começou a gemer. Assustou-se com sua própria voz e deslizou para debaixo do cobertor. Após alguns instantes resolveu ser homem; vestiu-se de novo precipitadamente e refletiu em como iria receber a artista Fröhlich. Ele iria dizer: "Então? Um pequeno passeio — como sempre outra vez? Está bem. Ocorre que eu também não estava cansado e acabei de chegar em casa." Por uma hora, sem cessar, treinou essa tirada, caminhando sorrateiro pelo quarto. Então ouviu-se um leve ruído na porta de entrada e, num movimento brusco, ele arrancou a roupa e pulou para a cama. Fechou as pálpebras com força, atento à aproximação surda da artista Fröhlich, ao rumor furtivo de sua saia sendo tirada, ao barulho cuidadoso ao se esticar; depois, a um fraco suspiro, e finalmente ao ronco querido e familiar.

Pela manhã, ambos fingiram estar dormindo. A artista Fröhlich resolveu bocejar primeiro. Quando Unrat virou-se para ela, encontrou um rosto sofrido contorcendo-se prestes a chorar. Ela encostou-se no ombro dele e soluçou:

— Ah, se meu pequeno Unrat soubesse... Nem tudo acontece como a gente quer, e em geral não se pode fazer nada.

— Então que seja — disse Unrat, consolando-a; e ela chorou com maior intensidade ainda porque ele estava tão incrivelmente indulgente e engolia suas desculpas esfarrapadas.

Ficaram trancados o dia inteiro; e a artista Fröhlich, indolente e desajeitada em relação a tudo que tocava, tinha seus grandes olhos repletos de suaves e doces recordações, que se estendiam no tempo, e dos quais Unrat desviava os seus, envergonhado. À noitinha, alguns amigos deles vieram e perguntaram se eles já sabiam da novidade. Mas como, se eles não haviam saído?

— O noivado de Richter terminou.

A artista Fröhlich deu um salto repentino, olhando para Unrat.

— O homem já era — disseram ainda. — Está mais que comprometido. Em sendo quem é a família de sua ex-noiva, ele pode ter certeza de que vão expulsá-lo de seu emprego. Não irão mais querer vê-lo pela cidade, porque seria uma desonra para ela. Ele vai ter de procurar onde cair morto.

A artista Fröhlich viu Unrat ficar rosado e depois pálido outra vez, viu-o saltar de um pé para o outro, entrelaçar os dedos e separá-los novamente; viu-o respirar com dificuldade, como se sorvesse a doçura daquelas palavras. Ele se deleitava e, ao mesmo tempo, se atormentava. Dessa vez ele teve de pagar seu triunfo; ela, com a consciência pesada, leu no rosto dele os sentimentos com os quais ele o pagava.

Por fim, ele saiu e ela inventou um pretexto para deixar os convidados sozinhos.

— Por acaso está feliz? — disse ela lá fora, com um descontentamento dissimulado. — Mas é muito feio ficar feliz com a ruína dos outros.

Unrat ficou ali, sentado na sacada. Segurava os pulsos olhando distraído para o mar, entre as copas das faias, com um rosto como se examinasse infindáveis horizontes que seriam alcançados depois de atravessar abismos angustiantes. A artista Fröhlich percebeu algo nele; e agora era ela que o consolava. Ela disse:

— Não aconteceu nada, meu pequeno Unrat. O principal é que já é carta fora do baralho. E você sai ganhando com isso.

Ela teve de suspirar; pois ao recordar-se de algumas poucas horas atrás, achou-se bastante ingrata para com o pobre Richter. Na verdade, como foi que isso aconteceu? Ele era um sujeito simpático, animado, mas se não fosse o Knust, a quem ela quis irritar, isso não teria dado em nada. Era de deixar qualquer um tonto. Mas Unrat sentia as coisas de outro modo. Entre mortos e feridos salvaram-se todos. E ele sentado ali de novo!

— Ah, nós dois! — disse ela estendendo-lhe a mão.

Ele a pegou, mas disse:

— No meio disso tudo uma coisa é certa: aquele que consegue escalar os picos mais luminosos — aquele tem também total intimidade com insondáveis abismos.

XV

Já estavam sendo esperados quando retornaram à cidade. No clube, os solteiros disseram:

— Bem, agora acabou o tédio, graças a Deus.

No dia seguinte ao seu retorno, deram a primeira festa; a cidade inteira ficou preocupada em saber quem tinha ido, o que haviam comido e quais roupas novas a artista Fröhlich tinha para vestir-se. Nos dias seguintes, os comerciantes casados recebiam já tarde da noite notícias incomuns: algo ocorrera no porto ou algo imprevisto tinha de ser feito no escritório; e desapareciam apressados.

De qualquer modo, muitos se mantinham afastados em virtude de seus princípios morais, ou graças a um temperamento frio, ou por parcimônia. Eles bocejavam entre as poltronas vazias no cassino e na Associação Comunitária; a princípio se indignaram, depois ficaram perplexos porque seu número foi diminuindo cada vez mais; e os últimos achavam-se passados para trás e injustamente prejudicados.

A existência do Teatro Municipal fora prolongada mediante subvenções. Não havia nenhum teatro de revista conceituado. As cinco ou seis damas mundanas adestradas para o usufruto dos melhores cavalheiros eram por demais conhecidas, e os prazeres que elas podiam oferecer tornaram-se insípidos quando se pensava na casa de Unrat e de sua mulher.

Nessa cidade antiga que não oferecia outra escapatória do tédio da respeitabilidade familiar a não ser algum vício rudimentar e tedioso, o casarão defronte à porta da cidade transformava-se no local onde se jogavam altas quantias, bebia-se caro e onde se encontravam pessoas do sexo feminino que não eram totalmente prostitutas, mas também não eram damas; onde a dona da casa, uma mulher casada, a esposa do professor Unrat, cantava maliciosamente, dançava de modo inconveniente e, quando se agia corretamente, era até mesmo possível tê-la por alguma bagatela — esse casarão assombroso defronte à porta da cidade se revestia de brilhos fabulosos, com aquele ar prateado cintilante que envolve os palácios das fadas. Que incrível existir algo assim! Não havia outro jeito, não se conseguia passar uma noite sequer sem ficar pensando na casa de Unrat. Era só ver algum conhecido esgueirando-se na esquina, ouvir um relógio bater, que já diziam: "As coisas já começaram lá fora." Ia-se para a cama cansado, sem saber o motivo do cansaço e se suspirava: "O melhor acontece lá fora."

Na verdade, alguns poucos cavalheiros, como o cônsul Lohmann, que haviam passado sua juventude no exterior, se sentiam praticamente em casa em Hamburgo e vez ou outra viajavam para Paris e Londres, não tinham a menor curiosidade pelas recepções do velho mestre-escola sem estribeiras e de sua jovem mulher. Mas pequeno-burgueses abastados, que haviam penado durante trinta anos pelas mesmas cinco ruas comercializando peixes e manteiga, pressentiram de repente um uso inesperadamente prazeroso para o seu dinheiro. A recompensa por seus esforços parecia-lhes deslumbrante, e agora sabiam para que tinham vivido. Outros que haviam conhecido a cidade grande outrora e se sentiam um pouco enferrujados, como o cônsul Breetpoot, resolveram a princípio simplesmente aceitar, e por fim acabaram se divertindo a valer. Outros ainda, que haviam estudado, incorriam em recordações sentimentais dos bares da noite de seus melhores anos; por exemplo, o juiz do processo do monumento juntamente com o pastor Quittjens. Pois o pastor Quittjens também participava, como qualquer um. Além deles, os pequenos concidadãos, como o arrendatário do Café Central e o comerciante de charutos do mercado, sentiam-se lisonjeados e socialmente promovidos pelo contato com a elite, só possível na casa de Unrat. Necessariamente, eles, os pequenos, eram a maioria e davam o tom.

Esse tom era canhestro. E só era ruim por ser canhestro. Todas essas pessoas estavam lá na expectativa de ambíguos requintes especiais, de um estado intermediário inaudito, onde não se comprava de cara o amor com dinheiro e nem por isso ficava-se entediado. Só que era justamente a presença deles que tornava a sociabilidade inequívoca. Se não eram probos como nas famílias, tinham de ser atrevidos como nos bordéis. Não havia outro jeito. Se alguém a princípio se esforçasse — depois de ter bebido, ter perdido alguma coisa, ter-se entrosado —, logo a conversa lhe escapava e ele acabava dizendo coisas irreveláveis, tratava uma dama por você, provocava brigas. Isso tudo era pernicioso à conduta das damas. Elas se habituaram à falta de modos nas diversões. Pielemann estava irreconhecível; foi capaz de pedir que abrissem a porta de um quarto, no qual tinha passado meia hora trancada em companhia de um dos convidados, e voltar sem qualquer cerimônia à sala de jogo, arrastada por um tropel dos mais animados. A artista Fröhlich teve de admitir que na temporada anterior a Pielemann não fora capaz de tanto.

Ela própria, a artista Fröhlich, insistia bastante em manter as formalidades. Percebia-se que ela só lidava com pessoas escolhidas a dedo, possivelmente o cônsul Breetpoot, talvez o assessor Knust: ao certo não se sabia nada. Jamais ocorreu algo na casa dela. A artista Fröhlich praticava o adultério com toda cautela e a total cerimônia de uma mulher casada de fato; com véus duplos, cortinas nas janelas dos carros, encontros no campo. Tanta etiqueta elevava sua posição social e ninguém teria ousado confundi-la com as outras damas. E já era bom motivo evitá-lo pois jamais se sabia ao certo quem era o seu protetor e o quanto ele teria tolerado. Também levava-se em conta que o próprio Unrat não tolerava coisa alguma. Ficaram sabendo que, em meio ao mais agradável convívio, ele tinha se atirado sobre um senhor que por acaso fizera, bem atrás dele, uma observação acerca da dona da casa. Unrat sibilou e bufou, rechaçou qualquer repreensão, e terminou por expulsar porta afora, depois de uma luta acirrada, um gordo dos mais fortes; o infeliz fora banido para sempre. Isso apesar de ele ser um grande apostador; e o que dissera da artista Fröhlich certamente tinha sido a coisa mais inocente de tudo o que se dizia dela. Sabia-se, portanto, que tinham de se ver com Unrat quando se tratava da artista Fröhlich; e tomavam-se as devidas precauções.

De resto, fazia-se o que qualquer um bem entendesse; Unrat estava de acordo. Esfregava as mãos quando alguém que não ele estourava a banca, e rostos desconcertados, extenuados pela ganância, suados e descompostos, circulavam e olhavam fixamente. Tinha prazer em apreciar o estado de alguém estupidamente bêbado; em se despedir com um sarcasmo impenetrável de quem estivesse saindo completamente liso; em estampar um sorriso irônico e fugaz quando em algum lugar um casal de amantes era pego em flagrante; e seus momentos mais animados eram quando alguém se descobria desonrado. Um rapaz de boa família trapaceou. Unrat insistiu para que ele permanecesse. As ondas da indignação moral se ergueram, alguns se afastaram protestando. Duas ou três noites depois estavam lá outra vez, e Unrat, sorrindo venenosamente, sugeria-lhes uma partida com o trapaceiro.

Um outro caso desanuviou-se de maneira ainda mais dramática. Sumira de um dos jogadores um pacote de dinheiro que ele havia colocado à sua frente. Ele começou a gritar exigindo que as saídas fossem fechadas e todos os presentes revistados. A multidão se opôs, insultaram-se e ameaçaram dar uma surra na vítima, e cinco minutos mais tarde suspeitava-se de todos, sem exceção. A voz de Unrat irrompeu, não se soube como, emergindo de um túmulo e perpassando toda a gritaria. Ele declarou que apontaria os que deviam ser investigados; perguntou se confiavam nele. Todos ficaram curiosos, sentiram-se forçados a aparentar estarem acima de qualquer suspeita e responderam que sim. Em seguida, jogando o pescoço para frente e para trás, Unrat chamou o tenente von Gierschke, o aluno Kieselack e o cônsul Breetpoot. "Breetpoot? Breetpoot?" Sim senhor, Breetpoot — insistiu Unrat, sem expressar mais nada a respeito do que sabia... E von Gierschke, um oficial? Unrat afirmou que isso não queria dizer nada. E pediu ao tenente, que se defendia furioso, que refletisse direito:

— A multidão está contra o senhor e vai desarmá-lo. Privado de sua espada, o senhor pode acabar perdendo a sua honra e não possuir mais nada além de uma pistola, por meio da qual o senhor — como sempre outra vez — tirará a própria vida. Então, creia-me deveras, é mais divertido deixar-se revistar.

Frente a esta escolha, von Gierschke capitulou. Unrat não nutria a menor suspeita contra ele; pretendia apenas ferir de morte o orgulho do homem. Aliás, no mesmo instante, agarraram Kieselack junto a uma janela querendo jogar fora o pacote de notas. De pronto, o cônsul Breetpoot pediu categoricamente satisfações a Unrat. Mas Unrat disse ao cônsul, bem junto ao seu rosto, um nome inaudível para os outros, um único nome; e assim Breetpoot sossegou... Ele voltou, logo no dia seguinte, e apostou desenfreadamente. Von Gierschke deixou passar oito dias. Kieselack apareceu mais uma vez e perdeu algum no jogo. Depois, sua avó foi ao departamento do fisco, onde Kieselack ocupava um pequeno cargo, e prestou queixa contra seu neto, que a roubara. Finalmente, tinham um pretexto para despedi-lo. Não se haviam atrevido a fazê-lo por causa do escândalo no jogo. O aluno Kieselack desabou. Unrat festejou sozinho, apenas consigo mesmo.

Nos prazeres, ele se comportava com uma secura pérfida. No tumulto daqueles que iam à falência, à proscrição e à forca, Unrat parecia inabalável, com seus joelhos dobrados, um velho mestre-escola cuja classe incorrera num delírio selvagem e que memorizava, por detrás das lentes dos óculos, os nomes de todos os rebeldes, a fim de mais tarde prejudicá-los em seus boletins. Eles tinham ousado resistir ao poder do soberano; agora, largados, eles podiam quebrar as costelas e torcer os pescoços uns aos outros. Do tirano havia eclodido definitivamente o anarquista.

E ele aparentava vaidade em sua nova situação, tinha uma clara predileção por seu próprio rosto em sua atual coloração juvenil. Vinte vezes por noite tirava um espelhinho do bolso: estava encaixado num pequeno estojo com a inscrição "bellet".

Com freqüência pensava no burburinho noturno, nas lantejoulas e nas contendas de certas noites de outrora. Haviam escarnecido dele no Café Central e ele caminhava para casa sorrateiro. De alguma esquina escura gritavam seu apelido como se atirassem nele alguma imundície... Houve uma única noite na qual ele quis algo das pessoas. Pediu que lhe dissessem quem era a artista Fröhlich, onde podia encontrá-la e como poderia — e isso era da máxima importância — impedir que três alunos, e dentre eles Lohmann, o pior de todos, desfrutassem dela. Ninguém lhe revelou nada. Recebeu apenas largos sorrisos irônicos estampados em cabeças firmemente cobertas por chapéus. Entre os pequenos "barulhentos carrinhos" que desciam a toda velocidade uma encosta íngreme, ele precisava sair saltitando e sentir rebentar em seus ouvidos seu apelido nas vozes estridentes de inúmeras crianças. Caminhando sorrateiro junto às lojas iluminadas, não tentou mais abordar nenhum rebelde; escapulia passando rente às casas — as casas de cinqüenta mil alunos prestes a se rebelarem — com uma sensação tensa no crânio, porque a qualquer momento seu apelido podia cair de uma janela como um balde de água suja! No final da mais silenciosa das ruas, bem lá embaixo, em direção à Associação das Senhoritas Idosas, ele se sentia a salvo da perseguição enervante, do descrédito, do escárnio; se um morcego voasse rodeando o seu chapéu, ali mesmo, ali mesmo ele teria esperado trovejar o seu apelido.

Seu nome! Agora, ele mesmo se chama assim; usava-o como uma coroa de louros. Ele batia nos ombros de algum saqueado no jogo e dizia:

— Sim, sim, sou um verdadeiro lixo.

Suas noites! Agora elas eram assim: sua casa era a mais iluminada da cidade, a mais importante, a que mais cumpria o destino. Quanto medo, quanta avidez, quanta subserviência, quanto fanatismo autodestrutivo ele deixava exalar agora à sua volta! Tantos sacrifícios queimados por ele! Todos se apressavam em acendê-los para ele, acender-se a si mesmos para ele. O que os impulsionava a isso era o vazio em seus cérebros, a estupidez do indivíduo sem formação humanística, sua curiosidade idiota, sua lascívia mal encoberta pela moralidade, sua ganância, cio, vaidade e centenas de outros interesses aí misturados. Não eram os credores de Unrat que arrastavam seus parentes, amigos, clientes, na intenção de proporcionar dinheiro a Unrat, seu devedor? Não eram as próprias esposas sequiosas em flagrar seus maridos que os enviavam a fim de que eles apanhassem parte do dinheiro que voava pelos ares? Outros vinham por si mesmos. Diziam que no Carnaval, sob as máscaras, havia mulheres decentes. Perceberam-se, então, rostos masculinos desconfiados espiando à procura de suas esposas. As jovens em casa cochichavam a respeito de uma saída noturna da mãe em direção à "casa defronte à porta da cidade". Elas cantarolavam à meia-voz fragmentos de canções da artista Fröhlich. E as canções ressoavam veladamente pela cidade. O misterioso jogo de prendas, nos quais casais se deitavam no chão debaixo de uma coberta, acabou chegando às famílias; jogavam-no quando jovens dançarinos eram convidados por filhas casadouras; aí então, ouviam-se risadinhas ao redor da "casa defronte à porta da cidade".

Antes do início do verão, três senhoras da boa sociedade, além de duas moças, retiraram-se repentinamente para uma antecipada estada no campo, segundo se pensava. Seguiram-se três novas falências comerciais. Meyer, o comerciante de charutos do mercado, falsificou letras de câmbio e enforcou-se. Do cônsul Breetpoot dizia-se que...

Essa desmoralização de uma cidade, ninguém conseguia refreá-la, pois havia muita coisa em jogo: ela ocorria por meio de Unrat e para o seu triunfo. A esta paixão que o abalava secretamente — a esta paixão da qual seu corpo ressequido só deixava escapar por vezes um brilho venenosamente verde no olhar ou um sorrisinho pálido —, a ela se entregava e se submetia toda uma cidade. Estava forte; podia se sentir feliz.

XVI

Ele teria sido feliz se tivesse ficado ainda mais forte; se numa crise de seu destino, que era de fato a misantropia, ele não tivesse se entregado à artista Fröhlich. Ela era o reverso de sua paixão: ela devia receber tudo, na mesma proporção em que os outros perdiam tudo. Quanto mais todos os outros mereciam ser esmagados, mais ela necessitava de cuidados. Recaía sobre ela seu superaguçado impulso afetivo de misantropo. Isso era ruim para Unrat: ele disse isso a si mesmo. Disse também que a artista Fröhlich não poderia ser nada além de um instrumento para "apanhar" e ludibriar os alunos. Em vez disso, ela logo se colocou ao lado do próprio Unrat, sublime e sagrada perante a humanidade, e ele era obrigado a amá-la e sofrer por esse amor, que se rebelava contra a atuação de seu ódio. O amor do Unrat era consagrado à proteção da artista Fröhlich e por causa dela saía para caçar: èra um amor inteiramente masculino. No entanto, esse amor por fim também levava ao enfraquecimento...

Às vezes, ele se escondia quando ela retornava para casa e não aparecia até a noite. Ela negociava através da porta com sua voz leve, um pouco piedosa. Mas nem comer ele queria. Dizia que tinha pesquisas para fazer. Ela o advertia amigavelmente que assim ele acabaria doente; e com um suspiro, resolvia deixar que sua crise passasse. Era provável que tivesse examinado outra vez o guarda-roupa dela e remexido em suas roupas sujas. Talvez tivesse lido o bilhete naquela manhã. De repente, tinha um ataque e não conseguia olhar para ela quando voltava para casa, amarrotada; virava-se para todos os cantos completamente vermelho de vergonha e evaporava. Era algo deveras palpitante. Isso é, no fundo não se poderia levar isso a sério, realmente tão a sério. Em compensação, fingia-se demasiado. Primeiro, ela se fazia passar por casada: era-lhe impossível conceber isso de outro modo. Como na ocasião em que ela mandou sua Mimi procurar o velho Unrat no meio da rua — aquilo havia sido ótimo, no momento tinha sentido algo bem sério. E depois, a afetação agora com os homens, a ostentação até chegar a algo correto, e o monte de lorotas o tempo todo para não deixar escapar nada na presença de Unrat — que naturalmente sabia de tudo com exatidão. Ela era-lhe até mesmo grata por ele participar desse teatro e por fazer tanto alvoroço por causa de suas escapulidas diárias. Isso animava o ambiente! Estranho ele nunca se ter acostumado com isso.

E ainda assim, ele se importava bem mais com a situação toda do que com ela própria. Às vezes, ele bancava o doido querendo matar alguém na hora. Não agüentava mais. "Recomendo-lhe o aluno Vermöhlen. Dirija sua atenção — como sempre outra vez — ao aluno Vermöhlen." O que queria dizer isso, por favor? Era preciso ainda perguntar a alguém? E quando ele ardia de desejo para que ela desse um jeito no cônsul Breetpoot?

A artista Fröhlich dava de ombros.

Unrat, a quem ela não compreendia, sentia-se convulsivamente transportado por verdadeiras estrelas cadentes de tanta paixão. Seu amor, que ele precisava ferir todos os dias a fim de alimentar o seu ódio, incitava esse ódio a uma febre cada vez mais desvairada. Amor e ódio confundiam-se fervorosa e assustadoramente. Unrat tinha a visão sequiosa da humanidade oprimida implorando por misericórdia; daquela cidade arrebentando-se e ficando deserta; de um monte de ouro e sangue desvanecendo-se no extremo cinzento da decadência das coisas.

Depois, voltava a ser acometido pela alucinação da artista Fröhlich sendo amada por outros. As imagens dos abraços em estranhos o sufocavam: mas em todas aparecia o rosto de Lohmann! O pior, o mais odioso que Unrat podia vivenciar estava para sempre concentrado nos traços de Lohmann — esse aluno absolutamente impossível de ser "apanhado" e que nem sequer estava mais na cidade.

Após tal estado de aflição impotente, dominava-o a compaixão de si mesmo e da artista Fröhlich. Consolou-a prometendo que muito em breve chegaria o momento e que eles iriam se retirar, deixar o lugar e desfrutar "do que eles devidamente tiveram de se desfazer".

— Quando você acha que isso acontecerá? — perguntou ela impassível. — Você só se lembra mesmo do que nós recebemos. Mas o que acabam tirando da gente, também não é pouco, não. Já penhoraram os nossos móveis, não é? Você acha por acaso que pagamos *uma única* prestação pelo que temos agora? Está redondamente enganado, se acha isso. Nosso mesmo, só a almofada do sofá e também a moldura daquele quadro velho: fora isso, nadinha nos pertence.

Ela agia de modo cruel, extenuada pela caça feroz aos homens; tinha perdido de vista por completo o lado divertido de sua existência e se vingava em quem estivesse próximo. Unrat dava enorme importância a isso.

— É o meu dever zelar pelo seu bem-estar. Não estou disposto a não me mostrar à altura desse dever... Eles vão me pagar por isso! — acrescentou ele sibilando.

Ela não ouviu nada e caminhou de um lado para o outro irritada, comprimindo as mãos.

— Espero que não esteja pensando que levo essa vida idiota só para lhe agradar e para que você dê cabo de seus rapazinhos. Não, se não fosse a Mimi — mas é por causa da Mimi que preciso ganhar alguma coisa. Para que a Mimi seja diferente da sua mãe. Ah, Deus...

Então trouxeram a criança em sua camisolinha branca; e depois houve uma crise de choro. Unrat deixou pender os braços e a cabeça. Precisou sair, e a artista Fröhlich deitou-se na cama. Mas quando chegaram os convidados, ela estava totalmente recuperada e já se reconciliara com Unrat, estava delicada e amistosa, sempre lhe sussurrando à parte algo confidencial para que todos vissem que ele continuava-lhe sendo a pessoa mais importante; zombava com ele justamente dos cavalheiros que podiam ser objeto de suas suspeitas; lisonjeava-o dando-lhe a ilusão de que nunca havia ocorrido nada sério. Sim, durante uma horinha ele não se apartava do delírio de que obtivera todos os seus êxitos sem qualquer contrapartida. Só que ele não acreditava nisso; mas repreendia-se — afinal, o que o impedia de acreditar nisso e onde estariam as provas em contrário? Sim, era tão prazerosa a reviravolta depois de passados os seus tormentos.

Num alegre dia de primavera, o primeiro dia alegre depois de muitas crises espirituais, Unrat e a artista Fröhlich passearam juntos pela cidade. Unrat apaziguava-se na ciência de que no final das contas eles eram aliados: os melhores, os únicos. A artista Fröhlich, que já desistira das aulas de grego e também de sua ambição de amar Unrat, tirava sua auto-estima e sua boa disposição de seu sincero sentimento de amizade por Unrat. Por isso, eles se contentavam de rir do senhor Dröge, o dono da mercearia na esquina da rua, que escancarou a porta do estabelecimento quando os dois passaram, ameaçando-os com os punhos e soltando algum impropério. A quitandeira também não conseguiu ficar quieta ao vê-los. Ela havia até mesmo instigado o senhor Dröge a apontar a mangueira de água para quando ele passasse. Não se podia mais evitar tais incidentes durante os passeios do casal Unrat. Eles deviam a todo mundo, embora jogassem dinheiro fora a torto e a direito; e quem mais fazia barulho eram os fornecedores, que não lhes tinham concedido crédito, ao contrário, incitando-os a endividar-se. A regra era que as roupas vindas de Paris pagas adiantadamente e que os pãezinhos do café da manhã comidos no mês anterior continuassem sem lhes pertencer. Mesmo assim, a artista Fröhlich acreditava estar economizando para a criança, e Unrat roubando para a artista Fröhlich. Sempre que o oficial de justiça aparecia — e aparecia em vão — predominavam a consternação, a fúria e o abatimento. Como iriam prever o seu reaparecimento? Havia muito, a artista Fröhlich havia se perdido nas contas e notas de débito. A força motriz de Unrat consistia em prejudicar os outros e não em cuidar da própria prosperidade. Na podridão fomentada por eles nas relações à sua volta, cintilava também a sua própria. Ludibriados e acossados na mata espessa, mentiam o tempo todo, com base em uma esperança indeterminada num improvável grande ganho no jogo e no desaparecimento definitivo dos credores. Secretamente, deviam sentir o chão afundar sob os pés e causavam tanto prejuízo quanto possível ao se verem arrastados para o abismo.

Tiveram de aturar na rua Siebenberg um encontro com o comerciante de móveis, que afirmava que iria revender várias peças ainda não pagas por eles e ameaçou levá-los ao tribunal. Com um sorriso venenoso, Unrat desafiou-o a fazer uma inspeção. A artista Fröhlich afirmou:

— Mas não tenha qualquer esperança quanto a isso. Somos inteligentes o suficiente para que não haja nada que valha a pena se buscar lá.

Nesse momento ouviu-se ao lado dela um tilintar de sabre. Ela olhou e virou-se depressa outra vez. Uma voz rouca exclamou:

— Meu Deus!

E uma outra, calma, admirou-se:

— Veja só.

A artista Fröhlich não ouvia mais o que o comerciante de móveis dizia. Depois de alguns instantes, deixou-o ali parado. Continuou caminhando como que num leve torpor. Somente quando se deparou com a confeitaria Mumm deu-se conta de que também Unrat não dizia mais nada. Sentiu algo semelhante à consciência pesada e começou a falar de modo ingênuo, na ânsia de reconciliar-se com ele, depois do que tinham acabado de ver. De repente, ele também se viu tomado por uma cordialidade exacerbada e convidou-a para a confeitaria. Enquanto ele fazia o pedido no bufê, ela foi sentar-se na sala ao lado. Bateram então na vidraça. Ela evitou olhar; pois sabia que eram Ertzum e Lohmann novamente.

À noite, Unrat não havia se acalmado ainda. Caminhava apressado e sorrateiro entre os convidados, fazia comentários de uma ironia seca e feroz, repetia: "Sou um lixo mesmo", e explicava: "Aqui de fato só me pertencem — deveras — uma almofada do sofá e a moldura daquele quadro ali".

Quando a artista Fröhlich correu para o quarto de dormir, ele a seguiu e anunciou:

— Finalmente, num futuro próximo, o estudante Breetpoot terá atingido a meta da classe.

— Quebrado? — perguntou ela. — Não está, não, meu pequeno Unrat. Ele está é entupido de grana outra vez.

— Que seja então como você está dizendo... No entanto, há uma questão digna do mais zeloso aprofundamento: de onde vem essa grana?

— De onde?

Ele se aproximou com um sorriso que parecia escoado e como que tremendo sob a coberta.

— Pois eu sei; subornei o tesoureiro dele. Ela vem da tutela de Ertzum, dinheiro que o tutor está roubando.

E como viu a artista Fröhlich ficar paralisada de espanto:

— Não é verdade? Não vale mesmo a pena viver? Esse é, portanto, o segundo dos três. O aluno Kieselack está esmagado no chão. O aluno von Ertzum em breve vai desabar num estrépito. Fica faltando então apenas o terceiro.

Ela não suportou o olhar dele.

— Mas de quem você está falando? — perguntou ela confusa.

— O terceiro ainda vai ser apanhado. Ele vai e tem de ser apanhado.

— Como assim? — disse ela, e ergueu o olhar insegura. De repente, desafiadora: — Acho que é aquele que você não consegue engolir, e eu não devo nem olhar para ele quando vem subindo a rua. Nem isso você consegue engolir.

Ele baixou a cabeça, lutando para respirar.

— Na verdade, não estou disposto — disse ele com a voz abafada. — Mas esse aluno tem, *tem* de ser apanhado. Ele é apanhável.

Ela ergueu os ombros.

— Mas que olhar é esse? Você deve estar com febre. Meu pequeno Unrat, vou lhe dizer uma coisa: vá para a cama e transpire essa febre. Vou lhe levar um chá de camomila. Uma irritação estúpida dessas, do jeito que você a carrega, vai afetar o seu estômago, e adeus refeição... Você está me ouvindo?... Realmente, acho que ainda vai acontecer alguma desgraça.

Unrat não estava ouvindo. Ele disse:

— Mas não é você — não é você quem vai apanhá-lo!

Ele disse isso num tom de súplica terrível, de um jeito que ela ainda não conhecia, que lhe provocava horror, amedrontava-a, deixando-a apreensiva como quem ouve uma batida forte na porta de madrugada.

XVII

Na manhã seguinte, a artista Fröhlich refletiu longamente acerca do que ela poderia ter para resolver na cidade, e ao descobrir, saiu. Olhou de soslaio para sua imagem refletida em cada uma das vitrines; ela havia passado duas horas e meia se arrumando. Percebia-se em seu pulso uma certa expectativa febril. No início da rua Siebenberg, defronte à livraria de Redlien, ela parou — nunca tinha parado diante da livraria —, abaixou a cabeça em direção aos livros expostos e sentiu na nuca um arrepio de medo, como se alguém a estivesse agarrando. Nesse momento, falaram por trás de sua nuca:

— Prezada senhora, então acabamos nos vendo de novo.

Ela se obrigou a uma graciosa lentidão no movimento de se virar.

— Ah? Senhor Lohmann? Está outra vez na região?

— Caso isso não lhe desagrade, prezada senhora.

— Ora, como assim? Mas onde deixou seu amigo?

— Está falando do conde Ertzum? Bem, ele tomou seu próprio caminho... Mas não vamos caminhar um pouco juntos, prezada senhora?

— É? E o que anda fazendo da vida, o seu amigo?

— Ele está servindo como soldado da linha de frente, prezada senhora. No momento, está passando as férias aqui.

— Ah é? Não me diga! Ele continua tão simpático quanto antigamente?

Lohmann de modo algum perdeu a calma, embora ela só fizesse perguntas a respeito de seu amigo. Ela chegou a ter a sensação de que ele estava zombando dela. Ela já havia tido essa impressão muitas vezes no Anjo Azul, em geral com Lohmann, e mais ninguém. Sentiu um grande calor. Ele a convidou para a confeitaria. Ela replicou aborrecida:

— Vá sozinho. Preciso ir.

— Já ficamos tempo demais parados nessa esquina, prezada senhora, para os aguçados olhos dos provincianos.

Ele lhe abriu a porta. Ela suspirou e entrou farfalhando. Ele ficou alguns passos atrás dela a caminho do salão, e admirou-se mais uma vez em ver quão bem se impunha sua cintura esguia; como ela estava bem penteada; sem trejeito de dama ao deixar arrastar a saia; como ela mudara desde aqueles tempos. Ele pediu então chocolate quente.

— Nesse meio tempo, a senhora se tornou uma pessoa famosa por aqui, não?

— Mais ou menos — disse ela; e mudando de assunto: — Mas e o senhor? O que tem feito, afinal? Onde esteve metido?

Ele lhe relatou solícito. Esteve algum tempo na escola de comércio em Bruxelas e depois na Inglaterra, como estagiário de um negociante amigo de seu pai.

— Com certeza, se divertiu muitíssimo — afirmou ela.

— Não. Não no meu caso — disse ele secamente, até mesmo com desprezo, e com as conhecidas contorções teatrais no rosto.

Ela o observou de viés com tímido respeito. Ele estava vestido todo de preto e tinha mantido o chapéu-coco preto na cabeça. Seu rosto tornara-se ainda mais amarelado e penetrante; estava bem barbeado e com as pálpebras semicerradas, sombrias e estranhamente triangulares, estava voltado para um ponto onde nada acontecia. Ela quis forçá-lo a olhar para ela. Também ficou curiosa em conferir se ele ainda tinha o topete.

— Por que não tira o chapéu? — perguntou ela.

— A senhora tem razão — e assim fez.

Sim, com certeza, seu cabelo ainda subia bem alto como um redemoinho e caía de volta na testa formando um grande cacho. Finalmente, ele a contemplou de frente.

— No Anjo Azul, a prezada senhora ainda não dava tanto valor às formalidades. Como as pessoas mudam. Como todos nós mudamos. E no ridículo período de dois anos.

Ele desviou novamente o olhar deixando tão claro que estava pensando em outra coisa que ela não ousou dizer mais nada, embora seu comentário a tivesse magoado um pouco. Mas talvez nem sequer tivesse se referido a ela. Foi a impressão que teve.

Lohmann se referira à senhora Dora Breetpoot, pois a tinha reencontrado tão mudada, tão diferente daquela imagem que levava em sua alma. Ele a amara como uma grande dama. Ela havia sido a grande dama da cidade. Certa vez, na Suíça, ela conhecera uma duquesa inglesa e esse contato deixou nela algo como uma consagração ritual. Na realidade, ela representava a duquesa na cidade. Que a nobreza inglesa era a primeira do mundo, disso ali ninguém podia duvidar. Mais tarde, numa viagem ao sul da Alemanha, ela fora cortejada por um comandante da cavalaria de Praga; na época, a aristocracia austríaca almejava uma reputação igual à inglesa... Como Lohmann se deixara intimidar, aceitando tudo isso credulamente, era espantoso. Era espantoso, sobretudo, porque esse fato ocorreu não fazia nem dois anos. Agora ele retornava à cidade — que havia se contraído como se fosse de borracha. A casa dos Breetpoot diminuíra pela metade — e em seu interior havia uma pequena dama provinciana. Nada mais que uma provinciana. Com certeza ela tinha ainda a cabeça de crioula em forma de medalhão; mas na boca do medalhão, as expressões dialetais! A moda do ano anterior, e ainda assim sem ter entendido direito. Pior ainda, permitia-se incursões artísticas da própria lavra, que invariavelmente falhavam. E a recepção daquele que regressava de civilizações distantes como se ele fosse obrigado a lhe transmitir saudações; e a irritante pretensão de não se ajustar ao lugar. Sim, se isso não o irritara naqueles tempos? Na verdade, naquela época, ela mal lhe dirigia a palavra, ele passara praticamente despercebido. Era apenas um aluno. Agora era um cavalheiro; galanteavam-no, tentavam prendê-lo no "círculo" ao redor da própria pessoazinha... Ele estava cheio de amargura até o pescoço. Pensou na velha espingarda outrora sempre preparada, seriamente preparada para o caso de ser descoberto. Sentia ainda hoje um orgulho melancólico pela paixão de menino que tinha durado até o limiar da idade adulta, passando pela vergonha, pelo ridículo, e um pouco também por uma náusea que perdurava. Apesar de Knust, von Gierschke e dos outros. Apesar da numerosa prole da mulher amada. Como tinha beijado o portão da casa dela depois de seu último parto! Isso ainda tinha algum valor, era preciso transformá-lo em alimento. Reconheceu que ele naquela época havia sido muito melhor, muito mais rico. (Como pôde ter se sentido cansado naquela época? *Agora* é que o estava.) Aquela mulher havia recebido dele o que ele tinha de melhor para dar na vida, e ela não o percebera. Agora que estava vazio, ela o cortejava... Lohmann amava as coisas sobretudo pelas reminiscências, o amor das mulheres somente por causa da amarga solidão que vinha depois, a felicidade, no máximo, por amor à sufocante saudade que deixava na garganta. Era-lhe difícil suportar essa pequena dama esnobe e insignificante de hoje, pois ela lhe falseava a melancolia do que sentira então. Tudo nela o incomodava, mesmo os sinais de decadência que se revelavam em seu salão — não ainda em sua pessoa. Ele sabia da situação difícil dos Breetpoot. Quantos mundos de carinho ele teria feito chegar até ela outrora! Agora, via apenas como todos os esforços dela por graças contrastavam pretensiosamente com a escassez que proliferava à sua volta, e de antemão se envergonhava dela por causa da afetação um tanto indecorosa com a qual protelaria e negaria a miséria. Ficava ofendido ao vê-la;

ofendido e humilhado ao perceber como ele mesmo se comportava agora em sua intimidade. O que a vida fazia de uma pessoa. Ele havia afundado. Ela havia afundado. Quando partiu, sentiu com uma temerosa precisão anos de vida se esvaindo, e que ali se fechava a porta atrás de um amor que significara tanto quanto uma juventude inteira.

Isso tudo acontecera na manhã seguinte a sua chegada. Logo depois se encontrou com Ertzum, e ambos, em seguida, com os Unrats na rua Siebenberg. Nesse lugar tão pequeno, isso não podia tardar. Mesmo há tão pouco tempo na cidade, Lohmann já ouvira falar deles; e os feitos do velho Unrat tinham avivado seu natural interesse por esquisitices humanas. Constatou que Unrat cumprira tudo o que se anunciara nele dois anos atrás; a emenda saíra melhor que o soneto. Mas quase lhe pareceu mais grandiosa ainda a evolução da artista Fröhlich. Da cantora do Anjo Azul a uma semimundana de grande estilo! Pois afinal, à primeira vista ela era isso mesmo. Olhando mais de perto, transparecia então o aspecto pequeno-burguês. De qualquer modo, tudo era possível pelo que se tinha feito ali. E todos aqueles chapéus tirados no caminho do casal! E toda a humilde cobiça por onde quer que a artista Fröhlich exalasse seu perfume! Entre ela e o seu público, a cidade, havia se criado com toda evidência uma espécie de logro recíproco. Ela havia se portado como beleza representativa, foi sendo aos poucos tratada assim, e acabara acreditando ela mesma no que diziam. Será que as coisas ocorreram desse mesmo modo outrora com Dora Breetpoot e com sua pretensão ao mundano chique? Lohmann achou isso de uma ironia picante ao se defrontar agora com a artista Fröhlich. Conseguiu lembrar-se até mesmo da época em que havia composto versos para as duas; em que, na sede de vingança de seu sofrimento, havia pretendido macular Dora Breetpoot, propondo-se assim, com ela no coração, a dar às carícias dos outros o sabor de vício sombrio. Vício? Agora que ele não sentia mais amor, também não compreendia mais qualquer vício. Nenhuma amargura de seu coração quanto à senhora Breetpoot beneficiava a senhora Unrat. Nada se alteraria nele, caso passasse com ela diante da casa dos Breetpoots. Ele estaria simplesmente conduzindo uma coquete elegante por uma cidade que os deuses deixaram.

Preferiu não levar Ertzum. Logo que via a nossa moça, Ertzum passava a balançar desmioladamente a espada enquanto sua voz ganhava uma extrema rouquidão. Ertzum sempre estava pronto a extravasar seus sentimentos ruins. Para Ertzum, somente existia o presente — enquanto que Lohmann, pela manhã, em companhia da artista Fröhlich na confeitaria vazia, bebericava de sua xícara que nunca ficava vazia apenas um ressaibo nebuloso das sensações de outrora.

— Quer que eu coloque um pouco de conhaque no seu chocolate? — perguntou ele. — Fica ótimo. — Em seguida: — Mas quanta coisa a gente ouve falar da prezada senhora!

— Como assim? — perguntou ela, à espreita.

— Bem, dizem que a senhora e o nosso velho Unrat estão virando a cidade de pernas para o ar e causando muita desgraça.

— Ah, é *disso* que está falando? Pois é, a gente faz o que pode. As pessoas se divertem em nossa casa... embora eu, como dona de casa, não queira elogiar a mim mesma.

— É o que dizem. Quanto aos verdadeiros motivos de Unrat, ninguém sabe ao certo também. Acham que ele se utiliza do jogo para o próprio sustento. Eu penso diferente. Nós dois, prezada senhora, o conhecemos melhor, não é?

A artista Fröhlich ficou consternada e calou-se.

— Ele é o tirano que prefere afundar a tolerar alguma restrição. Um apelido sarcástico — que mesmo de madrugada atravessa o cortinado purpúreo de sua cama e entra em seus sonhos — provoca-lhe hematomas na pele, e dos quais precisa de um banho de sangue para se curar. Ele é o inventor da injúria lesa-majestade: ele a inventaria caso ainda não existisse. Ninguém consegue se lançar aos seus pés com tanto autodespojamento demencial sem que seja por ele odiado como contestador. O ódio às pessoas torna-se nele um tormento voraz. Que os pulmões ao redor inspirem e expirem o ar que ele mesmo não controla acaba por contaminá-lo com a bílis da vingança, tensiona seus nervos até rompê-los. Basta apenas um empurrão, uma fortuita insubordinação circunstancial — um monumento danificado e tudo o que se relacione com isso; basta a superexcitação de suas propensões e instintos provocada, por exemplo, por uma mulher — e o tirano, tomado pelo pânico, chama a plebe ao palácio, a conduz à fogueira assassina e proclama a anarquia!

A artista Fröhlich estava boquiaberta; o que deixou Lohmann satisfeito. Ele entretinha essas damas de uma tal maneira que não lhes restava outra coisa a não ser ficarem de boca aberta. Aliás, ele estampava um sorriso cético. Acreditava estar exacerbando uma possibilidade abstrata. Mas de modo algum acreditava estar contando a história do velho Unrat ridículo. Nesse sentido, ele ainda o via demais da perspectiva de quem está de fora da cátedra; achava dificílimo conceber como totalmente verídicas monstruosidades ocorridas com aquele que havia lhe imposto deveres medíocres e estúpidos sobre a *Virgem de Orleans.*

— Tenho a maior simpatia por seu esposo — acrescentou Lohmann sorrindo, e desse modo completando o estupor da artista Fröhlich. — Em toda parte elogiam realmente a sua hospitalidade — disse ele em seguida.

— Pois é, é que estamos divinamente instalados. E ainda por cima...

Ela deixou a ambição dominá-la.

— Para os nossos convidados nada é demais. Às vezes, as pessoas ficam de pernas para o ar lá em casa, o senhor acabaria rindo. Ah, se o *senhor* viesse, eu cantaria em *sua* homenagem a "Mulher macaco", o que geralmente não faço pois é um pouco exagerado mesmo.

— A prezada senhora é irresistível.

— O senhor está querendo gracejar de novo?

— Está me superestimando. Abandonei as brincadeiras assim que voltei a vê-la. Saiba, prezada senhora, que é a única digna de interesse nesse lugar.

— E daí? — replicou ela satisfeita, mas sem se admirar.

— Basta a sua roupa. O vestido verde-resedá está obviamente no auge da moda. Escolheu muito bem o chapéu preto para combinar. Se me permite fazer uma única objeção: a estola de *point-lacé* não se usa mais este ano.

— Ah não?

Ela se aproximou.

— O senhor tem realmente certeza? Então aquele nojento me enganou. Sorte que não está paga.

Ela enrubesceu, e de súbito:

— Por mim, posso até pagar. Mas vestir, não. Só hoje, creia-me.

Ela estava feliz por lhe dar razão, por poder se submeter a ele. Sua habilidade no tocante a Unrat fez aumentar seu respeito por Lohmann até a perplexidade. Agora ele estava inteirado até mesmo da moda. Ele continuou falando com elegância:

— O que a prezada senhora não deve ter se tornado para esses provincianos! Uma corrompedora adorada reinando sobre bens e sangue. Uma Semíramis, sei lá o quê. Tomados pelo frenesi, todos se precipitam de livre e espontânea vontade no abismo, não é verdade?

E como ela visivelmente não conseguira acompanhá-lo:

— Quero dizer que os homens não se fazem de rogados por muito tempo e a senhora tem deles mais do que necessita, de todos sem exceção, se eu não estiver enganado, minha prezada senhora.

— Mas agora o senhor está exagerando de vez. Que eu tenha sorte aqui e seja muito amada, vá lá.

Primeiro ela bebeu; isso ele tinha de saber:

— Mas como pensa que as coisas funcionam aqui? Não... não, não creia — e olhando nos olhos dele — que qualquer um pode se sentar comigo a sós para tomar chocolate e comer torta.

— Mas eu posso? Então será que chegou a minha vez?

Ele inclinou a cabeça para trás e franziu a testa. Embaraçada, ela pôde apenas contemplar suas pálpebras semicerradas.

— Mas — prosseguiu ele —, se é que me lembro, eu não era o último a ter vez com a senhora? Não me afirmou isso muitas vezes naquela época, prezada senhora? Quer dizer então — e ele arregalou os olhos de maneira bem desavergonhada — que todos os outros já tiveram vez?

Ela não se sentiu magoada, só atormentada.

— Ah, meu belo, que bobagem! O senhor tem idéias muito erradas, as pessoas falam demais. Por exemplo, tome o Breetpoot. Dizem que suguei tudo dele, só Deus sabe como. E agora dizem que também ele avançou no dinheiro de Ertzum — meu Deus!

Ela percebera tarde demais o que havia dito e olhou assustada para a sua xícara.

— Sem dúvida, isso é o pior de tudo — disse Lohmann, severo e sombrio. Virou-se um pouco para o outro lado, e fez-se silêncio.

Por fim, a artista Fröhlich, tímida, ousou formular:

— Não fui eu sozinha. Se o senhor soubesse como ele mendigou... Como uma criança, é o que lhe digo. Aquela velha falha nos dentes. O sujeito inteiro é *uma* falha nos dentes. Não vai acreditar, mas ele queria se mandar comigo. Ele com aquela diabetes, não, obrigada.

Lohmann já lamentava ter tido um ataque de moralismo em meio a uma farsa tão divertida. Por isso disse:

— Realmente um dia gostaria de participar de suas noitadas.

— Está convidado, então! — disse ela rápida e contente. — Venha mesmo, estou contando com isso. Só que agora preciso ir, não se levante, por favor. Ah, Deus, não!

Ela se mexeu de um lado para o outro, lastimando-se e juntando as mãos.

— Não será possível, porque Unrat disse que agora está cheio e ele não quer mais ninguém novo lá. Da última vez, ele já brigou comigo. Por isso, o senhor entende...

— Perfeitamente, prezada senhora.

— Puxa vida! Não vai ficar assim com cara de patê, afinal o senhor pode me visitar quando não houver ninguém por lá. Por exemplo, hoje à tarde, às cinco. Mas agora vou indo.

E ela saiu zunindo pela pesada cortina da porta, demonstrando a maior pressa.

Lohmann absolutamente não sabia como isso ocorrera; como ocorrera o fato de ele chegar a sentir desejo. Ao mesmo tempo, pressentiu a atração exercida pela perdição. Justamente porque Ertzum agora de fato chegara bem próximo à perdição por causa dessa pequena Vênus brincalhona e do cinismo condescendente de seu linguajar popular. E Ertzum continuava amando-a. Ertzum pelo menos podia comprar a felicidade com o seu dinheiro. Lohmann ia até lá completamente liso, sem um tostão sequer. Ia no lugar do amigo, que a merecera ao cabo de tanto sofrimento. Como isso teria sido impossível há dois anos! Lembrou-se de que naquela época havia sentido compaixão, sim, uma compaixão sincera e sem qualquer maldade, por Unrat — aquele velho, ele próprio já totalmente perdido, que pretendia ainda enxotá-lo da escola. Agora, ao contrário, ele ia visitar a esposa dele. O que a vida faz das pessoas, pensou Lohmann mais uma vez, melancólico e orgulhoso.

Foi recebido com uma ruidosa descompostura vinda do interior da moradia. A moça, embaraçada, abriu-lhe a porta para o salão. Lohmann avistou um homem suado com uma folha de papel na mão diante da artista Fröhlich, que estava muito irritada.

— O que o senhor está querendo, afinal? — perguntou ele ao homem. — Ah, sim. Quanto é? Cinqüenta marcos! E por isso essa gritaria?

— Pois é, senhor — replicou o credor —, já vim aqui cinqüenta vezes, uma para cada marco.

Lohmann pagou e dispensou-o.

— Que a prezada senhora não julgue mal meu atrevimento — disse ele, não mais com a mesma liberdade.

Ele achou que havia chegado no momento errado; o que ele recebesse agora seria uma recompensa pelo que havia feito. De qualquer forma não ia ficar nos cinqüenta marcos; sua vaidade não tinha como aceitá-lo.

— Já que comecei sendo ousado, prezada senhora, descreveram-na para mim, não sei se com razão, como envolvida em algumas questões financeiras constrangedoras.

A artista Fröhlich entrelaçava convulsivamente os dedos e os soltava novamente. Desnorteada, virava para todos os lados a cabeça sobre a gola engomada de seu *tea-gown*. Os milhares de afazeres de seus dias acossados por fornecedores, amantes e agiotas despencavam de vez sobre sua cabeça — e ali, naquela carteira estendida em sua direção, havia um espesso pacote de notas marrons.

— Quanto? — perguntou Lohmann tranqüilo; e, em todo caso, precavido: — Eu irei tão longe quanto puder.

Ela lutou até o fim. Não queria ser comprada, muito menos por Lohmann.

— Não, isso não é verdade, de modo algum — disse ela. — Não estou precisando.

— Tanto melhor. De outro modo, eu teria me sentido lisonjeado, prezada senhora...

Pensou um momento em Dora Breetpoot, e que agora ela também poderia estar precisando de dinheiro e, quem sabe, podendo ser obtida com dinheiro... A fim de ainda deixar escolha para a artista Fröhlich, ele colocou a carteira aberta sobre a mesa.

— Vamos nos sentar finalmente — disse ela e, alegre, mudando de assunto: — Mas o senhor tem uma carteira bem recheada, hein! — Como ele permanecesse num silêncio frio: — Como será que vai se livrar de todo esse dindim?! Nem anéis o senhor usa nos dedos.

— Eu nunca me livrarei dele.

E sem se preocupar se ela entendia, explicou:

— Não pago mulheres porque não gostaria de humilhar a mim mesmo. Ademais, é desnecessário. O mesmo acontece com as obras de arte pelas quais, só Deus sabe, eu sacrificaria alguma coisa. Mas é possível mesmo possuí-las? Vemos uma delas na loja e continuamos sonhando. Depois, talvez, retornamos e compramos? Compramos o quê? O anseio não necessita de dinheiro, a sua satisfação não vale isso.

E, amuado, desviou o olhar da carteira. Ao mesmo tempo, traduziu para a linguagem popular:

— Quero dizer que no dia seguinte já estou farto.

A artista Fröhlich, tocada pelo respeito e, ao mesmo tempo, um pouco zombeteira diante de seu ídolo, comentou:

— Então não deve comprar nada além de comida e bebida.

— Poderia me recomendar outra coisa?

E de repente, franzindo a testa, olhou-a nos olhos de maneira tão desavergonhada como se perguntasse: "Quer que eu compre a senhora, então?" E dando de ombros disse, como resposta ao subentendido:

— O amor carnal é simplesmente repugnante.

Ela ficou completamente embaraçada. Em seguida, tímida, atreveu-se a ver graça nisso e disse:

— Ah, que nada.

— É preciso se destacar — determinou Lohmann —, tornar-se puro e sublime. Cavalgar como Parsifal. Provavelmente, vou servir na cavalaria e, ao mesmo tempo, aprender as mais altas técnicas eqüestres. Excetuando o pessoal de circo, não existem em toda a Alemanha nem cem pessoas capazes de praticar essas altas técnicas.

Ela então riu com toda sinceridade.

— Mas o senhor então vai mesmo se tornar um artista de circo, uma espécie de colega distante meu. Cada uma!

Suspirando:

— Lembra do Anjo Azul? Aquilo era o máximo.

Lohmann ficou pasmo.

— Pode ser — retrucou ele pensativo — que tenha sido ótimo. A época, no geral.

— Naquele tempo podia-se rir, não era preciso ficar brigando com toda essa gentalha. Quando penso como nós dois dançávamos juntos, e então veio Unrat e o senhor teve de sair pela janela vermelha... Sabe que ele ainda o detesta — ela riu nervosa — e que gostaria de fazer picadinho do senhor?

Ela manteve sempre um ouvido na direção da porta — e ao mesmo tempo, olhava para Lohmann censurando-o, pois ele deixava tudo por conta dela. Ora, então ela ia fazer a coisa sozinha. Havia enfiado o Lohmann na cabeça: sobretudo porque todos lhe eram permitidos, só ele não era. Algo totalmente insuportável. Depois, porque um pouco da obstinada cobiça daqueles tempos mais simples, dos quais se lembrava agora suspirando, mantinha-se viva graças à desconfiança de Unrat e a seu ódio atroz, e que era provocado agora até a vertigem pela superioridade sublime de Lohmann e por sua peculiar distinção. Por fim: porque era perigoso. Porque o ar ao seu redor estava carregado de catástrofes e ser a causadora da eclosão delas dava comichão na artista Fröhlich.

— E como o senhor escreveu na época aqueles poemas tão sensíveis! — disse ela. — Com certeza não faz mais isso. Lembra-se ainda da sua canção da lua cheia, que eu cantei e as pessoas riram de modo tão cretino?

Ela se curvou empolgada sobre o encosto lateral de sua poltrona, colocou os dedos de sua mão direita sobre o peito e entoou num tom agudo e comedido:

— A lua está cheia e todas as estrelas brilham...

Ela cantou a estrofe inteira e ao mesmo tempo pensava que essa era a única canção no mundo que ela não podia cantar; e nisso imaginou à sua frente o rosto de Unrat. Estava medonho; mas maquiado de um modo um pouco estranho e segurando na mão o estojo "bellet" com o espelho.

— Meu coração chora, e todas as estrelas riem.

Lohmann, constrangidamente comovido, tentou conduzi-la. Mas ela retomava sem parar a segunda estrofe.

— A lua está cheia...

Nisso, ouviu-se o estrondo da porta sendo empurrada, e Unrat, dando um enorme salto sorrateiro, apareceu no recinto. A artista Fröhlich deu um berro e voou para o canto, atrás da poltrona de Lohmann. Unrat arquejava em silêncio; ela achou-o com a aparência exatamente igual à que tinha imaginado enquanto cantava. Ele estava com o mesmo olhar abominável da véspera. "Por que ele também não quis o chá de camomila?" — pensou ela com medo.

Unrat pensou: agora terminou. Toda sua obra, toda sua obra de extermínio punitiva fora em vão, uma vez que no fim era Lohmann quem estava ali com a artista Fröhlich. Ele a havia colocado perante toda a humanidade, trabalhado para que todas as coisas arrancadas dos outros fossem dela — e enquanto isso, ela tornava reais suas visões mais torturantes, as visões dela e de Lohmann, em cujos traços havia se concentrado tudo o que existia de pior e de mais odioso. O que restava além disso? Era o fim da artista Fröhlich e, portanto, o fim de Unrat. Ele precisava condená-la à morte, e conseqüentemente a si mesmo também.

Unrat não havia dito nada e, de repente, ele a agarrou pelo pescoço. Ele sufocava como se ele próprio estivesse sendo estrangulado. Parou por um segundo e respirou fundo. Ela aproveitou esse segundo para gritar:

— Para ele o amor carnal é repugnante, ele disse isso sim, disse mesmo.

Unrat agarrou-a novamente. Mas nesse momento sentiu algo puxar-lhe com força os ombros.

Foi uma mera tentativa de Lohmann. Ele não sabia se naquele momento realmente lhe cabia um papel; pareceu-lhe um sonho. Isso não devia ser verdade. Em sua concepção inteligente das coisas, a esquisita evolução de Unrat decorria a contento e, de certo modo, enlevada, como num livro. Algo tão palpável não fazia parte do enredo. Lohmann tinha elaborado uma teoria interessante a respeito de seu velho professor; mas de fato não tinha a alma de Unrat diante dos olhos — nem seus vôos abismais, as cinzas após as chamas, sua autodanação passando por cima de tudo. A noção das coisas, que havia faltado a Lohmann, surgia agora de maneira demasiado brusca, e ele sentiu temor — o temor do real.

Unrat virou-se para ele. Nesse ínterim, a artista Fröhlich desvencilhou-se, fugiu aos berros para o quarto ao lado e trancou a porta ruidosamente. Por um momento, Unrat parecia entorpecido; depois levantou-se e começou a dar saltos sorrateiros em volta de Lohmann. A fim de se posicionar, Lohmann recuou até a mesa, apanhou sua carteira e alisou-a. Refletiu vagamente no que poderia ser dito. Que aparência tinha aquela criatura ali! Algo entre aranha e gato, com olhos dementes sobre os quais escorriam gotas de suor coloridas, e com espuma no maxilar, que tiritava. Não era uma situação agradável tê-la ao redor de si, em toda parte, com seus tentáculos tortos. O que ele dizia em meio aos ofegos?

Unrat ofegava coisas incompreensíveis:

— Miserável... ouse... apanhar... finalmente apanhar... Dar, entregar tudo!

E nisso arrancou a carteira das mãos de Lohmann e precipitou-se para fora com ela.

Lohmann ficou ainda parado, paralisado por um susto enorme, pois crimes foram cometidos ali. Unrat, o anarquista interessante, cometeu crimes crassos. O anarquista tinha se transformado agora numa peculiaridade moral e num extremo compreensível; o crime, uma intensificação de inclinações e afetos humanos normais, que nada tinha de extravagante. Unrat, porém, tentara estrangular sua mulher na presença de Lohmann, e havia roubado o próprio Lohmann. Nesse instante, o comentarista começava a gaguejar, o espectador não conseguia dar aquele sorriso benevolente. O espírito de Lohmann, que nunca havia sido testado por experiências tão incríveis, absteve-se de qualquer originalidade e respondeu ao "crime" à maneira burguesa, gritando "polícia". O que ele tinha de consciência era suficiente para perceber que essa idéia não era nenhum achado, mas disse a si mesmo "Agora chega" e caminhou firme, passando por cima dos escrúpulos. Sim, os passos de Lohmann eram firmes quando ele se dirigiu à porta do quarto ao lado para atracar-se com ela. Tinha ouvido claramente a artista Fröhlich se trancando ali, mas era seu dever convencer-se plenamente de que depois de sua saída ela não iria cair no poder de seu marido assassino... Em seguida, Lohmann deixou a casa.

Uma pequena hora se passou; uma multidão cada vez maior virava a esquina da rua. A cidade estava em júbilo por ter sido decretada a prisão de Unrat. Finalmente! A pressão de seu próprio vício foi tirada de cima dela, uma vez que tinha sido afastada a possibilidade de cometê-lo. Voltando a si, as pessoas lançavam um olhar sobre os cadáveres ao redor e descobriam que a hora havia chegado. Por que tinham esperado tanto, afinal?

Uma carroça de cerveja, cheia até o topo de barris, já bloqueava metade da rua, quando um coche precisou atravessá-la; e nele vinham os policiais. A quitandeira da esquina acompanhou-o; o senhor Dröge, o dono da mercearia, passou arrastando a mangueira de borracha.

Defronte à casa de Unrat, a multidão aglomerada jubilava.

Finalmente, ele apareceu entre os policiais. A artista Fröhlich, desarrumada, despenteada, aos prantos, num lamento convulsivo, arrependida e numa submissão sem precedentes, agarrou-se, ficou dependurada e dissolveu-se nele. Ela estava sendo presa também, algo que Lohmann não tinha previsto. Unrat ergueu-a até o carro fechado, inteiramente escurecido por cortinas; e, confuso, procurou ao redor em meio à gritaria. Alguém atrás do avental de couro, o cocheiro da carroça de cerveja, esticou o rosto pálido de traquinas e grasnou:

— Um carreto de lixo!

Unrat virou-se bruscamente em direção àquelas palavras, que agora não eram mais uma coroa de louros, mas novamente uma porção de imundície voando até ele — e reconheceu Kieselack. Ele agitou o punho e, esticando o pescoço, sorveu um pouco de ar: mas o jato de água do senhor Dröge atingiu-lhe a boca em cheio. Ele jorrou água, levou um empurrão pelas costas, tropeçou no estribo e caiu de cabeça no assento estofado ao lado da artista Fröhlich e para dentro da escuridão.

NOTA DO EDITOR ALEMÃO*

Heinrich Mann escreveu seu romance *O Anjo Azul ou a queda de um tirano* [*Professor Unrat oder Das Ende eines Tyrannen*] em "poucos meses, de fins de 1903 em Florença até agosto de 1904 em Ulten (Alto Ádige)". Numa carta de 2 de abril de 1922 dirigida a Paul Hatvani, Heinrich Mann assim se manifestou sobre a concepção e inspiração imediata do livro: "Meus romances têm caráter francamente sociológico. As relações humanas ali apresentadas têm por fundamento as relações de poder na sociedade. A idéia que elaboro com mais freqüência é a do poder. Incidentes aos quais ninguém daria importância sempre me conduzem de volta a essa idéia, e quanto mais demorado esse processo, maior sua nitidez. Certa vez, eu estava sentado no Teatro Alfieri em Florença, sem nenhum pensamento específico; quando chegou o intervalo, comprei um jornal e li uma notícia de Berlim sobre um tal Professor X, que passou pelos mais tristes infortúnios devido a uma ligação afetiva com uma cantora de cabaré. Nesse momento de inspiração e abandono, o *Professor Unrat* começou a viver. Constatei mais tarde que a pessoa que realmente o inspirara era na verdade um redator da Bolsa de Valores. Para mim, no entanto, aquela figura fora do comum era desde o primeiro instante um professor de ginásio, um homem de disciplina e autoridade

---

* Tradução de Flávio Quintiliano.

firmes, fadado a decair, dissolver-se em anarquia e mostrar a face oculta do tirano..." Em contrapartida, não sabemos quase nada sobre o processo de criação do livro. No espólio de Heinrich Mann, conservado pela Fundação Arquivo da Academia das Artes de Berlim, não se encontraram manuscritos, rascunhos ou anotações que fornecessem indicações mais precisas. Só conhecemos as linhas que o autor dirigiu a Ludwig Ewers, colega de escola em Lübeck, no dia 23 de dezembro de 1904: "Agora, deve ir para a gráfica uma história que vai dar o que falar, não tanto do ponto de vista erótico, mas espiritual. Espero poder enviá-la a você em março. Aliás, ela se passa em Lübeck, e nela você reconhecerá o 'professor', que adaptei para meus próprios fins. Foi meu trabalho de verão."

A primeira edição veio à luz no início de 1905, pela editora Albert Langen, de Munique, com tiragem de dois mil exemplares, e já em 1906 era feita uma reimpressão com outros dois mil exemplares. Depois disso, as vendas do livro estagnaram durante mais de uma década. Em 1916, as obras de Heinrich Mann foram cedidas à editora Kurt Wolff, e no ano de 1917 a tiragem chegou a 32 mil exemplares. Em 1925 foi lançada uma versão popular pela editora Ullstein, de Berlim, na coleção "Livros Amarelos da Editora Ullstein", com 10 mil exemplares. A mesma tiragem se repetiu em 1930. Neste mesmo ano, com o lançamento de *O Anjo Azul* pela editora Paul Zsolnay, o livro alcançou a cifra de 47 mil exemplares. A celebridade mundial, no entanto, se deve à filmagem de *O Anjo Azul* em 1930, com Marlene Dietrich e Emil Jannings nos papéis principais.

Embora o romance merecesse poucas resenhas, o autor ficou extremamente satisfeito com a boa acolhida junto ao público, como observa na carta de 15 de setembro de 1905 para Ludwig Ewers: "Meu *Professor Unrat* tem alcançado algum sucesso, contra minhas expectativas. Em termos de conteúdo, parece representar o máximo que a inteligência pública consegue assimilar."

A edição que apresentamos aqui tem estrutura idêntica à da edição comentada das obras de Heinrich Mann, publicada pela Fischer Taschenbuch Verlag* [Livros de bolso Fischer], que por sua vez reproduz o texto das *Obras Completas* (edição acadêmica da editora Aufbau, dirigida por Sigrid Anger). Os seguintes critérios nortearam a apresentação do texto:

O ponto de partida é a edição *princeps* da editora Albert Langen. As versões posteriores reproduziram o texto sem alterações, mas a versão da editora Paul Zsolnay modernizou a ortografia e incorporou pequenas alterações estilísticas, embora nada se saiba sobre o consentimento do autor. No espólio de Heinrich Mann encontrou-se um exemplar da primeira edição com nove correções manuscritas, que foram incorporadas aqui. Além disso, ortografia e pontuação foram adaptadas segundo as normas atuais, embora tenham sido mantidas a transcrição fonética e certas particularidades tipográficas de Heinrich Mann.

Peter-Paul Schneider

Marbach am Neckar, 1º de junho de 1994

---

* A presente tradução baseou-se nesta edição. (N.E.)

ESTE LIVRO FOI COMPOSTO EM GATINEAU
CORPO 11 POR 14 E IMPRESSO SOBRE
PAPEL OFF-SET 90 g/m² NAS OFICINAS DA
BARTIRA GRÁFICA, EM SÃO BERNARDO DO
CAMPO/SP, EM AGOSTO DE 2002